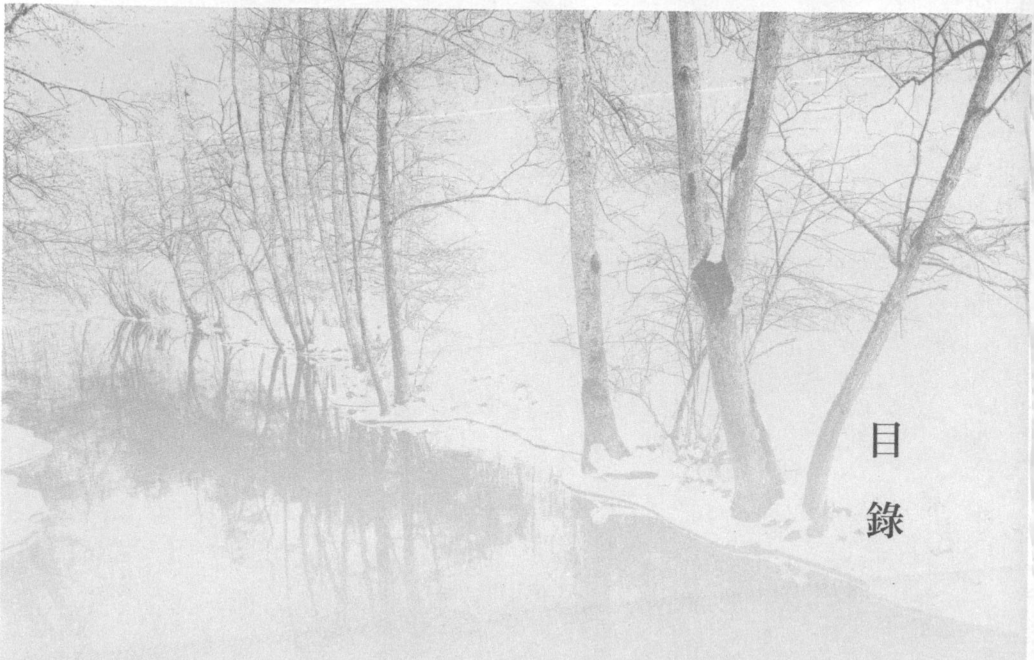

目錄

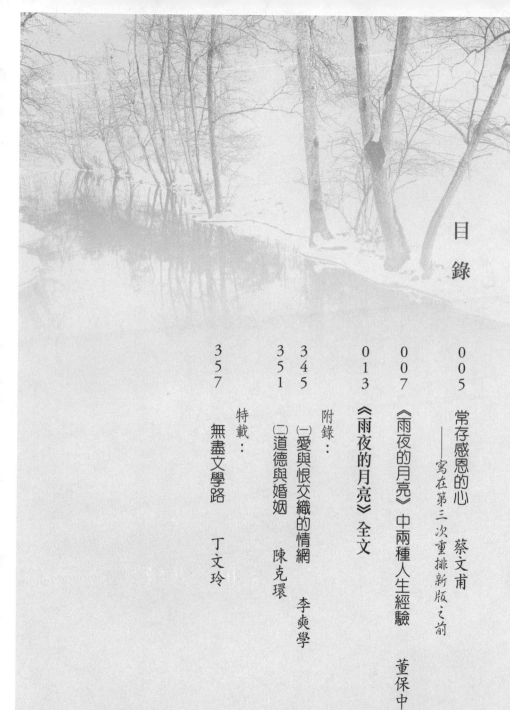

常存感恩的心

——寫在第三次重排新版之前

蔡文甫

這是我用一年多時間寫的第一部長篇小說，故事靈感來自一則三百字左右的晚報新聞，藉著想像，描繪心中的理想世界，發展成二十萬字。當時皇冠雜誌及皇冠出版社負責人平鑫濤先生，對故事結局有意見。為了整體氣勢一貫，再花一年時間重寫一遍，只比原來的篇幅多了二萬字。

書中人物和情節，沒有點明時空背景，於四十年後清校本書時，仍體會到那是五〇到六〇年代，一群青年男女生活在台灣的情感糾葛和恩怨情仇。時代在變，生活型態在變，但人性的善惡、喜怒、嗔貪等特質仍亙古常新。

多年來文學市場迭經變革，許多書早已遍尋不得，蒙許多讀友垂愛，一再詢問，本書乃由皇冠版、九歌版，現再以大開本用較大字體第三次排印。

最近一位政治人物，在公開場合表示，各方應多建「感恩祠」，以感恩的心紀念應該感謝的人。本書內容，圍繞在一夥青年男女，是應該以感恩圖報或以德報怨的情節發展。而且，個人對本書的多次出版經各方協助的歷程，以及為本書評介的名家，加上廣大讀友的喜愛，才能一次又一次的以新版本問世，特以感恩的心向所有愛護和關懷本書的人們致謝！

——二〇〇二年五月於台北

《雨夜的月亮》中兩種人生經驗

董保中

蔡文甫的《雨夜的月亮》不是一部寫實主義小說。藝術反映現實，但卻不一定要直接的描寫現實。藝術表現人生，但人生意義的了解卻是多角度的。小說中的人物、情節、佈局的現實並不等於客觀的、日常生活的現實。文學之所以是藝術，是因爲藝術家能夠創造出自我想像的藝術的現實與世界。但是這自我想像的藝術的現實與世界，卻往往能使讀者對我們生活的現實的意義得到新的啓發解悟。

《雨夜的月亮》也不是鄉土作品，雖然内中的某些細節可能是我們日常生活中遇見過的，經驗過的，所熟悉的，但這些情況可能發生在任何一個都市：可能是五十年代或七十年代的臺北市（雖然現今臺北早已見不到三輪車了）；也可能發生在三十年代、四十年代的上海或是天津。《雨夜的月亮》的作者，是藉小說藝術來形象化的表現人生某些方面的本質與意義。

作者對《雨夜的月亮》的佈局很注重它的戲劇性，不是現實生活所見到的。藝術上的創作，只要沒有邏輯上的矛盾牴觸，一切都是可能的；而且我已指出《雨夜的月亮》不是一部寫實主義的作品。從古希臘的戲劇，到一些新古典戲劇，一直到我國現代戲劇家曹禺的《雷雨》，都有不合「現實」的佈局。我覺得《雨夜的月亮》跟《雷雨》的佈局在某些方面很有偶合之處。布局儘可複雜，角色之間的關係儘可錯綜，但是能把這些複雜錯綜的佈局，在情節的發展中整理出頭緒，處理得當，則要看作家的藝術修養與訓練。海明威的鉅著《戰地鐘聲》的時間是三天——從羅伯特的來到游擊隊基地到他的犧牲；《雨夜的月亮》的時間卻不到二十四小時，從黃昏到第二天清晨，也許只有十二小時——經過一夜的雨。

在結構上，《雨夜的月亮》有兩個「個別」的，卻又是「相連」的情節，並行而交錯的敘述書中兩個主要角色；一個年近六十的劉培濱與一個二十出頭的青年于雲雷對希望與生活的追求。「個別」，是因爲劉培濱跟于雲雷處於兩個不同年齡，不同生活經驗、環境，對不同希望、生活的追求，而且彼此不相識。「相連」，是因爲這兩個主角不可分解的命運：劉培濱是于雲雷的父親。

年輕的時候，劉培濱曾有過一段事業輝煌得意的時間，同時也是一個對家庭，對跟他有密切關係的人不負責任的花花公子。他結了婚，先後跟好幾個女人同居過，生育了不少兒女，卻又殘酷毫無顧惜的拋棄了他們，使妻子、情婦、子女們遭受艱辛的苦難掙扎。事過境遷，劉培濱的事業一敗塗地，潦倒不堪。也許是出於深沉的痛悔（但是沒有人相信他），劉培濱想回到他的家，（那個「家」才是他的家？）希望得到妻子、兒女及曾經愛過他的人的寬宥，收容他，使他能夠平安的度過他這一生最後的日子。在飢餓病困中，劉培濱從一個「家」走尋到另一個「家」，在一個下雨的夜裡。無例外的，他遭受到堅定無情的拒絕。

于雲雷自幼失去父母（父親遺棄了他，母親去世），爲一個大企業家葛華達撫養長成。于雲雷是一個自尊心強，不甘寄人籬下，希望自己獨闖天下的青年。他拒絕葛華達的女兒強妮對他的追求，不肯接受葛華達想把他（葛）的企業、財產轉給他的願望，寧願赤手空拳到鄉村去闢辦一個農場。在追尋他的理想時，于雲雷也同時在尋找他的「根」，他的父親。如此，劉培濱跟于雲雷彼此的尋覓很有結果的可能，卻不幸爲了年歲的消逝變遷，永遠的失去了機會。劉培濱餓死、病死在雨夜的街上；于雲雷單獨的離開葛家到農村去，始終沒有找到他的父親。

在于、劉二人對自己願望追尋的主要情節下，還有次要的和「支輔」的(Supporting)情節。其中之一是葛強妮對于雲雷的追求，但是于雲雷卻由於內心的自尊與自卑感，及情緒上的憎愛太強烈，直到最後才發現他自己是愛強妮的。作者在對這一微妙心理狀態的處理上具有深入的了解。其次是一群青年男女，也就是于雲雷的朋友們的生活與彼此間的關係。之中，于雲雷、唐升辰、黃兆蘭都是劉培濱所生。于雲雷與唐升辰是同父異母兄弟；與黃兆蘭是同父異母兄妹。但是他們自己並不知道這種關係，以爲彼此只不過是普通朋友，以至於于雲雷與唐升辰都對黃兆蘭有過戀愛的關係。

如果這三人之間的戀愛關係發展下去，《雨夜的月亮》將可能如曹禺的《雷雨》一樣，發展成爲一大悲劇。只是作者沒有允許這種亂倫的戀愛發展下去。固然一方面是作者著力於主題與主要情節的發展，必須對次要的情節加以適當的控制，否則這亂倫的戀愛悲劇將完全顚倒混亂這部小說的主題意義。另一方面，不允許亂倫發展成悲劇，我想是由於作者的道德觀，不是有如古典希臘戲劇或是曹禺在《雷雨》中表現的命運觀，使子女來承擔父母的罪過(Sin)的悲劇。《雨夜的月亮》的作者拒絕使無辜的子女（雖然唐升辰是一個花花公子式的少爺）來承擔父母的罪過而受不應受的懲罰。這是作者對情節發展的控制，但這控制是合乎書中人物、情節本身的合理的發展。作者的道德觀應該是：人對自己的行爲負責。于雲雷、唐升辰與黃兆蘭三人的關係有助於增強讀者對於劉培濱應負的道德責任的擔子的認識——劉培濱幾乎造成了人間最深重的悲劇。

在劉培濱與于雲雷兩人「追尋」的主題外，《雨夜的月亮》的情節模式又構成了另一個相關的主題：人與自己或是非自己所構成的「陷網」（Trap或是Web）的鬥爭。人不是生來自由，也許永遠不是自由的。人一出生就馬上受有形無形關係的束縛牽制，而且要對這些束縛牽制的關係負責。于雲雷所處的「陷網」一大部分是由於他的父親劉培濱的罪惡所一手構成，另外是強妮與葛華達所設的「天羅地網」——這也跟劉培濱罪惡的過去不無關係。劉培濱的「陷網」卻是他自己一手製成（作繭自縛）——由一個一個「罪惡」所羅織成的網。在追尋與希求自「陷網」中得到解脱的過程中，更明顯的是于、劉兩人所擔負的道德之不同。劉培濱在道德良心上爲他過去所作的罪惡沉重地壓迫著；他必須承受他過去所犯的錯誤的結果——不管他是否願意，接受良心的譴責——不論是否眞的接受。于雲雷卻沒有這種良心道德的負擔。所以劉培濱的追尋解脱必須倚仗他人的條件與原宥；于雲雷的追求卻是以自己的需要爲條件。良心上的安寧使他無求於人，雖然他必須擺脱葛華達父女這個「網」。劉培濱失敗了，而于雲雷成功了。《雨夜的月亮》的道德意義在此充分的表達出來了。

人生是一個「陷網」，隨時隨地在束縛窒息人的意願，但是這個「陷網」並不足以構成人生的悲劇。自「陷網」中解脱出來，另闢天地，主要是人爲的力量與意志，產生這力量與意志的是個人的道德所處的地位。

《雨夜的月亮》是悲劇與正劇(Drama)（于雲雷的成功不是喜劇）的綜合。因爲這部小説中包含著兩種不同類型的追尋過程，兩個不同性質的「陷網」，以及兩個主要角色所面對的兩種不同的道德問題與人際關係。但是作者對劉培濱這個悲劇性人物的處理似乎不如對于雲雷的成功的處理來得有力量。我想這是出於小説的結構的原因。于雲雷的奮鬥、追尋是現在的，他對葛強妮的愛的抵拒，對葛華達的「同情」、「照顧」，及父親式的「愛」的反抗都是「現在」的，給予讀者的印象感受是直接的、現時的。劉培濱的困苦潦倒是他過去無數罪惡的累積，那些罪惡都是在劉培濱追尋依靠時，經過倒敘的手法表現出來，是過去的；現時的劉培濱卻不是一個殘酷不仁的自私自利的傢伙，而是一個走投無路的、無依無靠的年過半百的弱者，值得讀者的同情（甚至書中某些受過劉培濱殘酷遺棄的人也對劉抱有不忍之心），所以劉培濱過去的反面(Villainous)性格跟現時的淒涼悲苦的情況缺少正當的對比。

再者，古典的戲劇性的悲劇人物之所以是悲劇的，是在於人物的最後的醒悟與了解。作者對劉培濱的「醒悟」、「自我反省」——作爲一個悲劇角色塑造的條件——的處理卻有點模稜兩可。

也許作者自己對於像劉培濱這種人是否可以達到眞正的醒悟、反省的可能性抱有某種程度的懷疑，所以劉培濱對妻子、兒女及跟他同居過的女人們的告悔都得不到對方的信任，更得不到對方的原諒。再加以作者對語句的安排，使讀者也對劉培濱是否出自眞誠發生疑惑。劉培濱最後死於街頭，在垂死時對發生在他周圍的一些事件，曾使他發生不少感想、夢幻、內心獨白(Soliloquy)，但由於他瀕臨死亡時的心神狀態，這些獨白、感想，缺少理性的醒悟與持續，所以劉培濱在最後的一夜是一個可憐的老頭子。他的可憐，不得寬恕，可能令讀者覺得作者對劉培濱命運的處理太殘酷了一點兒。這是因爲我們對劉培濱「不仁」的過去的認識不夠眞切。我想作者之如此安排，道德意義的考慮重於藝術效果的安排。作者著重於劉培濱在道德上應負的責任，對他自己的行爲結果應得的懲罰。

在《雨夜的月亮》中値得深思的是劉培濱與于雲雷之間的關係。他們是父子同根脈，而生活在不相關聯的世界裡，彼此是陌生的，可是卻又彼此尋找著：劉培濱想找著他的兒子大德（現在叫于雲雷），于雲雷切望的找尋他的父親。從情節的表面意義看，似乎只是人生的一種不幸。但是我懷疑是否有種時代性的Allegorical意義在？由於沒有充分的證據與理由來解答我的懷疑，只好暫此存疑。

——一九七九・四・於美國巴法羅市

1

雨絲從低低的雲片抽落、抽落、抽落。天空灰茫茫的，街道灰茫茫的，分不清是雨色、暮色。瀝青路面，塗上濕漉漉泥漿；縱橫交叉的足跡、輪胎跡，畫無數個幾何圖形。站立雲層上的五彩氣球，揹負一長串紅字，告訴人們早已知道或不想知道的事。霓虹燈眨眼，龜裂的陰溝蓋板張嘴喘息；牆角「召租」、「出售」的紅紙，仍賸殘片浮在雨霧中瑟縮。

于雲雷擺擺頭，甩掉眼前錯綜的景象，臀部挪離坐墊，兩腿輪流伸直踩動腳蹬，車身傾覆向前衝刺。鈴聲劃破綿密的雨幕，閃進一條小街，三輪車吱吱地停在大門旁。

他躬腰騎在車上，撩起龍頭上的黃毛巾，擦面龐和頸上的雨水；眼看白底藍字「毛寓」的瓷牌，捺響車鈴，含糊地吆喝：「小姐，到了。」

女高音從繃緊的車幔中鑽出：「到了，到了，你不曉得上去叫門？」

「可是——」

「你不知道下雨？不知道我沒帶雨具？」

于雲雷縮縮頸子跨下車。平時她搶著上前，不讓別人敲門；今天似乎有點反常。她沒有穿雨衣，披的是無領米色大衣。蘋果綠的洋裝，裹得全身緊綳綳的，顯得寸寸都是女人。她挑起鞋尖跨上車，不由得他不把目光停留在她胸前。

此刻捺門側的電鈴，指尖撫摸那圓渾渾的一點，仍有輕微的磁性感應。顫慄通過全身，如煙如霧的黑色慾望倒流。他惱怒自己的聯想，再使勁捺圓鈕，一陣又一陣。

「誰啊——？」門燈的光，輻射在他冷濕的身上。聽出是女傭阿珠的破嗓門。

「是葛小姐，強妮。」

阿珠蓬亂的頭伸出小門，他已轉身，拖著腳跟，走回車旁，撩起塑膠車幔。車上的人從他胸前躍下，踢踢踏踏邊跳邊跑。強妮身影滑進門內，于雲雷才大聲問：「要不要等妳？」

「急什麼？」她扭轉上身，大衣裹緊肢體，堵住朱門的空隙：「到時候，我會告訴你。」

「可是，我說過，今兒晚上——」

強妮已昂頭向內，他沒法說下去。阿珠關門時，目光似在探詢他要不要進去？但他沒心情顧及那些，只對自己的行爲失望。強妮跳下車，便該掉轉車頭回家。這是最後一晚爲姓葛的服務，還要事事遷就她？

三輪車推順在牆角，他掩縮車篷旁。雨絲飄過高大的圍牆，斜射發燙的面頰。他拿不定主意。此刻如抛下強妮，獨自離開這兒，強妮會怎樣說，怎樣想？

他從褲帶下錶袋內，掏出半截香菸塞進口中，摸遍衣袋，不見火柴。鑽進車篷，臀部觸及海棉墊餘溫，心波蕩漾。強妮渾身充滿熱和力，舉手投足間彷彿會噴出火焰，隨時可把人炙死燒死。但他強迫地告訴自己：他不喜歡她，而且是十分厭惡她。

確是令人厭惡，她來找姓毛的小子，可以騎跑車，也可以坐計程車，為什麼定要和他過不去，衝進小屋抓他出來，不讓他在葛家度最後的寧靜之夜？

當強妮衝進他小屋時，燈光像爆出火花，便覺得有些不對勁。

她揮動右臂，「小于，我要出去。」

「很抱歉！我得收拾東西。請妳另外想辦法。」

「我想的辦法就是找你。」她踮起足尖打圈圈，目光掃射四週：「你有什麼好收拾的？這點兒東西，還不是提了就走！」

他噴出濃濃的煙圈。從灰茫茫的煙霧裡，環顧房間中的舊書、破衣服、帆布袋、梳洗用具……強妮說的不錯，如果專心整理，花半個小時就成。但感觸太多，想的也太多。小葛跳進屋，他正愣愣地含著菸捲呆在屋角，不像清理東西的忙人。她怎肯相信沒有時間的話。

他說：「看得見的東西好收拾，有些東西是無形的，不能一提就走！」

強妮的眉毛豎起。「唸了幾天書，就有書呆子氣。我沒工夫聽你的瘋話，快點跟我走！」

多唸了幾天書，又有什麼錯？強妮常用冷言冷語嘲諷他，使他嚥不下那口氣。他仍是葛家的車伕，強妮擺出小主人身分，他便賴不掉本身應做的工作。摘下菸捲，在桌腿上擦熄；鎖起小屋，拖出三輪車。他要有始有終，不讓人多說一句閒話。他是一個自愛而又自負的人，不能接受別人指責。不由得不讓強妮牽著鼻子走。

于雲雷摸摸唇邊綿軟軟的半截香菸，菸癮夾著不快情緒，裊裊上升。嘴中滲水的味道不好受，該向阿珠要個火。身上又冷又濕（衣服外面是淋的雨，裡面是滲的汗），坐在車篷內等待，遠不如到阿珠屋內去——

他剛把頭伸出車幔，強妮已從門內竄出，跳近車旁，揮動手臂：「走吧！」

半截香菸又塞回原處。他輕身躍下車，發現強妮迷惘的神情：「回去？」

「才早哩！」她扭頭避開他的注視：「先去電影街！」

于雲雷抬起手臂看錶。時間耽誤得太多。強妮有的是閒工夫，而他今晚卻有許多事等著做，怎能一直陪她？

他找理由勸阻：「現在不是電影院進場時間。」

「誰告訴你看電影？」

「可是妳說去電影街！」

強妮披的毛茸茸大衣逼近他，眼中是白茫茫的一片：「轉圈子、兜風、看熱鬧，你管得著？」

是的，他管不著。車伕怎能管大小姐的行動？尤其是在離開的前夕，更不願過問她的私生活。龍頭一擺，車身踉蹌地顫了顫。他堅決地說：「我不去！」

「爲什麼？」

「老早告訴過妳，我沒工夫。」

強妮笑出聲。「你眞以爲我是兜風？」

于雲雷仍板起面孔，瞧著亮滑的水泥地面。

「我是去找人哪！」強妮豎起左手食指戳向他。

他迅速後退一步，避開她滿塗蔻丹的指尖。實際上，兩人中間仍隔著車輪和車身，有不少距離。雨霧撲擊她蓬高的髮絲，一粒粒晶瑩細水珠，在她髮梢、眉尖跳躍。她走出大門時臉上顯現的迷惘在褪落，又露出淘氣的神色。

他倒吸一口冷氣，無奈地抓起把手：「去那一家？」

「氣死我啦！不知道。」

于雲雷又直著嗓子叫：「那怎麼找法？」

強妮已坐上車，左腿蹺得很高。雨絲圍繞她光潤的尼龍襪旋舞。

「他昨兒說過，」強妮聳聳肩：「他要去看『脫落的枷鎖』那部片子。」

一陣冷風從圍牆頂角削來，院內油加利樹葉上鍍的雨點，搖落在于雲雷的頭上和肩上。被他轉身抓住撩起的篷幔，準備拋下。

她喊：「不要。」

「不怕淋濕妳的新鞋、新襪、新大衣？」

「不怕。我喜歡看你扭動的臀部——」

于雲雷摔車幔，翻身跨上車，挺直膝蓋蹬踏。憤怒的車鈴聲，叫嘯地向前衝撞。今晚從家中開始，就不該爲她踏車；現在最起碼也該回敬她一句：「我更喜歡看妳的臀部扭動！」

太輕佻了，不行。強妮仍是個孩子，嬌寵慣了的孩子。她隨時隨地能表現出任性和沒有教養；但他不能學樣超過距離，讓別人議論是非。他要盡可能說本分的話，做本分的事，不管強妮像不像個小主人。不用回頭，就可以知道：強妮定在搖晃的篷幔邊緣，偷窺自己因踏車而顛動的肢體。

于雲雷突地覺得自己被剝光了衣服，裸露在衆人面前受辱。肝腸像被誰揉著、搓著；怒火熊熊，熾熱得可以焚燬銅筋鐵骨。車輪在一段破損的路面上輕浮地跳躍。他聽到身後的尖叫：「你不能把車子踏得好一點嗎？」

還要踏得怎樣好法？該把她趕下車，讓她獨自去找毛健雄的。但心中另一股力量要他忍耐。他已忍受了這麼長的歲月，那麼多艱辛、苦難，還在乎這區區的片刻，小小的侮辱？

魚眼似的紅燈，釘在十字路口。車速減低，頓住。于雲雷又撈起毛巾擦雨水。

行人慢慢麇集。穿雨衣戴雨帽的男人，爲兩條辮子的女孩撐紫傘。五十多歲的老媼，手攙六歲左右的幼童，黑布傘遮不住斜射的雨箭，孩子全身被淋透。

還有些沒帶雨具的人也站在附近。一個老頭的鬚髮很長，傴僂地縮在車篷左側顫慄。衣服又單薄，又潮濕，又泥濘，爲什麼這樣狼狽？臉上的皺紋很深，眼窩陷落。雙眉鎖緊連成一線，鬈曲的絡腮鬍長滿在高聳的顴骨，加上左額上一粒大黑痣，整個臉龐，彷彿鐫了一個黑色的「犬」字。

強妮大叫：「氣死我啦！你爲什麼還不走？」

他回望那可憐巴巴的老頭時，綠燈已讓人們通行。他捺車鈴，踏車蹬，車輪懶懶輾動。他用不著關心那「犬」子形面龐老人，也不必關心強妮。她平素喜歡單獨去找毛健雄，今晚硬拖著他一道前往，又要什麼新花樣？使他驚奇的是：毛健雄竟沒有在家中等她。他們是一對歡喜冤家，感情忽冷忽熱，這又是鬧彆扭的前奏。下面該演出什麼樣的鬧劇？他看不到了，離開葛家，不再吃如此的「夾心餅乾」。他們狼咬死狗也好，狗咬死狼也好，都與他無關。他眞想打開車幔對她怒吼：「妳下車吧！我不能送妳去，妳自個兒去找姓毛的小太保吧！」

嫉妒！小葛定說他是嫉妒。她嘴不饒人，話銳利得像三角尖刀，直穿肺腑，不容許中途拋下她。除了乖乖拉她到目的地外，怕脫不了身。

擔心的是毛健雄不在電影院，強妮將採取怎樣步驟？她是個不甘寂寞的人，失望了，受到打擊，便要獲得補償。那一次就是因爲姓毛的小子甩了她，才臨時興起參觀他小屋的念頭。

誰料參觀竟會增加那樣大的困擾；早知會那樣，就會全力阻止她進門。

他是阻止她進門的。車子載到東又到西，見強妮沒有意思離開他，只好載她回家。車子推進車棚，他便蹲在黑地裡擦車。用這方法冷落她，逃避她；她如覺得沒趣，定會回到自己的象牙之宮。

估計錯誤。跳下車的強妮，沒有走開；兩手插腰，站在小屋門口：「你一定要在這時擦車？」

「不擦，明兒會生銹。」

她手背抵腰桿，兩腿交叉畫半弧，得意地走近車房：「我來幫忙。」

抓擦車布的雙手猛搖。

「不開燈，你是『瞎忙』！」強妮的音調充滿了同情，或者說是諷刺：「電燈開關在什麼地方？」

車棚毗連小屋，偏在院隅，那是她爸爸葛華達的設計。但深夜開亮棚口大燈，讓強妮伴他擦車，家中任何人見了，都將認爲是天大的滑稽，是非便會傳遍全宅。

「快進去吧！」他挺腰頓腳：「這不是妳該逗留的地方！」

強妮手摸光滑的坐墊：「你說說看，我該逗留何處？」

她身後是灰濛濛的庭院，但仍可看出她滿不在乎的樣子：兩手揮舞，雙腳踢動，彷彿在跳「阿哥哥」舞。

強妮又說：「我不離開這兒，你能怎麼辦？」

怎可使這場面僵持下去？停止擦車，開門讓她走進小屋。

扭亮電燈，強妮表現出極大的興趣。東摸摸、西看看。炸彈式燈座，木板拼成的書架，堆滿書籍簿本的寫字檯；甚至於壁上掛的日曆女郎，以及散放在牆角的髒鞋臭襪，都沒有被放過。

他呆坐在圓背籐椅上，目光隨她軀體游移。希望她於滿足好奇心後，很快的離開。

強妮旋繞著舞蹈，突地驚叫：「你有這麼漂亮的一張床！」

顫慄從心底升起，像皮鞭猛抽脊背：「妳說我……我不該有？」

「不，不是那個意思。」她眼珠流轉，逡視斑駁的牆壁，簡陋的陳設：「我覺得這張彈簧床，擺在這兒不太配。」

汗從骨節眼兒鑽出來，燈光迷濛。強妮說話的聲音，像跌落在瓦甕，沉重而不著邊際。他不該讓她進屋，更不該讓她胡說八道。

「可是，我說過，不配的事多著哩！」他想用惡毒的話還擊：「妳在我的屋子裡逗留，看來更不配。」

有點失望。強妮聽不出或是不在乎他的嘲弄。把閃亮的魚形皮包，摔在凌亂的寫字檯上，身體歪在床頭，成英文字母的S形。

「我是自動來參觀的，僅僅是參觀。」她左臂撐下顎，面對著他：「你不要分得那麼清楚，誰都沒有看輕你，我爸爸——」

「不要提到妳爸爸！」于雲雷揮揮手臂，像要趕走葛華達矮胖的身影，但兩撮八字鬍，蟹式的走路步法，仍在前後左右晃蕩。

「不提我爸爸也行。」強妮伸伸舌頭：「大家都沒有把你當作車伕。」

「當作什麼？」

「那很難說。」強妮的眼皮垂下，注視藍色大方格的床單：「你可以算我家客人、朋友、親戚——」

話突地頓住，像觸及內心隱秘的部份。于雲雷想接上去說：「養子！」

他搖搖頭，緊咬嘴唇忍住想說的話。背後的言論，不必聽，許會有想像不到的惡毒。葛華達不讓他踏三輪，要他專心唸完中學，讀大學。他不願白吃、白喝，不願聽冷言冷語，才固執地抓住這工作不放。葛家僱了新車伕，甚至於要賣掉這輛舊車；但他堅守據點沒有讓步，仍安分地踏車、踏車。那是怕引起更難聽的嘲諷，給自己塑一座精神堡壘，防禦人們的襲擊。這有效嗎？又能阻止多少言論？從強妮的態度，可以知道自己是徹底的失敗了。

他向床旁挪近些，手指強妮：「妳嚕囌得夠了，回去吧！」

「這是我的家，要我回到那兒去？」她肢體伸直，是一種舒服的臥姿，同時噴出咯咯笑聲。

「你怕我了？你一直怕我，是不是？」

強妮的話刺中心窩。是的，他怕她。時時逃避都沒用，終於束手被擒。明天就要離開了，今晚仍脫不了她的掌握。

「車子還踏到那兒去？」強妮的尖叫聲衝破雨網：「你看不到電影廣告！真氣死我啦！」

于雲雷抬頭，見「脫落的枷鎖」巨幅廣告，橫架在影院門樓上。麥田裡擁吻的男女，把眉形月亮，擠在一角。乳白的光輝，濺射在人體稜起部份。畫上的景物和色彩，被雨水潑得淋漓濃郁，更顯得紅艷欲流。

三輪車顫巍巍停下，他抓毛巾擦水擦汗；安心騎在車上，冷眼看忽聚忽散的群衆。

「你不幫我打尋人的幻燈？」聲音仍在車幔裡滴溜溜旋轉。

于雲雷目光尾隨撐紅傘的老頭，老頭身旁是個年輕女人。他心不在焉地問：「找誰？」

「你裝得眞像。」強妮的頭已伸出幔外：「除了毛健雄，還要找誰？」

懶懶跨下車，走向窗口，寫好「毛健雄外找——強妮」的紙條遞進去，便回到車旁。強妮已撩起車幔，絞起雙腿，入神地眺望花花世界。

于雲雷提醒她：「妳不去電影院門口等他？」

她搖頭。

極大的困惑，漾在于雲雷的臉上。還沒來得及質問，她跟著解釋：「他不會在電影院，等也沒用。」

他突地有想哭的感覺。又無辜受愚弄了！爲什麼不早點發現？眼前人影臱亂，雨絲紛飛，霓虹燈的光波流竄，一切——連他自己在內，顯得荒唐而滑稽。照現在的情勢看：強妮不找任何人，而是故意尋他開心。他不該輕信她的話，陪她兜圈子。有充分理由拒絕的：在最後的一日，主人不給半天假？

「妳知道他不在這兒，」于雲雷扭身大吼：「還要逼我來這兒？」

「當時無法確定。現在我想通了，毛健雄不會來看電影。」

他猛拉龍頭，車身劇烈顛動：「好！我送妳回去。」悶氣嚥入肚內，自認倒楣。

「我要去藍月舞廳。」

「妳『確定』他在那鬼地方？」

強妮頓了一下：「他不在不要緊，有你哩！」

牙床相互碰擊，他咬緊牙根忍住。強妮怎麼說？他頭髮和衣服濕淋淋的，還能陪她跳舞。布夾克，油條式長褲，粗重的皮鞋，還能伴她進舞廳？他已有過一次經驗了，那是毛健雄賭氣離開，而他被抓去充數。並不是化裝舞會，但他全身車伕打扮。在滑溜溜的舞池裡，滿眼盡是婀娜的人影。緋色光流，從壁燈和天花板的浮雕漫出，場景昏黯迷濛。強妮的肢體，隨著嘶喊、喘息的音樂節奏，搖擺晃漾。迴旋，暈眩。千百隻嘲諷目光刺向他，似乎都在罵他：忘記身分的寄生蟲，攀著千金小姐在這場合鬼混，不感到羞恥？沒機會辯駁，誰也不了解他有什麼身分。如果他穿戴整齊，像一個眞正的大學生，在這玩樂的地方，誰敢鄙視他？他有幾張嘴，能告訴每個懷疑他身分的人？或許誰也沒懷疑他，僅是潛藏的自卑感啃噬著自己。看吧：強妮的腰扭著、臀部扭著，三寸的銀色高跟鞋扭著；整個舞池、整個世界扭著。柳絲式長髮，火傘般裙裾，鼓起綠色浪潮。浪花衝擊堤岸，殘缺的月亮，有如撕破的薄餅，輕貼在蒼穹。他在堤旁走著，強妮跟在他身後訴說、埋怨：爲什麼不把一支曲子跳完？爲什麼不聲不響就撇下我衝出舞廳？你沒有紳士風度，教我怎樣做人？不想回答，沒有理由回答。他和她處在兩個不同的世界，環境給他的刺激和感受，豈是她所能了解？豈是言語解釋得明白？

他撩起車幔：「我要送車子回去，請妳下車。」

「你好怪！有得玩，還不想去。知道吧：別人求都求不到這機會！」

「可是，我說過，于雲雷就是和別人不同，我有自尊心，我有獨立的人格——」

強妮用手勢割斷話頭：「現在不是背『宣言』的時候，你說說看，爲什麼急著離開我？」

于雲雷猶豫了一下：「我有約會。」

「是男士還是女士？」

上門牙咬下嘴唇，不願回答；但內心有股力量阻止他緘默：「是女士。」

「還是那個又高又瘦的『黃竹竿』？」

「是黃兆蘭。」于雲雷霍地轉身背向她，語調嚴厲：「妳不該這樣形容別人！」

「你要我說她又美麗、又健康？」

這是酸溜溜的味道。強妮年輕貌美，還有消閒的生活方式，已掌握人生最美滿的部份，還嫉妒另一個遠不如她的女孩？「是美是醜，我自己心裡明白，用不著妳多嘴。」

「我才不管那醜八怪的事哩！我只想問你，爲什麼要急著見她？」

廣告畫上的長腿，踢向摩天高樓，是任性？還是矯情？水滴從濕漉漉的線條滑向人們的頭頂；提著籃子賣糖果、瓜子的小孩，抓住觀衆的膀臂兜售；蛇腰的女人斜睨擁著她腰肢的男伴。

于雲雷車轉身，目光瀉落在強妮光滑的雙腿。他賭氣地說：「我們要談婚禮的細節。」

強妮搶抓大衣下襬遮裹膝蓋：「你要結婚了？我爲什麼一直都不知道？眞氣死我啦！」

爲什麼要讓妳知道？妳知道了，對別人有多大好處？但他還是平靜地說：「妳沒有問過我。」

強妮的鞋跟蹬踢車身木板：「騙人，誰相信你的鬼話。你坐上車，好好告訴我：那不是眞的。」她面頰被閃撲的霓虹燈光舐掠，一忽兒明亮，一忽兒灰暗，雙手抱螺形蠟黃皮包，節節挪移臀部，讓出三分之一的隙地留給他。

他固執地說，「可是，我說過，那不成體統。」

「你忘了？」她立刻反擊：「不成體統的事多著哩！」

于雲雷避開強妮緊逼的目光，注視射向半空的赤裸雙腿。隱約見強妮摔去一隻又一隻灰色高跟鞋，恣意地在彈簧床上翻滾。這已超出參觀的範圍，更失去應有的身分，他該走出小屋避開她。可是，他仍愚騃地僵立屋中，等候事情的發展和變化。

強妮昂起頭看他：「我的問題，你還沒回答，你眞的怕我？」

「我爲什麼要怕妳？」

「你說謊。看到你眼皮垂下，動作畏畏縮縮，就曉得你說的是謊話。你敞開門，不怕凍了我？爲什麼不把門關起來？」

強妮這樣胡鬧已經不像話，關起門來更不成體統。他搖頭說：「不。」

她仍在床上蠕動。「你不覺得我很漂亮？很有誘惑力？」

他低頭看自己發霉的鞋尖，不願回答。實在不明白這任性的女孩，究竟需要什麼？她吃飽了、玩膩了，便找他這個蹲在別人屋簷下的傻小子尋開心。他是看著強妮長大的，也眼看她慢慢蛻變。他初到葛家時是十二歲，強妮才五歲；十四年的時光，同樣加在他們二人身上，結果卻完全不同。他們之間的距離，也由近而遠，遠得難以認出她本來面目。

「我現在告訴妳，」于雲雷認眞地說：「最好的辦法是『出去』！」

「我不出去。」

「不怕別人看到妳這樣兒？」

「不怕。我什麼都不在乎；如果你怕，你在乎，就把門關好，窗簾拉好。」

強妮已看清他的弱點，他是怕這鬧劇場面被人發現，傳遍整個住宅，那樣將無法向人們說明眞相。最怕大家不當面談他，只在背後搗搗戳戳，他沒有機會向別人解釋。不少人說他在葛家，既不像少爺，又不像車伕。再和小葛糾纏一起，將會引起更多閒言閒語。即或他能找到機會把經過告訴大家，對素有成見的人們會相信：嬌滴滴的千金小姐，無緣無故會跑進小屋躺在他床上？

關門，拉窗幔，是在極複雜、極勉強心情下完成。掉轉身還沒看到她的形體，電燈開關已「啪」地一聲，整個小屋被黑暗呑噬；接著便聽到小葛得意的嘻笑聲。他突然發覺自己是上當了。

「我再不上妳的當了，」于雲雷仍緊握三輪車龍頭，眼角見附近許多三輪車伕，冷冷地注視他。「我沒有理由要坐上車！」

「我不下車呢？」

他有辦法對付強妮的淘氣，只是不願意那樣做：掉頭就走，把車子留在這兒，讓強妮自己要弄自己！強妮已高中畢業，有能力照顧自己，不會遭受多大困難。她可以拋下車子，去她愛去的地方；也可以僱另一部車子回家。別人不知道他走開多久，多遠，不敢偷，即使偷走了，富有的主人，已改坐汽車，不在乎這落伍的交通工具——他更不在乎主人對自己的觀感和態度。

于雲雷摔下車幔，跨上車，踏動車輪。

強妮詫異地伸出頭。「你預備怎麼辦？」

「送妳回家。」

「誰說我要回家？」

車子慢慢行駛；他按照自己的意思去做，不接受支配。強妮優閒自在，有的是時間，而他卻要和生存搏鬥。

「我沒有妳那麼大福氣，」他說：「不能再陪妳兜圈子！」

「錯了，你全錯了。我不是你所想像的那樣開心，你看不出我的煩惱？」

他自己的煩惱已夠多，怎還有時間關心別人。

「你要離開我家了。今兒晚上，我必須和你談談——」

于雲雷霍地掉轉頭，滿街的雨點，豎立在昏黃的燈光裡：「原來妳不是找那姓毛的小子！」

「爲什麼不是？」強妮僵硬的腔調，像雨滴洒落在他身後：「現在我突地明白，氣死我啦！毛健雄在躲避我，我已找不到他了。」

鼓足全力踏動車子，雨星撲擊面頰和車篷。他不知道自己是高興還是爲強妮抱屈？她找不到毛健雄，和毛健雄找不到她的意義，究有何不同？他左手解下龍頭上的毛巾，擦拭面孔、髮絲後，再縛回原處。這是一個難得的機會，可以聽到吃喝玩樂的強妮訴苦。平素認爲她不會有思想、感情，從沒有想到她會有煩惱。誰知竟想錯了。

小葛在身後大叫：「你帶我去那兒？」

車子拐進一條窄巷，抖落滿篷的雨點。

「你搞什麼鬼呀？」強妮大叫：「氣死我了！這路我全不認識。不是回家，又不是去舞廳。你去什麼鬼地方？」

穿出巷口，駛入僻靜的小街，車速緩慢，停在一個陰暗的牆角。

于雲雷跳下車，扯起篷幔。「妳不是要和我談話？」

她環視四週，懷疑而又愉悅地問：「你選中了這地方？」

那陌生的僻靜場所，沒人認識他們；不論談什麼，只有他們自己知道。「妳不認爲這地方談話最理想？」

「上來吧，不怕雨淋著你？」

全身已淋成濕漉漉一團，還怕？比風吹、雨打更苦的事都經歷過，怎會怕這毛毛雨？擔心的是不知強妮搞什麼新花樣。

于雲雷緊挨在車廂邊側，怕潮衣服浸濕了她。但雨絲仍在他們身旁旋繞，小葛把掠起一半的車幔扯下，黑暗跟著裹緊他們，唯有幔邊滲入一些朦朧路燈光，舔著他的肢體。

他的右手被抓住了，車中人更移近了自己。

強妮說：「你的手又濕又涼。」

這是不好的開場白。踏了一陣車子，全身冒汗，手還發涼？汗水混凝著雨水，手黏答答的，被柔軟滑膩的手撫摸著，顯得非常不調和。他不想答腔，等待抽回的機會，隱約覺得又上當了。冷硬的空氣固結四週，于雲雷不想僵持下去。「妳有話現在可以講了。」

「想不到，你對我這樣冷淡！」他似乎聽到她的歎息聲，或是喘息聲。「我……我有……有孩子了。」

于雲雷覺得有一盆涼水，從頂蓬傾灌入脊梁，突地打了一個冷顫，整個三輪車像浮在半空飄盪。他下意識地摸出半截菸頭塞進口內。想笑，笑不出聲；一會兒便有要大喊大哭的感覺。當然不是爲強妮的命運痛哭，而是憐憫自己，竟會和她同坐在三輪車上聽她的敘述。這彷彿是夢境，現實中那有這樣怪事。

「那不是很好嗎？」他猛力抽回手。「妳可以做媽媽了。」

「可是，孩子需要一個父親。」

他很佩服小葛的冷靜和沉著。大概是受電影或小說的影響，才有這樣漂亮的對話。聽她說話的語氣流利自然，像是談論故事或戲劇中人物的遭遇，而不是她自身的煩惱。

「所以——」于雲雷頓住話頭，內心有了新的領悟：「所以妳才要急著找姓毛的小子？」

「你猜對了一半。」

于雲雷手拉住車幔，讓路燈光撲射在強妮臉上，他藉機審視她面部的表情變化。

她嘴角掀了掀，像把擠出的笑意壓了回去：「我找的眞正目標是你！」

他猛吸一口菸。菸沒有點燃，吸進菸絲不少，放下車幔，摘去菸頭，吐出麻辣的菸絲。

「妳看錯了人，」于雲雷受了極大侮辱，忿懣地大叫：「我不是妳想像中的傻瓜，怎願意做替死鬼？妳還是找那姓毛的小太保吧！」

半晌，似有啜泣聲傳出，于雲雷看不到她的面容，更不好意思拉開布幔，注視別人哭泣。平時她又快樂、又神氣，此刻該皺緊眉頭，淚珠大顆大顆的從面頰滾下，不會再有狂妄的，不可一世的神態了。他很後悔在黝暗的地方談話，沒法看出她羞慚時是如何的可憐。這黑幕裡，有一種又濃又厚的冷澀空氣，他感染到時空凍結的不安和焦慮。

「我知道，」她細聲說。「我不該找你，更不該把我的困難告訴你。你是一個自私自利的傢伙，不會同情別人，更沒有勇氣面對現實！」她的聲音愈說愈大，突地頓住猶豫了片刻，再緩和地說：「但是，我不能放棄試一試的機會——」

「妳甭說啦！」于雲雷煩躁地擋住話頭：「我要問妳一個問題。」

沒吭聲，但可以想像得到：她正睜大眼睛等他發問。他能直截了當說出心中的想法？

「妳昨天把困難告訴過毛健雄，」于雲雷橫著心腸說：「他今天才躲避妳？」

時間靜止片刻。「我想——是的。」

「如果他在家中等妳，並答應和妳結婚，妳今天還和我談這問題？」

「這……這個——我不知道。你……你怎能這樣說！」

于雲雷尖聲冷笑。她是這樣想，也是這樣做，但口頭不肯承認。姓毛的小子家裡有錢，爸爸有地位，而他只是一個無根無絆的流浪漢。在不得已的情況下，擒不著那金龜婿了，才想抓住他。

「只准妳做，卻不許我講？」于雲雷不放過譏嘲的機會：「可是，我說我——我才不上妳的當哩！」

「你嫉妒，你自卑。我對你這個人徹頭徹尾明白了。你是壞蛋，你是懦夫，你是冷血動物！你現在找藉口洗脫自己，不肯同情別人、幫助別人。想想看，你是不是該負責！」

涕泣聲哽咽聲變得短促而響亮。該是她對自己悲慘的未來痛哭，而不是流的羞愧之淚。于雲雷內心對他狂喊：妳哭吧，流淚吧！如果哭聲能夠挽回妳的命運，淚水能夠洗滌妳的恥辱和煩惱，妳就大聲的哭嚎和流淚吧！小葛爲什麼不檢討自己的觀念和行爲，卻要他想想——想什麼呢？想那在他小屋中關掉電燈的一幕：

電燈雖被強妮熄滅，但那是他自己的房間，他知道開關在何處，只要摸索著打開就行——可是，沒有。他僵立在屋中，任知覺模糊混亂，讓心意和黑暗膠溶成一片。如有較長的時間思索就好了，沒有。強妮在床上翻滾、踢腿，嘻嘻哈哈。

她說：「你眞懂得享受，有這樣舒服的床，爲什麼我都不知道？」

爲什麼要讓她知道？她走進小屋已夠痲煩，還能和她嚕嗦？黑暗仍緊逼他，圍裹他，令他感到窒息、燠熱。不想移動，也不想說話。迷惑，極端的迷惑，是高興這黑暗蒙蔽了顯明的衣冠外表，還是厭惡這黑暗帶來了心靈的困擾？他立刻跑出去，還是摸索到床邊？

「你怎麼不說話？來啊！現在誰也看不到誰。我們來捉迷藏。」

于雲雷聽到自己喘急的鼻息聲，血液沸騰，即將熔化血管。蛙聲咕咕，貓群在屋頂用鼻音追逐。他沒有錯，錯的是葛強妮自己。小葛竟是如此蔑視他，不把他當做有血、有肉、有情感的男人，料定他是永遠被侮辱的對象，才這樣挑逗他、撩撥他；然後，或許會用最惡毒的辦法懲罰他。好吧！他不在乎。他是一個普通的人，而不是聖人；他具有最基本最原始的人性，在黑暗的氛圍中，升起的是什麼？降下的又是什麼？

他鞋底輕擦地面，摸索到床邊，擒住任性翻滾的強妮。

強妮說：「氣死我啦，你這人眞壞；壞得不讓人保留一點點自尊。我眞不明白，你對我爲什麼那樣疏遠？態度又那樣冷淡？」

「爲什麼一定要親近妳？」

「你不要騙我，也不要騙自己。從你的目光中，知道你很喜歡我。你一直喜歡我是不是？」

強妮的話像一面鏡子，照亮他自己：他是一直喜歡她。初到葛家，只有強妮沒把他看作野孩子。也許因爲她年紀小，不懂得人與人之間的區別，能沒有距離的玩在一起；像兄妹，像同學，也像朋友。轉眼之間發現她長大了，不知究竟誰疏遠了誰？他們中間的鴻溝慢慢加深加闊，他有時覺得應該親近她，但有時會強迫自己疏遠她。見她和不三不四的男孩子打打鬧鬧，儘管他再三警告自己，那不關他的事，他無權干涉。但內心的憤怒迫使自己表現在臉上，表現在言語和態度上。那是嫉妒。嫉妒的神情，騙不了自己，更瞞不了別人，強妮早已察覺他隱藏的感情。

在他掌握中的強妮蠕動地喊：「你爲什麼不講話？不回答我問題？」

現在不是答覆問題，不是思索和回憶的時候。他眞傻，傻得忘記自己身在何處。膀臂和手指感到微微的抗拒，但他仍固執地繼續進行他的動作：「我喜不喜歡妳，對妳能有多重要？」

「你怎能這樣說？這話你不該說的！」她雙腿擂床舖咚咚響：「你眞以爲我這樣賤，要低三下四遷就你？」

不是賤，便是神經不正常。「我眞不明白，妳爲什麼要這樣對我？」

「還不是受了我爸爸的影響。」

于雲雷興奮的浪濤墜入渦漩，全身肌肉鬆弛下來。「妳……妳爸爸——？」

「你的狗運好，我爸爸看得起你。他說：『姓于的小子，聰明能幹，有骨氣，有前途，如果做了我女婿——』」

像一把利刃從胸膛透過，心尖流著熱呼呼的血。又是葛華達那老頭子掐住他，他眞咬不破繭似的束縛？

他擺擺頭，摔開強妮，虎地從床上躍起，扭亮電燈。一百支的燈光，擠塞整個小屋，刺射迷矇的雙目。移轉身軀，避開強烈的光線和半裸的強妮，大聲叫嚷：「穿好妳的衣服，滾出去！」

「你瘋了？我又有什麼不對？」

「不要問我！妳出去！」

她在床上捶擊、滾動、啜泣。「氣死我啦！你不該這樣欺侮我！我恨你，恨透了你，恨你這個懦夫，恨所有的男人。你等著瞧吧，我要報復！要向你報復！未來的一切，都該由你負責……！」

負什麼責呢？他不想問她。車幔裡很黑、很悶，如果扭亮一百支電燈，就會看清她眞面目。三輪車上不會裝燈，更不便打開幔布；他想要做的，只是跳下車，在冷風細雨中，呼吸潤澤的新鮮空氣。「妳和我一樣清楚：我沒有碰過妳！」她是哭著、罵著跳出小屋的；以後更沒有接近過她，又有什麼責好負？

「我不是指那……那件事，而是因爲你侮辱了我！」

于雲雷想大笑，終於強迫自己忍住。他分不清究竟是誰侮辱了誰？這麼多年來，他生存在世界的罅隙中，彷彿失去了生命的意義，對這些表面價値，已毫不重視。

強妮接著說：「你剝光了我的自尊，然後再裝作聖人似地唾棄我。我知道你是僞君子，你比我還要低賤到一萬倍；但我無法說服自己饒恕你，不必重視你的行爲和觀點；所以才會有今天的——」

抽噎聲逐漸加大，似乎短時間不會停止。于雲雷看不到美麗的臉龐如何爬著淚珠，也找不出適當的言語勸慰，更不能用刻薄的話譏嘲、辯駁；實在是個很尷尬的場面。他對自己輕易坐上車的舉動感到後悔。

「我早已知道，你沒有同情心，也不會幫助別人。」強妮哼著、抽噎著：「我估計完全錯誤。我以爲你會看在我爸爸面上，不讓他的女兒丟醜；會在我困難的時候，助我一臂之力，眞氣死我啦。我爸爸待你不錯，你就不能爲我爸爸著想？」

「住嘴！」于雲雷腳踢車身，雙手抓住她膀臂搖晃：「可是，我說過，不准提到妳爸爸！」

「爲什麼不准我提到他？提到你的恩人，你感到慚愧了是不是？」

他鬆開雙手，搗住面孔。強妮何時有這樣想法？他幼年時在街頭流浪，沒穿的、沒吃的，睡走廊、火車站，是葛華達收留他、供養他，讓他讀書。但她爸爸的行爲，和她又有什麼關聯？她要借題發揮？

于雲雷踡縮身體，像躲閃別人的襲擊。他覺得不能用言語和強妮談心中的隔閡和差異，該是最大的痛苦。

「你現在翅膀硬了，就要遠走高飛，」強妮仍哭著訴說：「你不能犧牲一點自己，成全他的女兒？你忍心看姓葛的一家蒙受羞辱？從任何角度說，你對得起我爸爸？能推卸責任？」

他已忍受到最大限度，突地想用雙手捏住她喉嚨，禁止她再往下說，「妳說完了吧！」

「我要一直說下去。我將永遠恨你，咒罵你。如果我會寫，便把你的一切可恥行爲寫成一本書，讓千千萬萬的人知道你是如何自私，如何忘恩負義……」

詛咒聲和啜泣聲絞纏一起，模糊得難於分清詞彙。他屏住呼吸，不動也不說話，像這樣可使強妮忘記他的存在。他總認爲小葛天眞而幼稚，不會洞徹事理，誰知竟會說出強而有力的話？

「妳今天講明最好。」于雲雷絞弄自己手指：「逼著我，把隱藏在心中的秘密告訴妳——」

「你還有秘密？」她的哽咽聲低了，情緒似乎緩和得多，又帶著輕蔑的語氣。

「本來我不想告訴妳，覺得也不該告訴妳。」他躊躇又躊躇：「可是，我說——爲了使妳對我認識清楚，還是讓妳知道比較好。」

「氣死我啦！快說嘛。」

「我並不是如妳所想的那樣感謝妳爸爸！」他左手掀起車幔，摘下唇邊的半截菸頭，猛力擲去。「現在，我認眞地告訴妳：我恨他，一輩子恨他！一千個一萬個恨他！永遠也不會饒恕他！」

「天哪！嚇死我了！」強妮用手掌連連拍擊胸脯：「你說著、說著，我聽得直發抖。天下那有這樣道理？」

于雲雷感到一陣快意。葛強妮受驚了是不？妳老想著自己，從不關心別人，這樣該知道人和人之間的關係複雜了。

「你說說看，」強妮深深感嘆：「你們究竟爲了什麼？」

「我不告訴妳！」

「哦，哦！」她連連咂動嘴唇，發出一連串的驚嘆音符：「你如此待我，原來是報復我爸爸？」

他搖搖頭。但在這黑幕內，強妮一定看不到這動作，于雲雷接著朗聲說：「妳自己該明白，事實並不如此。」他處處讓她，逃避她，是強妮沒有放鬆過他，今晚也是被逼來這兒，被逼才說出事實眞相。她和她爸爸的仇恨，怎能混在一起談論？

強妮也在思索。「你從何時開始恨我爸爸？」

「我十八歲那一年。」

「那時我還是不懂事的孩子。」強妮咕嚕著計算自己年齡：「我怎樣都想不出你恨爸爸的理由。我爸爸知道你恨他吧？」

沁心蝕骨的顫慄，在于雲雷遍體流竄。他交互抱緊雙臂，控制自己的動作和情緒：「他也許知道，也許不知道。最好妳不要問他！」他已撩起篷幔，縱下三輪車。

站在滑溜溜的路上，飄浮的感覺沒有了，心湖憤怒的浪潮也平靜些。冷風仍譏嘲似地叫嘯，雨絲細得已連不成線兒。天上的烏雲，被擠向半邊，掃出一角亮藍的蒼穹，殘破的月兒，已不成圓形，在雲片間隙中偷窺。

「我是想送妳回去的，」他面對車篷：「但我忽然改變了主意，馬上要離開妳。」

「怕我燙了你？」

比燙更壞、更糟。彼此的秘密都洩漏了，還有臉在一起？在一起又有什麼好結果？

「可是，我說過，有人等我。」

「你走了，我怎麼回去？我又不能踏三輪車。」

「那是妳自己的事，我可管不著。」如果她用這一身打扮踏車，該是天大的奇聞：「妳已長大成人，該懂得照顧自己；也該學習駕駛了。」

于雲雷匆遽地轉身，邁步向前，小葛在身後大叫：「你站住，聽我說，不能這樣把我拋在半途？」

這是自討沒趣，誰教她硬纏住他？她是有更好的辦法安排自己的，爲什麼想不通，定要和他過不去。

他扭轉脖頸：「沒有時間陪妳了，我有更要緊的事，妳自己想辦法吧！」

「眞氣死我了，我不管。我命令你，送我回去！」

于雲雷暗笑。她仍用主人身分命令他？從現在起，他已不是葛家車伕，強妮沒想到這一點？今晚陪她出來，是自己的「情感」太豐富，他是有足夠理由拒絕的。他說：「了解妳逼我出來的目的，便沒義務送妳回去了！」

「你要裝得像個紳士，」強妮從另一個角度開始攻擊。「你這樣對待女孩子，將是男人的恥辱。」

還要裝什麼紳士？在強妮眼中，他只是一名丑角，呼之即來，揮之即去，甚至可以做「頂替」的父親。今天他已剝開面具，擺脫葛家加之於他有形或無形的束縛，再不能把戲演下去，還僞裝什麼角色。

「不論妳怎麼說，對我都不會發生效果。于雲雷就是于雲雷，用不著僞裝。」他走了兩步，又回頭說：「葛強妮，再見！」

「氣死我啦！」強妮跳下車，憤怒地指著他。「過去的恩怨不談。如果你今天在半途甩掉我，用這方法侮辱我，我要向你報復，一切後果，你都要負責！」

于雲雷像減輕負擔，竭力大笑。報復吧，這是個仇恨的世界，也是醜惡的世界。她已陷入泥淖進退兩難，該由誰負責？是葛華達養而不教，還是毛健雄蔑視人性的尊嚴？

他猛抬頭，見被雞啄過的薄餅似的月亮，又被飛來的烏雲遮蓋，雨絲又糾纏在他的面頰和脖頸。他搖搖腦袋，跨大步伐，肩著風雨向前走去。

2

破餅似的月亮從薄雲片中鑽出，隨即被濃厚的烏雲吞沒。雨絲突地加粗加密，緊裹住「犬」字形面龐老人劉培濱。

劉老頭畏葸地縮縮頸子，伸右手抹臉上冰冷的雨水，再扭轉身軀退回走廊。

他不是怕雨，而是拿不定主意，進進退退很多次，現又藉躲雨的理由拖延時間。手撐牆角，連連咳嗽聲從心底挖出，腦殼像要隨律動的抽搐爆炸；氣管似有一種尖銳的物體爬行，一陣陣冷汗滲出肌膚，兩目昏亂……說有多痛苦，就有多痛苦。

「不行了，捱不過今夜了。」劉培濱暗自咕嚕。「我一定要找個最後的歸宿，一定——」另一種思緒打斷他的意念：如果有吃的食物，住的地方，生命就不會受到威脅。爲了生存，他必須掙扎。

劉老頭振作精神，又顫巍巍踏上滑油油路面，一輛汽車駛過時濺迸的水箭，直射在他淋濕的臉龐和身上。彎腰咳了咳，抹去水漬，再跨越馬路。

站立門前，劉培濱的右手食指，輕揉眉尖黑痣，仍不想敲門。屋中人吃飽了嗎？是不是心情愉快？如正在吃飯，拉他同吃晚餐，還是趕他出門？

他惶恐而多慮，終在不願立刻倒斃的心情下，舉手拍銀灰色大門。

隔著寬敞的院落，見客廳燈光耀眼，但沒有人走出開門；再用拳頭捶擊，也聽不到聲息。

雨柱斜撞著面龐，顫慄從內心擴散到全身。劉培濱抓搔蓬亂的髮絲，又拍打自己的額角。

想起來了，是自己太糊塗，時代和十八年以前不同了。工業進步，一切電氣化，門上定是裝了電鈴。

摸索到牆上鼓起的那粒圓點，磁石立刻有了反應。

腳步聲、問話聲和門燈的閃亮，彷彿同時出現。劉老頭沒有回答，只嗆出一連串咳嗽，急抽著隱隱作痛的心窩。

院中人走進大門高聲問：「誰？」

聽起來，嗓門很嫩；是孩子的口音，絕不是老祖母。老祖母可能躺在床上享清福，不會出來冒雨開門。

他不能說出自己是誰。見面還要解釋半天，在門外暴露身分，將進不了大門。

「是我，我……我，」劉培濱咳著猶豫地說。「你開門，就會知道。」

門被拉開了半扇，一個年輕的女孩，撐在半敞的門前，驚詫地打量他。

「你是誰？你找誰？」

顯然的，他這身打扮和狼狽相，在女孩的目光中，已現出輕視和懷疑的味道。

「你媽媽在家嗎？」他移動腳步，想藉說話的當兒走進去。

但女孩仍堵塞在門的空隙，沒有讓劉老頭進門的意思。「你找我媽媽？」她露出不信的神情。「她不在家。」

「妳大哥呢？」

「你認識他？他認識你？」

「當然。」他用堅定口吻回答。

「可是——」女孩愣了一下，左腳退後半步，身軀略微轉側，劉老頭便猛地衝進大門。

院中仍飛舞著涼涼的雨絲，顫慄在四週搖晃。但熟悉的環境，增加了親切和溫馨的氣氛。榕樹、榆樹長得又高又大，超出院牆很多；夾竹桃和薔薇是新種植的，萎縮在牆根下，像抵抗不住風雨的侵襲。院角的水泥垃圾箱、鐵皮蓋的水缸、缸旁的兩個啞鈴……彷彿就是昨天所看到的東西；但這中間，又有多少不同和變化了哩！

抵達客廳門口，女孩搶在老頭身前，兩手伸開做出阻擋姿勢。「這兒姓劉，你知道吧？有沒有找錯地方？」

「沒有。」老人泥濘的一隻腳插進門內，不顧女孩的反對和盤問，他已開始做下一步動作。

客廳中溫暖安詳，燈光洗刷著潔白的牆壁，迎門的長沙發上，斜倚著一個青年，手捧一本雜誌細心閱讀。

談話聲和腳步聲，已引起看書人的注意，目光從書的上端對老人凝視。

老人看到他先是愣住，再用書本遮住面龐；接著又把雜誌摜下，從沙發上猛地站起，又頹然坐下，大聲問：「你找誰？」

老人的鞋底，緊靠磨石子地面向前挪移，不敢提高，也不敢跨大步伐，怕隨時會跌倒似的。

「你……你……」老人囁嚅著，萬般感觸，剎那齊集心頭，說不出想說的話。

女孩搶著問：「大哥！他是誰？他要找你，也要找媽。」

大哥不答腔，上門牙緊咬下嘴唇，眼睛瞪住老人，內心似在做劇烈搏鬥。

「我……我……回來了。」老人彎腰，抬起右手臂，像要把自己無限的情意，從手臂流向前面，希望能獲得對方的諒解和同情。

「回來了？」沙發上的人，揮舞雙臂，似猛吃一驚。「你是誰？誰叫你回來的？」

老人又羞又愧，想用右手蒙住臉龐，不讓人見他的表情。他忍住不讓注滿眼眶的淚滴滾下，便藉這手勢用手背擦眼睛。

「克……克忠，你眞的不認識我了？」老人輕聲咳嗽。「我離……離開家十八年——」心情激動，氣息喘急，一口痰緊塞住喉頭。

「十八年！」僵立在屋中的女孩大聲驚呼，再跳向前一步，仔細察看老人。「你是出走的爸爸？」

他點點頭。淚水遮住視線，眼前一片模糊。是的，他是爸爸，這女孩該是他最小的女兒克芹。他離開家時，克芹還不到週歲，只能扶著椅背搖擺地走動。十八年的景象，一下子就滑在面前。那是個雨天，他穿起雨衣，戴起雨帽，伸手和克芹說：「再見！」

太太抓住克芹的右小臂，低頭說：「跟爸爸再見，再見。」那時太太不知道他，一去就是那麼多年。

克芹的手指向上彎了彎，爸爸的手指也彎了彎，突地覺得心尖也彎了彎；決心也像跟那蜷曲的指節消褪。孩子是無辜的，沒有父親的孩子，能獲得應有的照顧和教養？爲了孩子，他該留下，看著他們一個個長大……。

「妳已長大了，克芹，妳又高又漂亮，我眞不敢認妳，妳當然不認識我。」劉培濱噓了一口氣，又面對坐在沙發上的青年。「克忠，你也不認識我了？你是克忠……？」

劉老頭見克忠表情嚴肅，默坐著沒有反應，便蝦也似地弓身僵在半空，不知如何繼續下去。

克忠彷彿從夢中甦醒，慢慢站起，向前兩步。「不錯，我是克忠，你還記得我這個兒子？」他說話的聲音很低沉，像把全身的力量運在丹田，再壓低聲調慢慢吐出來，接著便高昂起來。「可是，你這樣走進門……」

「我是想先寫信的。後來——」是爲了怕家中人知道消息，不讓他進門，才決定用這突擊的辦法。

「寫不寫信都是一樣。」克忠吐出的每個字，像一塊塊冰磚，又冷又硬。「你說說看：爲什麼離開家，又爲什麼要回來？」

父親緊瞪著兒子，覺得褲管的水慢慢墜落地面，似乎聽到簌簌水滴的聲音。這叫他怎麼回答？克忠是他的兒子，兒子能審判父親？

這不是審判，但克忠不該用如此口氣對他說話。當時，他才十四歲，是個不知天高地厚的孩子。在離家的前夕，他檢查過功課，便問克忠：「你願意和爸爸出去玩兒嗎？」

「願意。」

「玩得很久很久，不和媽媽在一起，就是和爸爸兩個人，你不想家嗎？」

克忠咬住筆桿想了一會兒。「我要和媽媽一道，媽媽不去，我還是蹲在家裡。」

孩子雖小，卻有滿臉滿肚子的不信任，這大概是受媽媽的影響。帶走克忠，還不知如何安排；但總覺得身邊有個懂事的孩子，未來似乎有了依靠，想不到克忠對他如此疏遠和藐視。

成人後的克忠，更藐視他這父親。是歷年媽媽的教誨，還是看到他這落魄窮酸的外表，才顯出傲慢的態度？

劉老頭心底升起一些傲意。這是他一手建築的家。厚重的門框，巧緻的窗櫺；那牆壁、那吊燈、那……一切的一切，都花過自己心血和巧思，他爲什麼要在兒子面前低頭？

「我不能告訴你，也不必告訴你，」老人轉身搖頭背對兒子。「你沒有資格和我講話。」

「那麼，請你出去！」

天花板下的吊燈晃了晃，劉老頭的雙腿晃了晃，冷颼颼的感覺從脊背流遍全身，沒料到這樣的話，會從克忠口中說出。如果一直帶他在身畔，好好教誨他、指導他，該不會目無尊長，說這樣忤逆的話。

「我不能走。」

「不行！你怎麼來，就該怎麼去。」

克芹插進叫道：「大哥，等一下……」

「妳不用多嘴，進去！」哥哥惱怒地斥責。「我會處理。大人的事，孩子不要多管。」

「可是——」

哥哥揮著手臂，沒讓她說下去，她倏地轉身跳向後面。

劉培濱嘆氣，搖頭，也移動腳步向內走。「我要和你媽談談。」

克忠縱起身攔在他面前。「你該想一想：媽會見你？媽會認你，留你住下？」

假使他有足夠的氣力，會把兒子推開，或是甩他一記耳光。克忠爲什麼要如此逼他、追問他。三天三夜不敢回來，盤旋在車站、公園、街頭和教堂走廊，就是爲了這個難解決的問題。用若干駁不倒的理由說服自己，家中人會尊敬他、收留他；沒有見到太太的面，克忠這小子，就用這無形的武器擊倒他。

「會的！」老頭說服兒子，同時說服自己。「你媽爲啥不認我，不留我？」

克忠的雙眉豎成利劍。「該問你自己。你使媽傷心透頂，媽再也不會原諒你！」

似有一截木棍，突地塞住劉老頭心窩、喉頭，夢般的事實，翻映在目前。第一次離開家，再回到這屋子時，克忠還在讀初中，只會眨動眼瞼聽大人理論，沒有辨別是非的能力，更談不到插嘴。那時有老朋友胡百理幫忙，才硬說軟勸的使太太答應他留下，勉強湊合在一起生活了三年。

一下子記不清了，胡百理怎麼會插在中間，調解他們的家庭糾紛？他絕不會請胡百理幫忙，那定是太太拉他來做見證的。

胡百理說：「夫妻兩個爭吵是常事，和尚勸架是多事。我這個『和尚』，希望你們從此以後白頭偕老──」

他眞聽不慣胡百理說話的腔調；但爲了獲得暫時的寧靜，不得不聽心中討厭的人講話──太太願意接受姓胡的意見，他又有啥辦法。

這次歸來，他要試試自己說服的力量，也要看看太太對她是否還賸有夫妻感情；想不到沒有見面，就被兒子擋回，如果請胡百理來──

不，劉培濱對自己說，任何人都不能幫助他，他要做最後的掙扎。

「還是你去請媽來？還是我去找她？」劉老頭抓住兒子的膀臂，想衝往後面，而克忠仍挺直腰桿，擋住走廊的通道。

一陣拖拖沓沓的腳步聲，裡面出來一群人。男男女女，大人小孩都有。

走在前面的高個子男孩，諒是他二兒子克信。他在外面盤旋時算過年齡，克信該是三十歲。是否已完成學業，娶妻生子？

克芹跟在後面，手攙梳兩條角辮的小女孩。

小女孩掙脫克芹的手，抱住克忠大腿，仰頭問：「爸爸，他是誰？」

最後是抱著小孩的年輕女人。

劉培濱慢慢挪移，盡量傴僂著脊背，使咳嗽暫時蟄伏胸中。

他已退到牆角，緊靠在一張沙發旁，扶著把手，使自己的顫慄能凝縮到最小範圍。大家的目光都集中在他身上、臉上，而他卻是如此骯髒、狼狽。

克忠冷冷地說：「家中人都到齊了，要我介紹嗎？」

老人點點頭。他他心裡有數，不介紹也猜得出。抱孩子的是大媳婦。

「我很慚愧！」老頭藉這機會，半邊屁股坐在沙發角落。「沒有帶點禮物給你們。」

克忠說：「你最慚愧的，該是沒有盡到父親的責任，照顧他們，教育他們！」

克信走近老人身旁，低聲問：「這麼多年，爸那兒去了？」

老人搖雙手，微微搖頭。「一言難盡！」

「爸人不回來，也該捎個信回來，我們都以爲，以爲——」

克信沒說下去，但劉老頭知道那話中的意思。他們都以爲他死了。如果他死了也不錯，兩腿一伸，一了百了，再用不著到眼前來現世。

「不提了，那是爸爸老得糊塗。」老人希望用自責的話來掩飾歉疚。「我確實很慚愧，對不起大家。」

克忠坐回原位。「你拋棄我們那麼多年，說聲『慚愧』、『對不起』，就能抵銷過錯麼？」

他沒有那個意思；但克忠的話，像根槓桿，句句頂住他的下顎，使他無法回答，只能藉咳嗽來拖延時間。

克芹走到小女孩身旁，拍著她肩膀：「你有沒有叫公公？」

女孩瞪大雙眼看向老人，遲疑地不開口；再轉臉看向媽媽。

媽媽說：「叫公公嘛！」

小孩斜仰在姑姑雙腿上，咬著食指羞澀地喊：「公公！」

公公接著說：「乖！眞乖！妳叫什麼名字？」

「我叫莉莉。」

「妹妹叫什麼？」

「他是弟弟。弟弟叫小華。」

老人心頭感到一陣暖意，現在兒孫俱全，如能留在家中，確可享受清福。他不想到外面的天地去遨遊。栽花、散步、逗孫兒孫女，將是他晚年最快樂的情趣，再沒有什麼願望和需求能打動狂野的心。

可是，他們會讓他這個又窮又老的浪人留下麼？

屋簷的水滴聲輕擊腦門，劉培濱感到又混亂、又痛苦。大家仍用審視和好奇的目光注視他、研究他，他像是一個獻技的老藝人，不能演出精彩的節目，使好奇的觀眾滿意了。

不論怎麼說，他現在是父親，有資格命令他們，指揮他們。他說：「你們都坐下，坐下來好談。」

大家站在屋中，顯得凌亂而擁擠。坐下後，已騰出很大的空隙。但誰都沒開口，氣氛仍很低沉。

老人說：「隨便那一位，請倒杯水給我。」

兩個兒子都沒有動的意思，媳婦抱著小孩。克芹看了看各人的臉色，推開膝旁的莉莉，起身到三角架旁，從熱水瓶中，倒一杯開水給爸爸。

爸爸兩手持玻璃杯。水很燙，進入喉嚨，驅除了一些寒意，有說不出的舒暢。

克信說：「你離開家十八年，有沒有想過我們？」

「想過。」老人骨嘟地喝了一口水。他確是想過他們長高了，長胖了。書讀得好不好？有沒有職業？克忠有沒有結婚？還有大女兒克芬——直到此刻，沒見克芬出來。一定是出嫁了，嫁給什麼人呢？「我很早就要回來看你們，到今天才能做到……」

「不嫌太遲了一點？」克信的鼻子掀了掀。

「是的，遲了。」

「有沒有想到我們生活，如何艱苦？有沒有想到失去父親管教的孩子，會淪落到如何地步？」

似乎朦朧地想過，但想不到這樣多而具體。此刻來算舊帳，實在沒有這樣心情和體力。

老頭還沒來得及回答，克忠的右臂向弟弟猛揮。「你何必說那麼多，我們要問他今天回來幹什麼？」他的臉又轉向父親。「你說啊，離開家了，爲什麼還要回來？」

「我回來看看你們——」

「那很好啊！」克忠搶著說：「我們都過得不錯，謝謝你的關懷，你現在可以放心地離開了！」

劉培濱咳了咳，把空茶杯放在長方形小桌上。克忠變得不少，小時是個怕羞畏縮的孩子，在生人面前不講話，獨自不敢上大街；現在竟會如此放肆，說這樣沒有禮貌，對尊長沒有分寸的話。許是沒有受過良好教育——做父親的該有很大責任。但母親也應教他懂得一些做人的道理。

大家搶著見遠地歸來的爸爸；而母親能耐心躲著不看看丈夫？張彩嬌是他多年的結髮夫妻，許會存留些感情，不可能像克忠這樣胡說八道，進門就該直接去找彩嬌。

劉培濱說：「我還要看看你們的媽。」

克忠冷笑：「我早告訴過你了，媽不要見你！」

「你怎麼知道？」

「我們和媽生活了多少年，當然知道媽的想法和心境。」克忠的聲調慢慢高起來。「你高興了回家住幾天，不高興就拋棄了媽，跑得無影無蹤，你知道媽是如何如何的恨你，詛咒你！」

老人縮成一團，內心瑟縮地抖顫，怕被兒媳們看到。他注定是個不受歡迎的人，到處受到憎恨、埋怨。他曾憑自己的年輕和財力，建立過幾個家庭，希望在那些地方獲得溫暖和安身的處所；但失望了，一個個幻夢破滅，人們用不同方法，把他從霧縠似的環境中逐出，終於又回到這古老而使人留戀的家。

「你的話，我不相信。」老人固執地說。「我要和你媽當面談。」

克忠站起，向前猛跨一步，緊逼著老人。「我告訴你，媽不在家；你好走了。」

「我要等她回來。」

「她今晚不回來。」

「我等到明天、後天……」

「她要住在外面三兩個月——」

劉培濱沒有聽下去。這定是克忠胡說，不讓他在這兒等待。「你媽那兒去了？」

「你早就不關心媽，現在也不必問，我們不會告訴你！」

老人的目光，從大兒子的臉移向二兒子。希望能獲得支援。

克信想了想：「你留下通訊處，媽回來了，我們通知你。」

「我沒有固定的住址。」劉培濱噤住話頭。能把蹲走廊、火車站，躲在教堂屋簷下的事告訴他們？「還是告訴你媽的地址，讓我去找她。」

克信看向哥哥，見哥哥堅決搖頭，便兩手一攤，表示無能爲力。

妹妹沒注意哥哥們的表情和手勢，大聲搶著說：「媽媽去姊姊家了。」

劉老頭覺得心底一亮，忙問：「妳姊姊嫁給誰？住那裡？」

大哥對克芹怒喝：「小孩子不要多嘴！」然後再轉向老人。「不要再嚕嗦了，請你快點出去！」

老人的一線希望，被兒子打斷，心中不由得升起怒火。他因自己理屈，羞於立在兒孫面前。現在，一會兒克忠便把他的臉抓破，使他不能做人。

「你要我去那兒？」老人大聲詰問。

「從那兒來，就該回那兒去！」

「現在坦白地告訴你們，我沒有地方可去了。」劉培濱的心窩隱痛轉劇，但仍振作精神咆哮。「這是我的家。家中有太太，有兒女，有孫兒、孫女，我還要去什麼地方？」

簷柱的水嘩啦啦響，遠處有火車呼嘯地穿過雨夜。片刻的寧靜，使老人有喘息的機會。克忠的聲音更大。「我不承認你是這兒的主人，也不承認你是我們的父親！」

像是一枚重磅的炸彈，墜落在屋中。濃濃地煙霧瀰漫四週，整個屋基搖搖晃晃。劉老頭彷彿跌入爬不出的陷坑。

「哥哥，快別這麼說。」克信也從座椅上站起。「這個問題太大，我們做子女的不便談；還是留給媽媽處理比較妥當。」

克芹眨動兩隻大眼珠，望著大哥。「我去告訴媽；要不然，到外面電話亭去打電話給媽？」

媳婦拍打小孫兒膀臂，輕聲說：「克忠，你今晚的火氣太大了，我們不能這樣對老人家說話，公公的身體不太好；今兒晚上風大、雨大，留他住一夜，明兒讓他去找奶奶。」

心中的冰塊似乎在慢慢溶化，只有克忠激烈反對他，其餘的子女還有很大的情意存在。他回家的這一趟，算是沒有白費。

老人說：「你們的好意，我很感謝，以前我確是薄待了你們，今後我要想法慢慢補償——」

可是，克忠阻止他說下去。心中的話逼在口腔內，連連的咳著。

「我們不要你補償。」克忠退後一步，目光巡視弟妹和妻子。「他們不知道一個不盡職的父親，會對子女有多大的影響，我比他們大，看到也受到傷害，我堅決地反對，不能留你住一天或是住一夜。」

受到傷害的是母親，他怎有資格說這樣的話。「你說說反對的理由吧！」

克忠從父親第一次離開家時敘起，那時他才五歲，經常看到母親哭泣。人家吃乾飯，他們只能吃稀飯，有時還沒東西吃。媽媽出外做散工，洗衣服，弟弟妹妹沒人照顧，號哭、喊叫，到處爬行，過著非人的生活。

「他們年紀小——克芹還沒出世，」克忠像從回憶中甦醒。「弟弟妹妹不記得以往的一切，但我記得。我早就要替媽媽爭口氣！」

「過去的事，」老人想用話掩飾。「何必再提？」

「那些痛苦的記憶，仍一幕幕顯映在眼前。你第二次出走，我記得更清楚。」克忠上前一步，歪著頭問：「你又為什麼突然拋開我們？」

劉培濱的腸子打了無數個結，心和肝像被老鼠咬成無數個洞。第一次出走時比較年輕，三十一歲的人氣很旺；第二次出走，已經三十六歲，該是成熟的年齡；但他仍是決心拋棄妻子兒女。那是為了另一個女人，為了要捉住一個夢境，為了故意使自己墮落頹唐，為了……此刻想不出當時那許多莫名其妙的理由。克忠算舊帳，除了增加自己悔恨和愧疚外，能對大家有什麼益處。

「我現在又老、又病、又糊塗，全忘了。」

「我不知道你是真的忘記，還是假裝忘記；我卻記得很清楚。」克忠的眉毛揮了揮，像在極力思索。「我才十五歲，書就讀不下去了。沒有錢繳學費，又不能眼睜睜看弟弟妹妹挨餓，只好放棄求學的機會，幫助媽媽維持家庭生活，你回家三年，多生了一個妹妹，增加媽媽和我更大的負擔——」

克芹叫了起來。「哥哥說的是十八年以前的事，我一點都不明白。」

「除了媽，誰都不明白。」克忠繼續訴說痛苦。小小年紀去那兒賺錢？做鐵工，沒力氣，舉不起鐵鎚；學木匠，沒耐性，拉不動大鋸；檢煤渣，拖兩輪的貨車；鑽進車廂底下，做修理汽車的學徒……只要能賺錢的工作都做。

「工作、走路、睡覺都想我是替父親揹十字架。」克忠回到座位用手掩面。「媽媽常要我記住這段艱苦的日子，要我記住你這個不顧家庭和兒女的父親。今天你回來了，仍有臉站在大群兒孫面前，提出這樣那樣的要求，我眞爲你羞愧。」

老人眞想鑽進地窖，可是水泥地面光滑完整，沒有一絲罅隙。大夥兒一道道目光，像子彈似地射在他臉上、身上，兒女們已在母親口中，聽到不少對父親的詛咒埋怨，諒已知道一切；新進門的媳婦，第一次見公公，就聽這不體面的往事，將來如何生活在一起？

「克忠，你不說，我同樣感到難過；你說了，對任何人沒有益處；還是包涵點吧！」

「爲什麼要包涵呢？我的話還沒說完，十多年前，我就在你住處附近等你——」

他從來沒有發覺。「你見過我嗎？」

「見過你，今天就不會對你說這些，你也用不著聽我的話……」

「……你是……是說………」

「我帶著刀子，準備——」

老人從沙發椅彈起，又顛躓地摔下。眼睛由天花板看向牆壁，再旋至克忠身上。沒有錯，是克忠說的，要把刀尖對向父親。在克忠週歲或是三歲的時候，曾想培植他做一個醫生或是工程師；再不然就要做個音樂家。他年幼時愛唱歌，愛聽音樂，大家認爲他有音樂天才，誰知竟是一個弒父的逆子。

「你有這樣想法多可怕？」

「當然可怕，連我現在想到當時有那樣念頭，就覺得要發瘋。」

克芹跑到嫂嫂身旁低聲問：「妳有沒有聽說過這樣的事？」

「沒有，妳哥哥從來不和我談到公公。我……我還以爲——」

「現在我們要怎麼辦？」

「我不知道，大家商量商量。」

克信也聚攏在她們身旁。「大哥太固執了。他這樣做，人家會批評我們。」

嫂嫂說：「我也覺得不大妥當。」

妹妹說：「我們該舉行表決，哥哥平時都是說『民主』、『民主』……」

他們嘰嘰咕咕，老人的心葉縮起又放開；全身的肌肉和神經，彷彿都不受控制和指揮。「你不該說出來的，你的兒女就在身邊。」

「他們年紀小聽不懂。等他們長大了，我要源源本本的告訴他們。」

「你不能說，不該說，也不敢──」

「爲什麼不敢！」克忠的唾沫星像噴射器。「我要盡力照顧他們，教養他們；不要他們受凍、挨餓，使他們受正常教育，不受別人歧視和諷刺，使他們活得快樂幸福，他們還會用刀子對付我這個盡職的爸爸？」

克信說：「哥哥今晚太激動了，嫂嫂該勸勸他！」

「這麼多年了，還不知道你哥哥脾氣，他好固執呀！」

克芹說：「爸爸媽媽的糾紛，讓他們自己處理多好！」

「我們最好中立，」克信的嗓門高起來。「參加任何意見，人們都會說我們不對。古人說過：『天下無不是的父母』。」

父親的眼睛仍注視大兒子，希望能從外表看到克忠的內心。「你當時爲什麼不……不……」

「我是爲了媽！」

不錯，克忠還是個孝順媽的孩子。媽再三警告他：不要去找爸。媽的個性強，知道你住的地方，曉得你的生活方式，就是不向你低頭──不和那個下賤的女人爭你；也不要她的兒子找你、求你。當然，他身上藏著刀子的事，也沒讓媽知道。媽如果知道兒子不聽她的話，將會十二分的傷心。你一次又一次的離開家，把痛苦烙在她心上，他還能加重媽的精神負擔？

克忠在喘著氣傾訴之後，又大聲吼道：「你今天還能坐在客廳裡，神氣地擺出父親的身分，應該感謝媽！」

是的，老人眼皮閉了閉，在心底咕嚕。他是在感謝彩嬌。沒有留給她財產，她獨力把子女撫養成人，男婚女嫁。那一段艱苦日子，不知她是如何度過的。他早點能為彩嬌設想，回來看看她，或者寄點錢回家——

心底似有很多死結糾纏，解不開、理不順，劉老頭想不下去，過去沒料到自己會淪落如此地步，也想不到有悔悟的一天。此刻跪在彩嬌面前，請求饒恕，能贖清罪孽？

老人從椅旁慢慢撐起：「我要找你們的媽。請你們告訴我，克芬的家住那兒？」

克忠的反應最快。「還能把你這邋遢勁兒，到克芬家去現寶？」

克芹說：「我去告訴媽，要媽回家。」

大哥說：「不行！」

克信搶著解圍：「我去打電話給媽，不參加意見，讓媽自己決定——」

「不！」大哥仍粗暴地喝阻。「我知道媽的想法。我代表媽作主，一切由我負責，你們不能隨便行動！」

媳婦的兩隻眼睛骨碌地盯住丈夫，遲疑地說：「我……我看，做兒子的不能，不能——」

冤氣。

「不能怎樣？」丈夫立刻反駁。「家中任何事，我都可以接受妳的意見；這件事請妳不要管！」

劉培濱輕輕咳著，慢步移至門旁，留在家中的希望沒有了，唯一的辦法，便是再和風雨搏鬥。氣管炎連上肺炎，頭痛得像唸了「緊箍咒」。雙腿痙攣，死亡已向他招手，還賴在此地受兒子冤氣。

老人扭轉上身。「請轉告你媽一句話——」

克忠虎虎地說：「你的話，我們不亂傳，免得惹媽生氣。」

「你說說看，」克信的語氣比較緩和，「如果好轉告的話，我們會讓媽知道。」

父親思索著悲痛地說：「請告訴你們媽：我過去錯了，我很後悔——」

克忠搶著大嚷：「你有錢、有勢力、有人奉承的時候，就想不到後悔。輪到落魄潦倒認錯，已嫌太遲了。」

克信說：「這樣的話，媽聽了，也不會諒解你。」

克芹說：「你們太性急，該等爸講完，再發表意見。」

父親用感謝目光，掠過女兒面龐。「我活得不會太久了，想死在妻兒身旁——」

大兒子洶洶地喊叫：「你想用死來嚇唬人？我們沒有對不起你；不論你怎樣死法，我們不在乎，也不會來阻止！」

老人閉一閉眼瞼，感到極端的疲倦。父子之間，無情義存在，就不值得留戀。顫巍巍手扶牆壁跨過門檻，歪歪倒倒撞入濕漉漉院中，即被黑暗旋繞。

沿熟悉的走道移向大門，冷冰冰的雨點，敲擊頭顱、脖頸……撲滅滿腔怒火。這叫做自作自受，他放棄父親的權利——父不慈，子才不孝。沒履行丈夫的義務，沒盡到做人的責任。他該早想到這一點，不應回來受這窩囊氣。

身後追來急促步履聲，接著一隻手插進右胳膊，似在防他跌倒。側轉臉，見是克芹。

「爸爸要去那裡？」

「不知道。」

「您眞沒地方好去了？」

還能說謊，無家可歸，沒有親人收留，並不是光彩的事。要在多年不見的兒女面前炫耀？

他應該有地方好去的。半生的光陰和精力，建築很多安樂窩，生了不少兒女，都像克忠一樣的大逆不道？回家死在彩嬌身畔的希望斷絕，還可做最後掙扎，尋找收留自己這塊老骨頭的地方。

克芹感歎地自言自語：「如果早點回家，哥哥就不會生這麼大氣。爸爸爲什麼不早點回來？」

老人已擠出大門，突地起了個衝動，想縮回身體，伸手撫摸女兒的頭髮、面頰。離開家時，從沒想到怎樣和她見面，更沒想到她將會對自己採取怎樣看法：厭惡？同情？憐憫？今天，她是如此天眞、純潔，絕沒體認父親遺棄他們的罪惡，才會富有人情味。但這樣比克忠嘲諷他、辱罵他還要令他難過。

老人踉蹌地踏著淌水的道路向前兩步，聽到克芹追在後面問：「你眞要去姐姐家看媽？」

父親佇立路旁，扭轉脖頸看女兒。

「你不要說是我講的。」

劉培濱點點頭。

「向前走兩條街，誰都知道——姐姐的公公叫胡百理。」

門啪地一聲關起，劉老頭心尖隨著猛烈抖動，幾乎昏倒在路旁。他深深吸口氣，竭力鎮定自己，才勉強撐直身體。

「又是他！」他喃喃自語。「怎會處處碰到姓胡的！」

雨點更大更密，老人嗆咳著、顫慄著向前挪移，咳聲被雨網裹緊，透不出層層包圍。他沐浴在琉璃的世界中。

3

于雲雷推開門走進客廳。鄭天福從方桌旁站起笑著說：「稀客，稀客。今天是什麼風——哦！什麼雨吹來這個大忙人。這樣濕，不怕淋出病來？」

「我趕來辭行，」于雲雷雙手抹去頭臉的雨水，並拍打肩上、背上的水珠。「說一句話，馬上就走。」

「坐下嘛，難得來。」鄭伯伯從門後扯下一條乾毛巾，遞給他擦雨水，並大聲喊兒子小寶倒茶。

他感到時間不夠支配。葛強妮佔了不少時間，好不容易甩脫了，發現距離鄭伯伯家很近，才繞道來問一句話；可是鄭伯伯如此熱忱，他怎能掉頭而去。

「可是，我說過，我坐五分鐘就走。」他把毛巾放回原處，坐於門旁圓背籐椅上。

小寶端來茶，鄭伯伯遞菸給他，他沉浸在片刻的安謐中。已有一年多沒來這兒，鄭伯伯的鬢邊白髮區域更擴張；而小寶比以前又高大了許多。

鄭伯伯抓起桌上的細瓷茶壺，對著壺嘴喝了一口。「你要去什麼地方？」

鄭伯伯茶壺裡是酒（他有整天喝酒的習慣），那代表老年人的安樂和閒逸：沒有大志，沒有野心，終生守著妻兒，度平穩的生活，這是鄭伯伯的人生哲學。可是，他有許多理想未實現，有許多事未做。

「我要去鄉下開農場。」他補充道：「住定了，我會來信。」

「很好。年輕人學業完成，就該去做點有意義的事，你不該再踏三輪了。」鄭伯伯又咕嚕喝了一口酒，「這又是葛老先生的安排？」

無形的鐵棒，重擊腦門，于雲雷緊扶椅背防止傾跌。怎會認為是葛華達的佈施？他就沒有自謀生活的能力，要處處依賴別人？

鄭伯伯眼看他長大的，除了過流浪生活，就是靠葛華達的恩澤，以為除了葛華達，他就不能舉手起步。

于雲雷說：「我去鄉下，葛家的人都不知道。」

「為什麼要瞞著人？」

他在葛家，因身分不同，誰都不關心他——葛家的男女老少，有各自的生活範圍和中心思想，怎會顧及他這個額外人員。他又何必把自己的想法和做法，硬塞進人們的腦袋。

「鄭伯伯永不會知道寄人籬下的味道有多難受。」無數的嘲諷、冷落，歧視的言語、態度；還有痛心的仇恨事蹟，漩渦一般地在腦海沸騰。「我下了決心，想盡辦法才有脫離的機會，還能到處敲鑼，跟自己過不去？」

「你是說，有人抓住你，不讓你走？」

于雲雷搖頭。裹在大衣裡的強妮胴體，突地在眼前搖晃；而強妮的格格笑聲，發脾氣時的指責聲和痛苦時的啜泣聲，在遙遠的空間響著。強妮是個胡鬧的、任性的女孩子，誰知她的感情是眞是假，她腦子裡究竟打的什麼鬼主意誰也猜不到——她的意見不能算數。

「沒有。」于雲雷猛吸一口菸。「我現在能夠自立了，該利用自己的手和腦去創造，不能再蹲在屋簷下，依賴別人，受別人擺佈。」

「很好，很好。」鄭伯伯顛著腦殼。「你有志氣，我很贊成；可是，自己去亂闖，有完全把握嗎？」

「天下那有完全把握的事。」鄭伯伯年紀大了，想的是穩紮穩打；而他卻要冒險犯難，做別人不能做、不敢做的事。「我要試試自己的運氣。如果鄭伯伯聽到有關我的什麼消息，不要驚奇！」

「你這孩子說話，藏頭露尾的，到底要做什麼？」

實際上他也搞不清自己。活像一隻無頭的蒼蠅，到處亂衝亂撞，碰到牆壁、水溝、玻璃窗……就會跌落、栽倒。

「鄭伯伯，說眞的，要改變環境了，心裡亂得很，我不想談未來的什麼。」過去的那些使自己心痛、悲哀、淒涼的感覺，點點滴滴流進肺腑。他說：「今晚上特地來探聽：有沒有我父親的消息？」

「沒有。」

「母親呢？」

「也沒有。」

于雲雷瞪著鄭伯伯，見回答得乾脆，沒有考慮和猶豫。又喝了一大口酒，把盤子裡花生米猛拋一粒進嘴，鼓動牙床，像在咀嚼著言語和思想。

然而，他不信，十多年來一直不信。鄭伯伯是他父母的房東和近鄰，看著他誕生、長大。鄭伯伯說，他三歲時，父親離開家，到了五歲，媽媽找爸爸，一去就沒回來。鄭伯伯擔起撫養他們——還有一個比他小二歲的弟弟——的責任。父親去後魚沉雁杳，母親不時還寄點錢來，託他照顧孩子。之後，連母親也斷絕信息，鄭伯伯沒有力量維持他們的衣食，把弟弟讓給別人撫養；接著他已長大，要出去找父母，開始流浪生活……往後他已懂事，有了記憶。只是對那段迷濛的幼兒時期，恍恍惚惚。鄭伯伯說來說去，就是這些。任何人聽了，都會懷疑，同學們知道他的身世後，更有很多謬論：

和他接近的同學唐升辰說：「鄭天福就是你爸爸嘛！」

「那麼，我的母親呢？」

「她死了，或是被遺棄了。」

「爲什麼鄭伯伯不認我？要拋棄我？」

「那是因爲家庭糾紛——」

唐升辰不了解鄭伯伯，才會胡亂臆測；另一個外號叫「胖哥」的同學想法正確嗎？

「胖哥」說：「你爸爸被鄭天福陷害或謀殺，他良心過意不去，才作有限度的照顧，你還這樣尊敬他？崇拜他？」

「他爲什麼要那麼做？」

「仇殺，可能是爲了財、色、酒……等等。」

任何人猜測的都與事實不符，但怎會沒有他們音訊？

于雲雷突地站起，拍響潮濕的衣襟，直著嗓子問：「是眞的沒有消息，還是假的沒有消息？」

鄭伯伯歪著頭，現出訝異的神情。「你這孩子，怎會有眞和假的念頭？我知道了，爲什麼要瞞你、騙你？」

「別人都說你知道。」

「都是些誰？」

同學、朋友、鄰人……但說出他們的名字，鄭伯伯仍不會服輸。于雲雷急想轉換攻擊的目標。「是不是爲了我父母的職業，說出來不好聽，才故意不讓我知道？」

鄭伯伯喝酒、搖頭，還沒來得及回答，鄭伯母從廚房走出來，問他有沒有吃飯，擔心他著涼；再用奇怪的聲調說：「爲什麼不坐下慢慢談？」

坐在籐椅上，滿肚皮不高興，正觸近問題核心，她卻出來岔開話題。像是夫妻檔串通好瞞騙他。

于雲雷踟踏地轉動肢體，屋外的雨聲淅瀝，屋內的煙霧裊繞，他覺得坐立不安。他急於知道的問題，還無半點線索。

「可是，我說過，明天離開這兒，去很遠的地方。」他壓低聲調，使語氣柔和、委婉。「如不揭開父母的『謎』底，將會遺憾終生。我希望兩位老人家幫助我！」

兩夫婦相互一瞥，鄭伯母雙手搓揉著衣角。

鄭天福說：「你不要再想念他們；他們可能離開這個世界了。」

他打了一個冷顫。「即或是離開人間，我也要看到他們的墳墓。」

「太難，太難。他們活著不跟我們連繫；死的時候不發訃聞，我怎知他們的葬處。」

聽起來有道理，沒證據駁不倒。鄭伯伯曾經推測過：父親可能遭了不幸，如車禍、游泳時失足、銀錢露白被殺害等等。那麼媽媽呢？媽媽年紀輕，會遇到壞人；會爲了窮困尋短見，會……有千百種假設；但假設並不代表眞實。他虛懸在雲霧中，看不見日月星辰，摸不著河海地球，受的是片片宰割靈魂的痛苦，胸腔裡有股熊熊怒火，但能向何處爆發？

「他們說我……我是……是私生子。」在遠離前夕，心中的積悶，不需要再窩藏，提出或許會獲得解決。「這話是眞是假，唯有二位老人家能給我答案。」

鄭伯伯輕捻了一粒花生米，放進口中。「你不該聽別人胡說！」

聽不聽還是一樣的無父無母。你是天上掉下的？不是。是樹上結的果子？也不是。那麼，你該說出究竟來。打一架，好吧。爸爸是大流氓，媽媽是酒女，或是更低賤的女人。不管是怎樣的職業，總比沒有父母的好。人前人後抬不起頭，夢中還看到或是聽到嘰嘲、辱罵。鄭伯伯絕體會不到那痛苦和酸辛。

「請不要瞞我、騙我。我心理上早有準備。」于雲雷彈掉堆積在菸支上的灰燼。「不論他們是怎樣的壞人，有如何的低賤職業，我都願意認他們，供養他們，馬上就會跪在他們膝前，喊聲爸爸或是媽媽！」

「很好，很好。」鄭伯伯連連喝酒。「你眞是個好孩子，不枉費我們照顧你的心血。如果我有辦法，就要把你的父母找來見你，可惜的是——」

「您是有辦法的。」

「不，不。你父母的心都太狠，居然拋棄你們兄弟。如果我抓住他們，要好好教訓他們一頓，我的拳頭還沒有老到不能舉動的地步。」

鄭伯母接著說：「你伯伯也常提到你爸爸，罵你爸爸，但那有什麼用。說不準，就是你爸爸怕老朋友怪他、罵他，索性不回來。」

「那不苦了我們這一代啦！」于雲雷怨恨地說。

「孩子，看開點。父母不在你身邊，不是你的過錯。」鄭伯伯揮舞手臂，搖擺肢體。「社會上有不少子女認爲年老的雙親，是個甩不掉的包袱，想盡方法推卸奉養的責任。你有這樣孝心，要尋覓失職的父母，是非常難能可貴的，我爲你的想法和行爲驕傲。」

鄭伯母說：「我家小寶，有你一半好，我們就滿意了。」

簷前的水滴斷斷續續；廚房裡的水聲霍霍流個沒完。鄭伯伯不了解他心境，他需要合法的父母，在任何場合能昂首挺胸，堂堂做人。雙親失職，是他們自己的事；或許他們有不得已的苦衷。但他要盡自己本分。如果找到爸爸，或是媽媽，他要在三家大報上，刊登明顯的啓事，告訴所有認識他的人：于雲雷有父親了；于雲雷有母親了。以前受過的侮辱，雖不能全部洗雪，但獲得家的溫暖，有了愛的補償，他再不會仇視社會，敵視人群了。

于雲雷猛憶起一件事，急忙地問：「你告訴過我：他們的名字是不是眞的？」

「當然不假。」

「我在報上登過尋人啓事，沒有消息。」

「大概沒有看到。就拿我來說吧！我天天看報，就沒見你登的啓事。」

鄭伯伯是個好人，好人喜歡往好處想，但他總認爲父親有最好的理由，才拋妻別子，在原因沒有消滅前，絕不會爲尋人啓事便回到兒子身旁。至於母親，有層層的障礙或束縛，限制她行動，不然就是毒恨啃嚙她的心肺，不願回家。

獲得父母消息的希望斷絕了，再談下去不會有效果。于雲雷起身跨向門外，走了兩步，又回頭問：「我能見弟弟一面嗎？」

「不能，絕對不能。」

鄭伯伯語氣堅定，沒有通融的間隙。送弟弟給別人撫養，不讓親人見面，是唯一的也是最苛刻的條件。但他馬上就要到山裡開農場，見見分別二十年的親兄弟，鄭伯伯卻如此的沒有人情味。鄭伯伯照顧他，幫助他，在衣物和飲食方面賙濟他，他是衷心的感激和敬佩；但接受如此條件，把弟弟送給別人——應說是賣掉才恰當。那是因爲沒有經濟來源，鄭伯伯也沒有力量供他食用，才作這樣決定——他有很大的惡感。當時，他只六歲，沒資格反對，如果是現在，他就要拿出具體主張，不讓弟弟號叫著出門（弟弟被陌生人抱走時的情景，他還依稀地記得）。

「那麼，弟弟的死活，我們就不管了？」

「我們是可以不管的。」鄭伯伯又得意起來，像對自己的作法感到滿意。「人家把你弟弟當親生兒子看待。吃好的，穿好的，受正常的大學教育，還有什麼放心不下？」

「伯伯去看過他？」

「沒有。我也不能去看他。」

「那怎麼知道的？」

「我從側面探聽。你弟弟的養父養母，都是上等好人，善良敦厚，就是不讓你弟弟有懷疑自己身世的機會。」

不聽鄭伯伯的話不行；聽了就一無依靠。吵嚷、謾罵、埋怨、詛咒等等算是多餘。他深深歎氣。想跪在父母膝前，傾訴二十多年來悲痛的願望成爲泡影；連擁抱弟弟痛哭一場的機會，也不能實現。

「世上有千千萬萬的家人團聚一堂，」于雲雷感慨地說：「我卻孤伶伶的，一個親人也沒有。」

鄭伯伯搖搖頭：「不對，不對。你這孩子不能這麼說。葛老先生不是你的親人？」

于雲雷把半截菸蒂猛拋在地面，並使勁用腳踐踏。「葛華達不是我親人，是我的——仇人。」

他把「仇人」兩個字說得特別兇狠。

屋中的燈光似乎閃了一下，空氣的份量也加重了許多。鄭伯伯的手中茶壺，重重地擱在桌面，抖抖顫顫地站起來，向于雲雷身旁邊走邊嚷：「你……你這是怎麼說！」

鄭伯母也跳向他身旁。「雲雷，你不要亂說，旁人聽了要編排我們不是。」

于雲雷聳肩，擺動肢體。冷笑、狂笑。他沒有辦法，也沒有時間，把心中的感受和積怨說清；看樣子只好白受責怪。

「你們二位應該相信我，我不是隨便說話的人，我做任何事，都有事實做根據。」

鄭伯伯立刻厲聲斥責：「這樣的話，以後不許說！葛老先生是你的恩人，你怎能忘了？」

伯母接著埋怨：「你這孩子，怎可以昧良心！不是人家收留你，供你上學，你到今兒仍是個野孩子，還趕不上我們的小寶。怎麼一下子就變成你的仇人？」

于雲雷握緊右拳，捶擊自己腦門。「請你們不要怪我、責備我，我有足夠的理由愛一個人、恨一個人，但我現在說不清楚。」

伯母說：「葛先生對你的恩惠，我們是看到的。」

伯伯的語氣更堅決：「你千萬不能恩將仇報！」

「不，不！」于雲雷內心痛楚的熱淚，湧集眼眶。「可是，我說——你們不了解我，我也不希望任何人了解，我走啦！」

鄭伯伯搖頭：「你們年輕人，氣太盛，性子太躁，我勸你，任何事要三思而行，你應該把下鄉的事，和葛老先生商量商量。」

一陣冷風捲起雨箭，射向于雲雷，他不禁打了一個寒顫，縮縮頸子說：「謝謝你們的關心，我以後會來信。如果有了我父母的消息，請無論如何告訴我。」

「好！」兩老異口同聲地回答。

4

劉培濱兩手撐膝蓋，傴僂在路旁，張著喉嚨做嘔吐的姿勢。換乘了兩路公共汽車，窗門都關得很緊，空氣悶濁，加上雨衣、膠鞋的臭味，他一直覺得大地在傾斜、抖顫、旋轉。他設想整個世界會毀滅，自己也跟著同歸於盡。在家中被兒子辱罵了一頓，仍無法達到臥在妻兒身旁等待死亡的目的，他已對生存沒有留戀。

然而，他瑟縮地踏下車，空空的胃翻騰了一陣，僅吐出兩口酸水，像要立刻暈倒路溝的樣子。乾咳了幾聲，喉嚨裡的痰仍繼續蠕動；他又伸直腰桿向短巷躑躅。

雨絲纏繞自己，他不斷用手抹拭面頰和頸上的水珠。鞋襪濕透，腳步踏在地面，可以聽到「嘰咕嘰咕」的聲響。現在他要以最大的耐心忍受折磨，把僅賸的幾張車票用完，便乾坐著等待死亡。他不想去胡百理家找太太和女兒。胡百理雖是他朋友，但也是天大的仇人；想不到太太竟會把女兒嫁給姓胡的做媳婦。

他和胡百理的怨恨，一直擱在心底深處，太太不知道——即或知道，太太也不會爲了他和姓胡的疏遠；而且婚姻是兒女自己的事，做母親的也做不了主。由於克忠的語言和態度，刺傷了他的心，再不想去見家中任何人。他要去另外的地方試試運氣。

走出巷口，是一條碎石路的小街。從朦朧燈光下，見到發霉的雜貨店、理髮鋪。水果攤篷架仍矗立於巷口對面，由篷頂垂下的一百支電燈的光，塗在橘子、蘋果、木瓜上，水果便顯得又亮又大，又香又甜。肚子餓了，見到吃的東西，都感到親切有味。

禿頭的攤主，已換了一個十七八歲的女孩（許是禿頭的女兒）。如果仍是那老傢伙，他們要聊聊往事：那些人發跡？那些人走下坡？那些人吃飯不做正事——不會有心情閒談，禿頭能看老主顧的面上，送些什麼吃的給他，就心滿意足了。

挨著門數下去，已見到那高高的圍牆，深褐色大門（以前是紅漆門，圍牆也沒這般高），氣派堂皇，不像他居住時，那樣掩掩藏藏，畏縮不敢出頭。

這房子的住客一定換了，還不知換過多少次。再往前走，巷子底那幾家，仍是原有的裝潢。站在獨扇門前，雨絲沒頭沒腦的噴灑，有難以喘氣的感覺。閃在牆腳拍門，一陣又一陣。一個年輕人打開門，盤問他的來歷，他正感難於啓口介紹自己，一個老人已伸出頭大聲問：

「你是老劉——劉培濱？」

他從心眼兒往外喜歡。「老鄭，是我，我回來了。」

風雨夜被關在門外。他坐在鄭天福對面；高大結實的鄭小寶端來一杯茶，喊聲伯伯。鄭太太也從後面跑出來。驚訝地打量他。

劉培濱低首喝熱茶，顧不得他們臉上所表現的鄙視和駭怪。茶喝光才抬頭回望他們。「鄭大哥、鄭大嫂！能弄點什麼吃的嗎？」

「慢點，慢點。」鄭天福急搖雙手。「先說說看：這麼多年，你那兒去了？」

鄭太太說：「你一去沒有消息，人都急死了，我們天天念著你。你說啊，爲什麼不說話？」

他眞愧對老朋友、老房東。到的地方很多，受的苦難也最大。說出來，不會獲得任何人的諒解和同情，還是少開口爲妙。

劉老頭咳了咳。「我像沒根的浮萍，到處飄流。」

鄭太太說：「你怎麼寒酸成這樣子，不凍出病來才怪。」

小寶輕聲對媽說：「劉伯伯在發抖哩！」

「很好，很好，」鄭天福對著壺嘴喝了一大口。「小寶，拿我的壺去廚房熱一熱。你現在流浪夠了？才回到這兒來？」

劉老頭眼看小寶手捧茶壺——老鄭茶壺裝酒的習慣仍沒改變——心甘情願地走向廚房，內心又羨慕，又妒嫉。

「我想看看阿秀——」劉培濱怯怯地說。「你們跟她還有連繫吧？」

鄭天福笑出聲。「算算看，你丟開阿秀有多少年？留什麼給她生活？今天還能看到她？」

二十三年。確是個很長的歲月。阿秀和他生活在一起五年，加上情意、恩愛、責任……等等，放在天平上，也沒有那邊的份量一半重。當初想不到要回來，所以也未考慮這些，經老鄭說穿，感到很羞赧。

老鄭變了不少，以前並不如此尖銳刻薄。他們的關係是雙重的：房東和房客，再加上是酒友。不是他到鄭家，就是鄭天福坐在他客廳對酌。談過不少知心話，討論過很多人生問題。老鄭知道阿秀和他的關係，他對自己家裡的妻兒，和阿秀的出身是酒女，也沒有隱瞞。鄭天福認為他是遊戲人生，或是把人生當作遊戲。他不承認也不否認。因爲再不想把阿秀之前的生活告訴老鄭。可是孩子一個個出世，大德下面接著又是小德誕生，他們在一起喝酒的次數時間雖沒有減少，但一種無形的力量，在慢慢捶擊他的肉體，啃嚙他的靈魂。

他說：「我們以後在一起喝酒的機會不多了。」

鄭天福詫異地問：「你是因爲核子多了，負擔重了要戒酒？」

當時他有個奇異的想法，認爲離別之後，就不會再見面。連忙舉起酒杯岔開話題：「今朝有酒，」自己先把杯中酒倒進喉嚨。「何必爲未來擔憂！」

他們倆醉倒了，阿秀爲他們清掃吐出的污穢之物，還買來水果及解酒的藥，但並沒有改變他的決定。第二天，就再沒踏進阿秀和老鄭的家門。

「請看在我們常在一起喝酒的份上，」劉培濱的腦中，又出現老鄭酒酣耳熱時說話直率的樣子。「把阿秀和孩子們的事告訴我吧！」

「就是因爲經常我們喝兩杯，今天才讓你進門。」

「如果沒有這份交情——？」

「關緊大門不理你。」

劉老頭猛地一驚。「我什麼地方得罪了你？」

鄭老頭從盤裡撿起一粒花生米，兩隻指頭捻掉紅皮，拋進口中。「你拋開家，考慮過阿秀和孩子的生活教養嗎？」

朦朦朧朧想過，也好像沒想過。覺得阿秀離開自己很近，有時又很遠；甚至於意識到她並不存在。

如果阿秀不存在，他可能不會貿然離開家。他雖早有背叛家庭的念頭，總認為拋掉妻兒不太妥當。但見了阿秀，聽完阿秀的可憐身世，就毫不考慮，願意為她犧牲——到底是誰為誰犧牲？阿秀那雙哀怨的大眼睛，又在緊瞅著他，彷彿正在訴說苦難。媽媽去世還不到一百天，爸爸一場賭，連房屋和她一起輸光。她才十六歲，接受命運安排，在人口販子手中輾轉流徙，吃過任何人沒有吃過的苦，受過任何人沒有受過的污辱；還是她力爭上游，才能進入到陪客人喝酒的場合。生張熟魏的日子過夠了，不管是誰願意為她贖身，她都願意跟誰生活在一起。

不可靠，風月場中的女人，都編這樣一套故事，為自己遮羞，又賺別人同情。和他同去玩樂的朋友嘲笑他沒有膽量；更慫恿他慷慨捐輸，救人也可以救自己。

血管裡滲入大量酒精，言行往往不經過大腦。他掏出支票簿，立刻為阿秀贖身。贖金不多；加上租房子、買家具，他全負擔得起。

清醒了，一半懊悔，一半高興——有一個年輕、漂亮的女人屬於自己；從此便拋掉家中一切，過另一種新生活。

和阿秀在一起，沒有想到家裡的妻兒；等到離開阿秀，也沒有把阿秀放在心上。那是他一生中的懵懂時代，只顧眼前，絕不回顧。活著彷彿就是爲了吃喝玩樂。

這些不能告訴老鄭，說眞話，將會惹來一頓臭罵，再被趕出門。

「考慮過的，」劉培濱用乾咳掩飾窘態。「但沒有辦法——」

老鄭厲聲駁斥：「爲什麼不回來？有人綁住你？」

「我回來過的。阿秀和孩子們都走了。」

「在什麼時候？」

「三年之後。」

「很好，很好。」老鄭用鼻嗤笑：「你把帶著兩個孩子的女人，拋在外面三年，不給生活費，也不捎個信，還希望她守住你一輩子？」

他給阿秀一筆「保證金」，可以維持三年生活，阿秀一定沒有告訴老鄭。商場上的競爭、貨物的利潤、風險，以及各種投機取巧，和老鄭談得不少；但個人的情感生活和阿秀之間的經濟處理，從沒談過；現在更沒有說明的必要。

「我以爲她會等我一段時期。」

「憑什麼？」

「一點點感情。」

「很好，很好，你同風月場中的女人談感情。」老鄭偏著頭問：「你上次回來，怎麼不來看我？」

他不同意鄭天福貶損阿秀人格的說法。阿秀雖在風月場中打滾，但和他同居時，已是一個正常的家庭主婦，他沒有輕視她的心理。老鄭早就知道了，今天還要這樣說。

此時此地，他處境如此惡劣，用不著辯駁。失意的人，理由是講不響的。

「我本想來看老朋友，」劉培濱靦腆地看自己污染的鞋頭：「走到你家大門，又縮了回去。」

鄭太太搶著說：「怕我們跟你借錢？」

「怕你們笑我、罵我——」

「現在不怕了？」

當然怕。稍微有點辦法——有口飯吃，有個小小的窩避風雨，絕不來見鄭家夫婦。

「我想時間久些，會沖淡你們責怪我的心情。你們年歲也大了，」他送頂高帽子給他們戴。「涵養到了家，會為別人設想，也會體諒我不得已的苦衷。」

雨聲點擊門窗；廚房裡有鄭小寶的噴嚏和鍋碗碰擊聲。劉培濱的氣管似有雞毛搔粑，肚腸有人抽著、揉著，覺得無法撐坐椅上；沒有床，癱臥水泥地面也安心些。但內心有種力量，發出無數的聲音警告他：不能倒下去，要堅強地坐著、站著，達到自己追求的目標，不枉費心機來這兒一趟。

劉培濱接著大聲喊：「今天來為了找我的兒子！」

鄭太太說：「一個人找兒子，一個人找父親……」

「誰找父親？」

「很好，很好。」老鄭沒答理，反過來問：「你找兒子幹嘛？」

小寶捧出茶壺，放在爸爸面前。「還有事沒？」

「沒有了，」父親低首就壺嘴喝了一大口，得意地顛著腦袋。「去做你自己的事吧！」

劉老頭見小寶進退規規矩矩，對父親恭恭敬敬，除了感到羨慕和愧疚外，腦中又映出克忠的嘴臉。

他內心狂喊，克忠狠心不認父親，他也不要這個兒子。閉起眼皮，便有不少的團團小臉浮現在隱約的空間。啊，他生了不少兒女。阿秀生的兩個孩子，該和小寶相似了吧。大德比小寶先出世，小德卻誕生在小寶之後，他們在兒童時期，互換玩具和食物；大德顯得任性逞強，小德比較軟弱；成長了，本性有沒有改變？也像小寶這樣明孝道、懂事理？

「孩子是我的骨肉，我應該關心他們。」劉培濱眼看著小寶的背影滑入房間，輕吁一口氣。「我沒有多大念頭了，只盼望孩子坐得起，站得直，能夠出人頭地。」

老鄭搖頭。「太遲，太遲。關於他們的事，我沒有義務告訴你。」

當然沒有義務。臨走時沒請他照顧阿秀，也沒把孩子託他撫養。老鄭只是房東、鄰人——頂多是個酒友，可以回說什麼都不知道。克信除了好好求他，就沒法要他說實話。劉老頭心眼兒一軟，眼眶潤濕，快要哭出聲。「我的毛病很重，心臟也不健全，捱不了多少辰光了，只希望知道孩子們的下落——」

知道孩子們的下落又怎樣？要他們接回奉養，或是接受一頓臭罵？他是克忠名正言順的父親，尚且如此。在大德和小德面前，將用什麼身分出面？

劉培濱的一顆淚珠擠出眼眶：「那樣我會死得安心些。」

老鄭在考慮：「我答應告訴你，但有一個條件。」

這又使他爲難了。老鄭在緊要關頭扼住咽喉，看樣子不答應也不行。他勉強地點頭。

「我把他們的近況告訴你，但你不能去看他們。」

「爲什麼？」

「他們在自己的環境裡安定下來；你不該擾亂他們的正常生活。」

「是他們的意思，還是你的？」

「我的意思。」鄭天福又喝一大口，酒香噴射全室。「我必須替他們作主。」

「但我是他們的父親！」

老鄭的笑聲摜在他臉上，他感到熱辣辣的不好受。笑聲中含有太多的嘲弄和侮辱。彷彿指著他鼻尖斥責：你現在自稱是他們的父親了？你在歡場中檢來他們的母親，爲了滿足某部份的官能生下他們；沒盡到撫養和管教責任，任意拋棄他們。讓他們餐風飲露地長大，現在卻回來主張父親的權利，天下怎有這麼便宜的父親！

「不要笑，老朋友。」劉老頭希望他能很快停止嘲笑。「你知道的，那是事實。」

鄭太太說：「當然，我們看到大德和小德出生的。」

「我沒有否認你身分，」老鄭的笑容收斂：「今天只想告訴你一個道理。」

劉老頭覺得無處逃避：「你說吧。」他用哀憐的目光看著鄭天福：「在你未開場之前，求你先弄點什麼我吃的——」

鄭太太驚訝地叫：「你還沒吃晚飯？」

「不瞞妳，我已經三天沒有好好吃過東西了。」

老鄭大聲喊：「小寶，小寶！」

後面大聲應：「有！」

「看看廚房裡有什麼可吃的。」

母親連忙搶著說：「不要，不要。他身體這樣弱，不能吃冷的，我去下碗麵給他吃。」

面對老鄭坐著。風雨撲擊門窗，遠處有收音機的哭號聲；還有汽車輾動路基的轟隆隆聲震撼四壁。吊在天花板下的燈泡似也跟著晃盪。

「老鄭，你眞好！」他感謝地說：「你確是我的老朋友。」

「一碗麵值得這樣感激？」

「此刻對我來說，算是一種莫大的恩惠。」

「你總說錢是身外之物，酒、女人，可以隨取隨予；現在怎麼變得這樣慘？」

咳嗽，再咳嗽，腰弓起，頭垂至膝蓋，掩飾羞慚。他不記得有否說過這樣的話，那好像是很久遠的事了。生意一天天發達，錢滔滔滾進。處處受逢迎，人人誇他能力強、精神旺、運氣好。

從沒想到今日無衣、無食、無住所的日子，要到處求人施捨、收留。

劉培濱斜睨主人：「你要講的，就是這些道理？」

「不。」老鄭精神亢奮：「我要讓你知道的，是我只有一個孩子，但我好好管教撫養；孩子也眞誠的伺候父母。我不像你到處留情，結果連一碗麵都沒得吃。你那些情人呢？」

「都不要我。」

「你那些兒子呢？」

劉老頭的眼前，又浮出克忠的尖頭銳面。「他們不認我，我才來找大德、小德——他們怎麼樣？」

「你答應不去找他們？」

老鄭的臉板得很緊，不依他就永不知大德和小德下落。退一步說，找他們又有何用。有父子名分的克忠尚且翻臉不認人，和他毫無關聯的年輕人，會驀地收留他這野老子？

「我只去看看他們，見他們有吃有穿，生活正常就心安了；絕不暴露自己身分。」

主人猶豫，眉梢連連剪動：「我要從你離開阿秀時說起。」

那離題太遠，但有什麼法子，老鄭抓住他這「聽衆」，發洩多年積憤。阿秀以爲他知道你的去處，便天天來這裡訴苦、嘮叨，要解決小德問題。小德才一歲，離不開母親；母親去工作，必須先安頓小德。他登報徵求收養的人。應徵的條件苛刻，不讓任何人去看孩子，好更名換姓，使孩子自認爲是父母親生的。

他搶著問：「這樣說，小德是被賣掉了？」

「你還有資格怪人？」鄭老頭大聲反駁：「不賣孩子，能維持長久的生活?! 沒有怪人，只是驚訝。阿秀在和他同居之前，過得不錯；他離開了，認爲不會對阿秀有多大影響。誰知道想法錯了。

「小德改名換姓叫唐升辰。大概是取旭日東升的意思。唐家有工廠，有不少財產，就缺少兒女。小德進門，是嫡嫡親親的小少爺。吃得好，穿得好，教育受得好；現在已讀完大學了。」鄭天福用漂亮的手勢做結論：「我替阿秀也是替你做了這樣主；你這不負責任的老子，還有啥話好說！」

該感謝老鄭的安排，使小德有前途和舒適的生活環境。可是不准他去看飽暖安逸的兒子，又有何用？

「我知道小德有這樣的境遇，安心不少。」劉培濱注視主人：「但大德呢？」

老鄭仰起脖子，迎向壺嘴喝了一大口，眨巴著眼睛，半晌，突地揚起右手指著他：「提起大德，我就要用嘴罵你，用手打你，用腳踢你。」

劉老頭彎腰咳嗽，縮成一團像個大鱉。大德諒已遭遇到最大的不幸，老鄭沒法交代，才先用話嚇唬他。他沒把阿秀和孩子託老鄭照管，老鄭用不著緊張。儘管大德幼年聰明伶俐，討人喜歡，但長大後的性情，誰也無法確定是不是像克忠。

「你罵吧，踢吧，你高興怎樣就怎樣。」劉培濱把一口痰吐出門外。「但你還得把大德的下落交代清楚。」

小寶端出一大碗噴熱氣的麵條，放在靠牆的方桌上，用輕蔑的口氣喊：「唔，你吃吧！」

老鄭無任何表情，坐回原位：「你慢慢地吃，不要吃得太多；三天束緊腰帶，不要一下子撐破肚腸。」

對於別人的言語、態度，無法計較。不落魄如此地步，早已拂袖離開；現在已無自尊可言，只好挪到桌旁厚著臉皮，扶起筷子吃麵。

呼嚕嚕的吸吮聲，使思想萎縮，甚至忘記本身存在。一會兒似飄在雲裡霧裡；一會兒像陷入水裡火裡。剎那間，彷彿仍在自己家中，他半躺於睡椅上，噴著連串煙圈；太太、克忠、克信他們圍繞身旁，要他講黑王子騎白馬的故事……不，大家圍坐在旺盛的火爐旁，他把預先準備好的紅包，一一分給孩子做壓歲錢，大家異口同聲的喊：「爸爸萬歲」……鞭炮噼噼啪啪聲，煙霧迷濛，硫磺味刺鼻。碗打翻跌碎，麵條鋪在地面，麵湯汪洋在桌腿附近。啊！大德才二週歲，筷子無法把麵條挾送進口，大哭大鬧。阿秀搶著用抹布擦拭，老鄭在他對面舉起酒杯笑呵呵。而現在麵吃完，湯喝光，舌尖舔嘴唇，覺得不過癮，不夠飽。

老鄭看向兒子。

小寶說：「麵都在這兒。」

他精神已好得多，原以爲無法走出老鄭大門，現在覺得還有力量去看大德、小德，去探訪更多的人。生命又緊緊拉著自己了。

年輕人收拾碗筷。他回到原座，聞到老鄭茶壺裡的酒香。如果有兩口酒下肚，便禁得起風雨的襲擊。雙目瞪住茶壺，無法開口。那樣，老鄭會便嘲諷他得寸進尺，貪心不足。以往不用客氣抓起便喝。此刻不該想這些——來鄭家是爲了吃吃喝喝？

他認眞地問：「大德沒小德那麼幸運了，是不？」

鄭老頭雙眉皺起片刻，嘆息地說：「小德由唐家收養後，阿秀便『上班』了。你知道『上班』的意思？」

他在她「上班」認時認識她的。人長得美，嘴生得甜，迷迷糊糊和她同居，又迷迷糊糊拋開她，她又穿暴露胴體的衫裙，飛媚眼、裝嗲腔，在那些邪味滿臉的男人胸前搓揉調笑，用女人原始的本能賺大把鈔票。

劉培濱失聲地說：「她又墮落了！」

「你佔有她青春，嫌她人老珠黃便甩掉她，還有資格評判她！」

「我對她感到惋惜。自己感到歉疚。」他急於探入問題的核心，不能再讓老鄭岔開：「大德也跟母親去了？」

「孩子的母親比你這個父親好。她的職業雖不正常，孩子卻受正常的教育，她送大德進托兒所、幼稚園、國民學校。忽然之間，阿秀和你一樣：一聲不吭就沒消息。」

劉培濱的心猛撞肋骨：「是不是被謀殺了？」酒和色連在一起，加上另外一種因素，禍患就會發生。阿秀在罪惡深淵中浮沉，說不定會被色情的洪流淹沒。

主人急搖雙手。從桌上的菸盒裡抽出一支菸，點然著吸了一口：「後來才知道，阿秀進入更現實的行業，怕影響孩子的心理，不願和孩子住在一起。你聽了，能不慚愧？」

熱潮由臉龐燒到耳根、脖頸。過去的一切都無法補償，唯有緊緊抓住現在。

「大德的生活費呢？」

「先是他母親寄來一些，後來阿秀失去連絡，我便幫助他一點，但大半靠他自己維持。」

「他小小年紀，有這樣本領？」劉培濱心中憐惜大德，眼前顯出蓬頭赤腳、滿身污垢沿門乞討的孩子。

「大德堅強，有志氣。一面自食其力，一面找爸爸、媽媽——」

劉培濱憶起鄭太太剛說過的話，大聲驚叫：「大德現時還在找我？」

鄭天福愣了一下，喝口酒，吸口菸，似在費力思索。「你這樣子，怎好見他？見他以後，又能有怎樣的結果？」

「結果我不管。我要告訴他，我是他父親。多少年來，一直惦念他——」

老鄭又搖雙手：「他如果問你：爲什麼拋棄他，拋棄他母親和弟弟，你怎麼回答？」

回答的話有千百種，就是不知道大德信不信。大德可能比克忠更壞，用言語傷害他，使他心中永遠無法寧靜。

「他如果問你，」老鄭接著又問：「他母親現在的生活狀況和行蹤，你怎麼回答？」

用謊話騙他，蒙蔽他。

「你知道大德是怎樣崇拜父親嗎？我們曾假定了若干你不回來的理由。但他確認父親是做生意時遇到匪徒，為了保護同伴，犧牲了性命。如果他看到心目中的英雄，如此卑污、無情無義，他若干年來的期待，培養的尊敬，剎那間就要全部毀滅。你現在快進殯儀館了，還要把朝氣蓬勃的大德，也送上消極頹唐的道路？」

老鄭用這大道理，為他，也為他兒子設想，沒法反對。他死期近了，而大德的前途正無可限量。從無責任感的父親，此時此地該揹起苦難的十字架，不去干擾兒子的生活。

劉培濱嘆口氣。「大德的近況如何，你還沒告訴我。」

「他運氣不錯，童年流浪了很久；後來被一個善心的紳士收留，也念完大學。」

眼前金光熠熠，全世界的財寶像都摟在懷中。他一直認為大德比所有子女強，現在真的應驗了。「他也改名換姓了？」

「還是叫于雲雷。」

阿秀姓于。為了大德跟誰姓，他和阿秀爭吵了若干次。沒辦結婚手續，阿秀不讓孩子姓劉。他未和彩嬌離婚，不能不讓步。姓于就姓于吧，他確信自己不會和她生活一輩子（不知是誰拋開誰），就拖拖延延的向阿秀低頭了。

「請你把他們兄弟的地址寫給我。」

老鄭喊兒子拿來紙和筆，寫完遞給他，還鄭重地叮嚀：「你可以去看他們，但千萬不能讓他們知道你是他們的父親！你對他們的過去傷害已夠多夠大，不要再破壞他們未來的幸福了！」

鄭太太匆匆跑出大嚷：「你眞是直心眼兒，心窩內藏不住芝麻大的秘密。你把地址寫給他，他眞能遵守諾言？」

丈夫把花生米塞進口中：「我要讓他去看看自己的孩子，使他了解我們爲他做主的事並沒錯，更使他明白：放棄做父親的責任是多麼可恥！」

劉培濱把老鄭寫的紙條，放進貼胸口袋，低頭看泥濘的雙腳，不敢面對他們。他該早來這兒，或是說根本不來這兒，今天受辱，像是注定無法避免。

「請你們放心，」他扶著椅背慢慢撐起，心情激動：「你們既然認爲這樣妥當，我會遵守諾言，不讓他們心理受到傷害，到底我是他們的父親！」

老鄭全家三人，輪相注視。似在懷疑他的話——他的信用早已破產。

他咳了咳，移動腳步走向門外，團團霧靄圍裹他，呼吸迫急。

跨出門，風雨在身邊搖晃，他想抓住什麼使自己穩定；但失望了，空空的院落，沒有堅固的物體，可以維持身體平衡。他別轉頭子問：「阿秀的住址，你們知道嗎？」

鄭太太搖頭。「不知道！」

她丈夫冷笑：「很抱歉，我們不能告訴你。她現在已脫離孽海，嫁了人，安安靜靜地生活，你不能去找她。」

「看看也不行？」

「你用什麼名義去看她？目的是什麼？要她記起以往的恥辱？你仍嫌給她的損傷太輕，再去揭那破裂的瘡疤，使她痛苦加重，仇恨加深？」

風雨撲打牆壁，肢體顫慄。眼前一片昏黑，寸步難移。他希望見阿秀，求她看在過去的情份，借一點錢讓他度過生命旅程上的最後一站。也許她嫁的是一個年紀大的富翁，手邊不缺少錢。實話對他們說了，頂多換來一場辱罵和嘲諷。

鄭太太拉開嗓門，意味深長地說：「你不該來我們家的，你以前沒有把我們當作朋友，不告訴我們要去的地方。儘管你是如此的瞧不起我們，對不起你的妻兒，但我們仍做得像個人樣，使你了解人與人相處，感情重於一切——」

老鄭揚起左手，截斷太太話頭。「你走吧！從什麼地方來，還回到什麼地方去。更要緊的是，你該記住自己的諾言。」

他連連咳著說：「謝謝，謝謝！」心底卻在告訴自己：不是謝他們的教訓——現在教訓嫌太遲，神或是上帝來都不能救他了。——那是感謝獲得兒子的住址，感謝他們的一碗麵。

他已撞入雨絲編織的黑網，又聽到老鄭在身後叫喚。回轉頭見老鄭抓著茶壺倚在門框喊：「我忘記問你：你突然離開阿秀到底是爲了什麼？」

「爲……爲——」劉培濱剛張開嘴，一陣打旋的風，拖著雨水灌進喉嚨。那是一種報復，是一種精神錯亂，是對男女之愛和家庭的一種背叛、藐視……他說不出口，咳了咳接著回答：「我不知道。」

老鄭仰起頭哈哈笑，他跌跌撞撞摸索了一條街，那帶有鋸齒的笑聲，仍在撕割他的心肺。

5

于雲雷躍進唐家客廳，隨即爆起一陣喧譁聲。有人笑著說：「一隻水鴨子游進來了。」

小主人唐升辰攔在面前，用關切摻著憐憫的聲調問：「你怎麼弄成這樣子？」

「現在不談，等會兒我慢慢告訴你。」他環視全室，光線迷濛，人影晃動。男男女女左一團、右一堆嘻嘻哈哈，有熟稔的，也有陌生的。他驚訝地問：「這麼多人幹嘛？」

「嗨，眞是貴人多忘事。」唐升辰拍響他濕淋淋的肩膀：「今天是『水蜜桃』生日，我們替她開舞會慶祝。你忘了！」

不錯，幾天前有同學提過這樣的事，他早拋在腦勺後，連一點渣滓都不剩。他不想贊助，也不願參加這熱鬧場面，圍繞在「水蜜桃」的裙邊、高跟鞋畔。她雖和他同班，大家「封」她做系花，而他只覺得她是一個平平淡淡的女孩，像掛在屋簷下的一串香腸或是一塊臘肉，引不起人們垂涎。

「抱歉，我有點事，不能奉陪。」于雲雷的目光，從紅紅綠綠的光霧中收回，看看唐升辰謎似的面容：「先去你房間，借套衣服換一換；還有要事相商。」

他們跨出客廳，綽號叫「胖哥」的同學陶嘯大叫：「快點來，不能讓我們儘等，舞會要開始了。」

唐升辰從衣櫥內，揀出一套黑色細條的西裝，他穿上嫌瘦、嫌小，長褲吊在踝骨上面，任何人都可以看出是借來的。但此刻已講究不得，他用力抽出濕長褲的腰帶，一柄亮滑滑的彈簧刀，在磨石子地上跳躍。

「你並不是個『頑皮少年』，還帶武器幹什麼？」唐升辰彎腰撿起，抓在手裡把弄。

「拿它修指甲，削水果用的，不是打鬥的武器。」于雲雷急伸手搶回，仍掛上褲帶：「你這兒能讓我住下嗎？」

「沒有問題。」唐升辰的語調輕鬆。「不少人主張跳通宵。不能回家的人，可以住客廳和我的臥房、書房；再不然就來兩桌橋牌——」

「你誤會我的意思了。」他阻止小唐說下去。「可是，我說——不是指今兒晚上，而是要暫住一段時期。」

「住多久？」

于雲雷把濕衣服晾在椅背，右手抓搔鬢邊髮絲，考慮未來種種。現在似無法立刻離開這城市，必需把若干事做一結束，才能與這社會隔絕。

「一個禮拜左右。」

「你住在葛家不挺舒服？」

唐升辰是比較接近的同學，了解他身世和遭遇。小唐雖不是父母親生，但唐家沒有兒女，而且是幼年即被收養，所以能獲得親子般的關懷和愛護，當然不能深刻地領會寄人籬下的心情。

「發生了意外。」他不想細說。「今晚就要另找地方安身。」

「說話不要藏頭露尾，有了什麼『意外』？」

穿著窄小的衣服，渾身不自在，摸前襟、下襬、褲腰、褲襠。唐升辰認識葛強妮，諒會知道她的個性。「葛家的那位千金，開我的玩笑。」他猶豫地說：「要……要逼著……和我……結……結婚。」

「那不是天下最妙的事！」唐升辰從座椅上躍起拍響屁股。「人財兩得，和有財產的女孩結婚，少奮鬥三十年，別人求都求不到；你這傻瓜，還要向外逃避？」

小唐說出這樣的話，也出乎意外，怎能拿他和一般人相比。他責怪地說：「你和我處得這樣久，還不了解我的脾氣？」

「了解，了解！」唐升辰兩手伸入褲旁插袋，聳起肩在房間兜圈子。「于雲雷性情孤僻，又驕傲，又自負，不近情理，不把任何人看在眼內——」

「你這小子是抬舉我，還是教訓我！」

「不敢，不敢。」唐升辰站住用鞋尖踢動椅腳。「我只是把別人眼中的于雲雷告訴你。別人的評斷是否正確，那得由自己審判。拋開這些空洞的話不談，我們就事論事，你放棄這美好的姻緣，到底爲什麼？」

他暗自發笑。唐升辰只看到強妮的外表，看不到她生活的另一面，才有這樣的看法，當然不便揭穿。

「我和她在一起，等於我穿了你的衣服。」于雲雷牽動上衣的下襬。「誰都看得出：一萬個不合適。」

「我不同意你的觀點。」唐升辰認眞地搖頭：「你嫌她長得不夠漂亮？」

烏溜溜的眼珠，精巧的鼻子，透剔玲瓏的身材，配上白皙的皮膚，確是嫵媚動人，誰都說強妮長得美，唐升辰一直對她很「欣賞」，他也不能故作違心之論。

于雲雷連連搖頭。

「你是嫌她身分和你不配？」

他心尖躍動。不錯，強妮是千金小姐，而他僅是身無立錐之地的流浪漢，任何人都以爲是「齊大非偶」；他從沒顧及這些，也沒把強妮估得太高，埋藏在心底的隱情，無法向小唐傾訴，只好掩飾地說：「我沒有那種想法。」

「到底是爲什麼？」唐升辰拍響額頭。「你覺得她不愛你？」

于雲雷笑出聲。「她不愛我，還要和我結婚？」小唐管的閒事太多，別人的切身問題，何必勞他問長問短。「可是，我說——你沒抓到重點，你應該先問我是不是愛她。」

「你愛不愛她，能有多大重要。如果你心中沒有她，可以慢慢培養愛苗；最起碼要裝成愛她的樣子。」

「爲什麼？」

「是爲了遷就現實。」唐升辰得意地揮舞雙臂，唾沫星噴濺在他臉上。「葛家的財產以億計吧！那是個不小的數目。而且你不要急著找安身的地方；自己的事業和前途全有了保障，何樂而不爲？」

于雲雷高舉雙手，縱聲大笑。今天突地發現小唐是這樣的人，有如此的婚姻觀，確是非常失敬。他們平常談課程、評論電影、小說，一同遊山玩水，唐升辰是個隨和謙虛的朋友，從不堅持己見，看起來很得人緣，卻沒想到他們之間思想的距離有這樣遙遠。

「如果是你，預備怎麼辦？」

「攙她上禮堂。」

「不管她的品德、節操……」

「夠啦，夠啦！」小唐渾身扭擺，阻止他說下去：「你說這些發霉的字眼，使人聽了要嘔吐。核子時代、太空時代，你腦子裡還保留那些腐朽觀念，怎不令人失望！」

于雲雷緊瞪住唐升辰，整潔的鐵灰西裝，亮藍的領帶，留著蓬亂的長髮覆在耳際，許是模仿「披頭」。他該早發現這個「時髦」人物的，爲什麼一直把他當知己看待？他的想法和做法，可能是超時代的；但他卻無法模仿、追隨。

「按照你的處世標準，我使你失望的地方會太多。」于雲雷想結束這無謂的辯論，立刻反問：「你還沒告訴我：這兒能不能讓我住下？」

同。」

「三五天可以，長時間可不行。」

于雲雷愕然怔住。「你以前說過，隨便我住多久。」

「以前認為你前途無量，才歡迎你來作客；現在我雖答應你長期住下，但我父母便會不贊同。」

現在他僅是一個無家可歸的浪子，毫無利用價值；他父母的看法就因此改變？

唐升辰斜倚在門上，臉仰向天花板，繼續說：「我父親常指著鼻子教訓我，要我交有錢有勢的朋友。如全結識些沒有身分、地位的窮光蛋，一個人還能有發展？」

全身衣服緊緊箍住自己，于雲雷感到呼吸迫急，心肺要爆炸。他兩手抓住前襟，想猛然撕碎小唐的這套服裝，仍穿自己那水嘰嘰的衣裳。令他氣憤的，不僅僅是那簡短的幾句話，而是到今天才徹底認清小唐的真面目。他平時就覺得小唐鄙俗不堪，但唐升辰一直以英雄、俠客自居，對同學們的任何困難，總是挺身相助。就憑這些，他才忍著瞧他長處，不計較短處和小唐交往。人人說小唐懂義氣、夠朋友；誰想到那是他偽裝的面具，而心底卻藏有另一套處世哲學。他白結交這樣的勢利朋友，浪費了長時期的情誼。

「老伯一定熟讀顏之推的家訓，」于雲雷嘲諷地說：「才有這樣高超的見解。」

「顏之推也這樣教子？」

他竭力忍住，沒有發出笑聲。唐升辰讀書不多，看電影，進舞廳，泡女孩子，花的工夫不少，當然不懂這典故。他說：「顏之推在家訓中，介紹的一個人物個性，和令尊差不多。」

小唐得意地搖晃著腦袋。「不敢，不敢。我們唐家是書香門第，禮義傳家，那還錯得了！」

「不過，」于雲雷慢慢地有力地說：「顏之推認爲這樣逢迎，仰人鼻息，能夠得到高官大宦，也不讓兒女去實行。」

唐升辰愣了一下，連連翻動眼白：「我問你。顏之推生活在何時代？」

「南北朝。」

「我知道，你又鑽進廢字堆去了。」小唐拍手又拍臂部。「姓顏的、姓孔的贊成或是反對，我們不去管他。現在我要問：你離開葛家怎麼辦？」

于雲雷在房間轉圈子，巡視著「交際舞大全」、打字機、英文偵探雜誌、半裸全裸的電影明星相片……這是唐升辰享樂和頹廢的世界，吃喝玩樂度過一生，不顧慮做人的責任，沒有遠大的抱負和理想，正像白蟻一樣，隨隨便便誕生，啃咬著高樓大廈的樑柱，一旦壁倒牆歪，便隨著迷迷糊糊死亡。而他自己呢？

他輕吁了一口氣，坐在可以升降搖擺的座椅上，望著桌面攤開的一副撲克牌出神。刹那間，彷彿自己已進入廣大的農場，頭戴斗笠，身穿粗布的工作服，匍匐在耕地裡研究品種；熱烘烘的太陽，燻炙著脊背，汗水不斷的滴落，像雨珠旋滾。雨聲淅瀝，風聲挾著雨點敲擊門窗，敞開的窗縫有水點濺迸在桌面。

小唐伸手將窗扇拉閉，風雨聲似乎遠颺些。「你說啊，打不定主意了，是不是？」

「不，早就決定了。」于雲雷振作精神回答。「我馬上要去一家小型農場工作。把我所學的學理去試驗、研究，看能不能發現一些對人類有幫助的事事物物，好不辜負自己的一生。」

「去胼手胝足，耕田除草，養豬餵雞，做個最起碼的農夫。」小唐一口氣說：「我告訴你：什麼品種、肥料，人家早研究好了，試驗好了，還要你去勞神？」

「你要這樣說也可以，」于雲雷的眼睛閉了閉，一陣倦意從心底升起。不該和小唐談這麼多。已知道小唐不是一個有見解、有思想的人，說得再多也等於廢話。他認眞地說：「但我認為用自己的腦和手，去再發明、再創造，是人生最有意義的事。」

「太傻，太傻！」唐升辰用不屑的語氣大聲說：「世上有許多捷徑你不走，偏走這樣迂迴的路。要成功、成名，你應該向我求教抄捷徑的方法，包你得心應手。」

是的，他一直被認為太傻。別人靠「塡鴨子」考進大學便放棄書本；家境清寒的同學，想辦法多找幾個「家教」賺錢；經濟情況好的便跳舞，打彈子，看電影，追女人。考試時只要看考的幾頁，但考出來的分數，和成天鑽圖書館的他比起來差不多，甚至還要高些。很多人說他笨，笑他傻；進入社會，小唐又這樣笑他了。

于雲雷忍著氣：「你說出試試。」

「要求學的到外國去混個三年五載，得個把博士回來，別人就會對你另眼相看。你鑽在農場裡，成天和種子肥料、雞犬豕，馬牛羊混在一起，能搞出個什麼名堂來？」

讀書做事，喜腳踏實地，不願投機取巧，那道理不是小唐所能領悟的。他倏地站起，走近門旁，握住渾圓的門鈕，回頭對小唐說：「我無法和你談這些問題；此刻才眞正了解你的為人——」

「別慌走，說明白，我爲人有什麼不對。」

「你自私自利，好逸惡勞；沒有理想抱負，只是隨波逐流的活著，我看不慣。」

「看不慣是由於你見識不夠，」唐升辰冷笑：「你該睜眼看看社會上的人們，是怎樣生存的。」

「我求學研究的對象不是人類，所以對人們的行爲沒有心得。」

「那麼，讓我來告訴你吧！」唐升辰坐下，把兩隻腳架在寫字檯上：「你知那些得志的人，他們是怎麼發跡的？」

他只知道安分守己，思索個人的難題，從沒想到他人如何生活。

「他們是蔑視道德，走法律漏洞，」小唐仰頭看天花板下的圓形日光燈：「再加上鑽營、吹拍、逢迎……」

「你學到多少？」

唐升辰得意地大笑：「不敢，不敢，我現在還用不著。可是，一會兒你去客廳看看，就可知道我的處世手腕。」

沒時間聽他的敘述，更沒時間去觀察。于雲雷有點不耐煩：「你還是直接地告訴我吧！」

「在我家出進的人，不是董事長的兒子，就是總經理的女兒。換句話說，他們的家庭，不是有錢，就是有地位。」

猛烈地拉開門，一陣狂飆的音樂聲和嬉笑聲從客廳傳來。他氣憤地吼道：「我不合乎你接待的標準，我得趕快走！」

「別慌！」唐升辰躍起抓住他膀臂：「你還有機會。如果你和葛強妮結了婚，仍舊是我們家的上賓。」

于雲雷牽動肢體，擺脫小唐掌握。爲了進唐家大門，要和任性胡鬧的千金小姐結婚，該是天大的笑話。「物以類聚」，小葛和唐升辰那些狐群狗黨的朋友混在一起，該算得上是「迷惘的一代」、「失落的一代」大集合。不錯，小唐和小葛是同一典型，唐升辰也追求過她。今天爲什麼要說服他和強妮結婚？

「我和小葛結婚了，」于雲雷鑽入問題的裡層：「對你來說，能有多大好處？」

「不敢，不敢，我完全是爲你設想。」唐升辰跳雙腳大嚷：「如果有錢有勢了，頂多我會說：『我的朋友』于雲雷——」

「不！」于雲雷堅持地說。根據剛才的談話，小唐是把自己利益看得高於一切的人，如果沒有他的好處在內，絕不會表現出那麼大的熱忱：「可是，我說過，除了這個不切實際的空名外，你還可以獲得什麼，或是希望獲得什麼？」

唐升辰嘆口氣，搖頭苦笑：「你眞是一個傻得可笑，精明得可恨的人。好吧！你關好門，我們慢慢談。」

喧囂鬧嚷聲又被切斷，可以聽到彼此的鼻息聲。

于雲雷坐在原來的轉椅上。唐升辰在房中兜圈子低頭思索，從袋內摸出香菸遞給客人一支，又插一支在自己唇邊。頃刻房內塞滿煙霧。

「你知道我父親經營的事業吧？」唐升辰猛吸進一口菸，吹出一串白色圈圈。

唐升辰是吹牛的好手。早就聽他反覆地說過，他父親新開了一個大煤礦，將如何的賺大錢。

「我知道，他是個煤礦業大亨。」

「但最近開了一個大的『霉』礦。把所有資本投進去，仍不出煤。放棄吧等於宣佈破產；增加投資卻沒有力量，所以便想到你——」

「我？」于雲雷右手食指指著自己的鼻尖。「我只是一文不名的窮光蛋！」

「如你和小葛結婚，情形就不一樣。」小唐走近他身邊，肯定的說：「你不要搞什麼鬼農場了，把那筆錢投入我父親的煤礦，既可以賺錢，又可獲得很高的職位，算是名利雙收。」

他想大聲狂笑，但為了禮貌，還是嚴肅地問：「這是你的幻想，還是令尊的高見？」

「是我們集體創作。」唐升辰又高視闊步的兜圈子，表現優越感：「現代的商業行為，全靠豐富的想像力；如你有了巨額的金錢，看到我父親經營煤礦的計劃和利潤，就會參加投資的。」

失望。小唐已不是個考試舞弊，見女人吹口哨，連跳四小時「阿哥哥」舞的玩角；已現實得令人厭惡。為了父親的商業行為，要說服他永遠揹痛苦婚姻的十字架。

「你為什麼不自己去試試？」于雲雷的腦際閃過一個念頭，心底猛吃一驚。

「中間沒有橋樑，葛華達會把大量資本，交給素不相識的人？」

利用他做橋樑的計劃該結束了，小唐為什麼還不覺醒。他從噴出的煙霧看小唐，朦朧而迷茫。「可是我說——你自己該試試向小葛求婚。」

小唐做驚訝狀。「你瘋了？」

沒有瘋。他倆是門當戶對，郎「財」女「冒」。小唐愛抄近路，走捷徑，這是最好的辦法。「你做了最堅固的橋樑，變成兒女親家，經濟便可互相支援！」

「不敢，不敢。」小唐聳肩嬉笑：「你的想像力也不弱，可惜的是：我沒有你幸運，葛強妮不會逼著嫁我。」

「你應該採取行動，不能僅憑猜測。」

「書獃子先生，你錯了。」唐升辰近乎自嘲地朗誦：「三年來，我一直在追求她。約會不到，電話不接，寫信不理，送禮物被退回。有你在場，她會和我們跳舞，游泳，看電影，吃館子，爬又高又大的山；游又深又藍的海。沒有你，她從不賞我面子。到現在你還不明白：葛強妮心目中只有你。今天聽到她逼著要和你結婚，我一點兒不感到驚奇……」

腦中嗡嗡叫，下面說些什麼聽不清了。小唐對自己失敗的報導，諒不會假。無數的邀請，總離不了他。溜冰團，歌舞團的演出，小提琴演奏，女高音獨唱……凡是在國際負盛名的藝術家或遊藝團體表演，小唐總買了票來請他，還附帶請強妮。吃香肉、烤肉，或是山西、陝西名菜，小唐也找出理由請他們。他一直認為唐升辰慷慨、豪爽，替他拉攏強妮，友誼可貴；誰知竟是拿他做幌子，做釣餌——釣葛強妮那條大魚，而他卻被蒙在鼓裡，甘心被利用。火燄冒出胸腔，憤怒緊緊控制自己神經，煙霧愈來愈濃，景物更加模糊。

用不著氣惱。你再三表示，對強妮沒有興趣和野心，何必禁阻或是嫉妒小唐？小唐的看法未必正確。「她心目中只有你」，笑話！不對。她心目中只有毛健雄，事實可以證明；她和毛健雄有了孩子，你算什麼？你只是她家屋簷下的一個車伕。

他突地大聲說：「可是，我說——你現在沒有採取行動！」

「她傷透了我的心，我已有半年沒圍繞她裙邊轉了。」

「失敗不要灰心，現在有你進攻的最好時機。」

唐升辰懷疑地問：「爲什麼？」

「她急於要結婚。」

「你是說，說——？」

能把強妮的秘密告訴他？「我要爲孩子找個爸爸」，不錯，是強妮親口說出的，一字字灌進他耳中，他能告訴小唐？這是報復的好機會，對強妮，對小唐都是一樣。小唐喜歡抄近路；現在可以做「不勞而獲」的爸爸，哈哈哈。如果不接受強妮，小唐的嘴巴賽過廣播電臺，朋友、同學…

…凡是認識強妮的人，都知道她要爲私生子找個爸爸。這樣，滿意了吧？傷害了別人，將會贏來更大的痛苦。

「我是說她最近失意了。」于雲雷的眼睛閉了閉，彷彿強妮裊嫋地向他嗤笑。搖頭，睜雙目，才見到小唐急切地等待他說下去：「如果你再向她求婚，她便會毫不考慮地答應嫁給你。」

小唐縱起身，拍他肩膀：「何必對我這樣尋開心？」

「信不信由你，」于雲雷態度嚴肅：「我從不講沒有根據的話。」

小唐連連抓耳搔腮：「你放棄小葛了，自己怎麼辦？」

談論很久，唐升辰仍說這樣蠢話，痛心。他沒把小葛佔爲己有的意圖，怎談到放棄？他有更多更重要的事急需處理，定要和小葛之流的女人纏在一起？這道理諒和唐升辰講不清，還是省些氣力吧！

「我和黃兆蘭的感情不錯，」于雲雷希望用事實說明自己的決心和意志。「馬上我就去找她作最後決定，訂婚或是結婚——」

唐升辰突發的笑聲，打斷他的話。笑中含有得意和鄙視：「你認爲她會嫁給你？」

「我想，她會同意的。」

「你又錯了。」小唐神秘地笑：「不必去找她，她會來這兒；你們當面談吧！」

他又像墜入霧窟，看不清方向，摸不到路徑。小唐憑什麼下這樣論斷？經他介紹，唐升辰才認識黃兆蘭，聽口氣，現在小唐像比他更了解黃兆蘭的感情。他們已有密切的交往，很深的友誼？二人中誰都沒有告訴他。這也是小唐走捷徑的處世方法之一？但黃兆蘭爲何不把來參加舞會的事說明？

唐升辰笑道：「現在我對你了解得更清楚：你是徹底的一個大傻瓜！」

房間突地被推開，「胖哥」陶嘯探進頭：「誰是大傻瓜？」

「除了小于還有誰？有舞他不跳，躲在這兒話家常。」

陶嘯大肚子堵住門，客廳的喧囂聲像鑽也鑽不進：「你們都一樣。那麼多客人等在客廳，主人卻失了蹤。我以爲出了命案，正想去報警哩！」

小唐驚叫一聲，從「胖哥」身旁擠走。

于雲雷癱瘓在椅上猶豫：聽信小唐的話，在這兒等黃兆蘭；還是遵守諾言赴約？一切的事，都超出常理以外，彷彿駕一葉輕舟，在驚濤駭浪的大海上，已掌握不住控制方向的木槳。

「胖哥」搬動身體，堆在長方桌的一端，一隻腳蹺在他坐的椅把上：「愁眉苦臉的，什麼事想不開？你應該知道：『今朝有酒今朝醉』嘛！」

于雲雷搖頭，思念飄逸，恍惚身後有強妮叉腰罵他，黃兆蘭對他哭泣；而葛華達咬住煙斗苦笑。一個大幅度的顫慄後，「犬」字形面龐老頭，在風雨中瑟縮地爬行。鄭伯伯茶壺中的酒溢出壺嘴，向桌面流竄。已獲得父親信息。老人家積財千萬，從海外歸來……

他猛吸一口菸，拋去菸蒂，長聲嘆息。「我沒有你幸運，沒有你那樣豁達心情，做不到那種超越境界。痛苦和煩惱總緊緊咬住我尾巴——」

「把困難說出來，我幫你『參謀』、『參謀』。」

大家喜歡稱陶嘯爲「睡在屋脊上的哲學家」。「胖哥」自己也認爲對各類問題，比別人看得遠，想得深，分析得透徹。有了疑難，人們都喜歡請教陶嘯。但他的問題太多，太複雜，而且牽連到他的自尊、榮譽和人格；怎能向陶嘯訴說。

于雲雷細心思索，用輕咳打掃喉嚨：「如你受了別人恩惠，該怎麼辦？」

「可以套一句老話：『施人愼勿念，受施愼勿忘』。」

「可是我說——古人的話，今天還能適用？」

「那要看你是那一種人。如果你是正人君子，會在適當的時地報答。另外一種人完全相反：會藉機對施惠的人揮一拳，踢一腳；甚至於認爲恩太多太深，無法還報，乾脆殺掉了事。」

于雲雷大聲驚叫，站起在屋內彳亍。「胖哥」講話喜歡誇大，未必確有其事；但這話卻震撼他心弦，他摸一摸臀部後的彈簧刀，腦中映出葛華達的臉孔，倏地又疊現葛強妮健美的胴體。

倒抽一口冷氣，踅轉身，壁上懸著的半裸女郎，掩掩藏藏。這是一個不切實際的世界，有許多事實眞相被掩沒了，卻以另一種僞裝姿態出現。他不能對「胖哥」說實話；未來的行動，他自己都無法預料。

他接著問：「假使有人傷害了你，怎麼辦？」

「以直報怨。」

「你對右頰被打了，左頰再迎上前去的精神，有怎樣的看法？」

「我要根據當時的情況論斷。」

「如果傷害你的，就是施惠於你的人，你該怎麼辦？」

胖哥從桌上跳下大嚷：「你這些問題，只有原則，沒有事實，我無法回答。你應把事實經過告訴我。」

他能把葛華達對他的恩恩怨怨說出？說不盡，而他的心境也說不清。

「不，我不能。」

「那麼你的難題，永遠無法獲得解答。」冒牌哲學家用堅定的語氣說：「不過，我可以告訴你。中國人一向是主張寬大，往往『以德報怨』。這原則可以供你參考。」

胖哥拉開門，他跟著走向客廳。舞會已開始，濃豔的光霧，遮不住歡愉的氣氛向四週奔射。慢步舞曲，音樂低而柔。寬敞的舞池，三數對點綴其中，作示範性的婆娑。其餘的男女一團團，一排排，互相嘻哈談笑。他趁大家不注意時，向門外走去。

匆促跨出門邊，「水蜜桃」的女高音在身後滴溜溜轉：「于夫子！你去那兒？」

腳步遲疑，再慢慢站住，不能硬著頭皮向外衝。他滿臉愧疚：「我有點事，要先走一步。」

「你架子眞大，我過生日，你都不陪我跳支舞！」

「可是我說過：我不會跳——」

「說謊。這兒有許多人見你和葛強妮跳過，」她用指尖點點戳戳，像在交代人證：「你還能騙誰！」

她今兒是女主角，定有不少人捧她、逢迎她，圍繞她裙裾旋轉，怎會找他這個不受歡迎的人共舞。

「這兒不是沒有『太平門』的舞廳，不會燒死你！」水蜜桃加重語氣命令他：「來吧！」

他有被「綁票」的感覺。腳步踩不上節拍；舞池裡的人雖不多，但左右前後還是挨挨碰碰。水蜜桃彷彿不在乎，用力拖著他兜圈圈。

一圈又一圈，水蜜桃跟著那曲調，輕聲哼著，突然問：「你馬上要結婚了？」

然報導。

他猛地怔住，停頓了一下：「誰說的？」

「走吧，怎麼像『木乃伊』！」水蜜桃用力推他：「小唐剛宣佈的，假得了？」

這樣宣佈是善意還是惡意？一切都茫無頭緒；而他的主意也未定，小唐怎能不經他同意就驀

「那是小唐開我玩笑。」

孫。何況區區『于夫子』！」

「結婚有什麼好瞞人的？」水蜜桃撅起嘴唇，裝成生氣的樣子：「孔夫子還有七八十代的子

他很少和女孩子交往，不會應付這尷尬場面：承認，沒事實根據；否認，水蜜桃不相信。沉默是金。沉默吧，音樂怎麼還沒完。

但水蜜桃卻不放過他：「我早就想問你，沒有找到機會。所有男同學，都和我們女孩子打成一片，唯有你不理我們，爲什麼？」

她代表大家向他抗議？他進學校，是讀書研究學問；不是成天伺候她們。不上課，放棄考試的男同學，低聲下氣簇擁在她們身旁聽候呼喚、差遣，而她們卻硬著脖頸，看向天空，像是整個宇宙的主宰，要君臨世界；在她們裙幅的曳動下，要使所有的男同學荒廢學業，放棄讀書和做人的責任。他也能像他們無選擇地臣服在她們面前？

「可是，我說過：我很忙，半工半讀；天資又差，沒有時間。我要唸書——」

「算啦，誰都知道。」水蜜桃搶著說：「你抓住有錢有勢的葛強妮，就不把別人看在眼內。」

是多大的誤會，別人眼中的他和事實相差有多遠，他能一一爲自己解釋？

「妳的看法錯了，我不是那種人。」音樂戛然停止，于雲雷放開她：「但我不想和妳辯論，再見！」

「不能走，連著還有一支舞哩！」水蜜桃用手勢攔住他：「我的重要問題，還沒請教你。」

糟糕。這僅是開場白，已擊昏他腦袋；主題出現，將宰割他皮肉鱗鱗片片。

無法逃避，停在身旁的人，輪流轟擊：

「小于，你眞的要結婚了？」

「喂！不要忘記請我吃喜酒喲！」

「準新娘來了沒有？給大家介紹嘛。」

「……」

乾瞪眼，發苦笑。幸而大家只是鬧鬧嚷嚷，未逼著他回答。音樂響起，他們又忘了他，擁著舞伴，輕柔飄逸地迴旋在節拍中。

在舞池裡滑行了幾步，水蜜桃才問：「你是和葛強妮結婚？」

他藏匿在音樂聲裡答：「不。」

「何必瞞人。你說出來，幫你高興高興嘛！」

如果說「是」，事實上不可能；如果說「不是」，又和誰結婚？還能拖出一個黃兆蘭，讓她嘮叨，糾纏著不放。人的生活是多方面的，有學業、事業、生活情趣、健康活動……爲什麼水蜜桃專在男女愛情、婚姻上打圈子，不好談點其他有意義的話？

「妳要和我談的重要問題，就是這個？」于雲雷急想甩脫她，走向雨地，用冰冷的雨水澆淋又熱又脹的腦袋

「不是，但多少有點關係。」她黑眼珠在迷濛的燈霧裡閃著光輝：「我要向你打聽一個人。」

「誰？」

「你認識毛健雄吧？」

心尖劇烈抖動。又是那個小太保，爲何處處離不開他？「認識一點點。」

「認識，或不認識，爲什麼說是一點點？」

「我只間接地知道他。」

「是因葛強妮的關係？」

不便回答，用「唔」聲代替。

「他們現在有沒有來往？」

問得愈來愈怪。有關第三人的事，他沒義務回答，何況在背後議論他人，是非便會日漸增加。

「不知道。」

「人家都說你是僞聖人，僞君子，我還替你辯白；今天我也相信了。」水蜜桃顯得很激動：「你就要和葛強妮結婚了，還不明白她的生活情形？」

「妳怎能確定我要和她結婚？」

「我有證據。」她停頓一下：「這兒的人，誰都可以作證！」

極端的後悔。把這樣的事告訴唐升辰，等於挖坑埋葬自己。如不是唐升辰故意歪曲報導，就是水蜜桃聽話的能力有折扣。他穿起小唐衣服，掉身就走多好；現在能放開她衝出大門？

唱片裡的樂器像都停擺，唯有那支小喇叭哀怨地叫嘯，于雲雷輕喟了一聲：「妳何必關心那樣的女孩！」

「唔，我關心她！」她輕蔑地使用鼻音：「我是關心毛健雄。」

「爲什麼？」

「我最討厭別人裝聾裝傻了。你眞不知道毛健雄一直在追求我，要和我結婚？」

像是又冷又硬的大冰塊，砸在頭頂，他幾乎不能直立行走，空氣原是輕浮的、鬆弛的；但慢慢的沉重、濃郁得呼吸不暢。月亮鑽進烏雲，雨點叮噹敲在心坎上，不，鼓槌亂而急，擂撥他生命之弦，心臟頻頻跳躍。強妮、毛健雄、水蜜桃、唐升辰……像八面帆篷的風車在四週旋轉，他感到昏眩。

水蜜桃猛推他的肩頭：「走啊！又像『木乃伊』了！」

「我的舞技不精，顧到耳朵和嘴巴，就顧不到腿和腳。」他似乎看到強妮，雙手捧「大西瓜」，跳躍著走路像蛤蟆：「妳已答應和他結婚？」

「這是我的秘密，我要像你一樣的守口如瓶。」

「可是我說過，我是眞的不知道。」

「誰信你的鬼話。你不告訴我也不要緊，我會問毛健雄的。」

于雲雷突地清醒過來：「毛健雄的人呢？」

「這也是個秘密。」亂蓬蓬的髮絲，在他的頭邊、耳際飛舞，她學著他的語調：「你何必關心那樣的男孩？」

水蜜桃又錯了，他關心毛健雄的用意，和她關心葛強妮不同。是爲了強妮，爲了那個未出世的私生子，這怎能向水蜜桃說明？

斜眼睨視，舞池裡男男女女，幽雅高貴地迴旋進退，裙裾蓬起、翻飛，閃亮的耳環、項鍊在各式領帶、領結旁搖晃顚盪；但誰能相信他和她們不是進行欺騙、敲詐、鉤心鬥角？忽地想起爲何踏進這醜惡圈子，和這些僞善的人們週旋、應對？一向讀自己的書，做自己認爲值得做的事，大家說他孤傲，但他不在乎，他即將遠離這不眞實的世界；想不到最後還要滾入這渾濁的漩渦。

「我鄭重地告訴妳。」于雲雷劃自己爲甲乙兩部份，甲部份向乙部份宣戰：「我結婚的對象絕不是葛強妮！」

水蜜桃的腳步混亂，連連踩他鞋尖。轉身，再迴旋，他被握著的手拳曲起來。彷彿自言自語。「怪啦！又是毛健雄騙人？」

錯怪了唐升辰。憑直覺判斷事理，往往得不到正確結論，誰又料到這中間微妙的複雜關係？

在舞池裡惶惶然兜圈子，單調、呆板，像拉磨的驢子，走一步怕一步。水蜜桃直愣愣看他肩後，似乎在霧茫茫中尋找光明。諒又是毛健雄的「傑作」，水蜜桃和強妮相似：陷入泥淖而不能自拔？女孩子愛處處表現小聰明，如遇到不負責任的毛健雄，就造成更大的不幸。

他哀憐地問：「妳有了困難？」

水蜜桃從迷惘中驚醒：「沒……沒有。」

「假使有困難，妳告訴我，我會幫助妳。」說完，自己猛吃一驚。他也這般淺薄愛表現，在女孩面前，顯男性優越感？強妮已擊潰了他，還能再加一個「水蜜桃」？壓根兒沒有時間和力量幫助別人，何必說如此風涼話。

「你是說——」水蜜桃的假睫毛上下翻動：「在我需要幫助時，你能挺身而出？」

上當了，一千個、一萬個上當，他軟弱地點頭。

唱片發出沙沙聲，音樂戛然而止：「我還想和你談談毛健雄的事。」水蜜桃挺立在他面前。

「你能再待一會兒？」

「不，我很忙。」他後退二步，倏地轉身，搶著說聲再見，便從鬧轟轟人叢中，衝向門口，大家在擾攘中互相追逐，彷彿急於獲得什麼似的緊張，誰都沒注意渺小卑微的他。

清涼的雨絲潑撒在頭上臉上，新鮮的空氣灌入心肺。嘈雜和污濁，愈走愈遠，他對自己說：

「希望這兒的人們，趕快忘記我吧！」

6

茹茹，不，是黃太太，連說帶罵的語句像嘩啦啦的雨聲。強風捲起急雨刷洗牆壁，而黃太太的話卻射在劉培濱心田：「你是瘋子，你是神經病，你的想法出了常軌，做起事來沒頭沒腦，簡直不像個人——問你爲什麼走，又爲什麼來，你說不知道，世界上有這樣混球，對自己的行爲不負責？……」

劉培濱皺起眉毛，「犬」字縮小了不少。整個身體蹉縮成蝦形窩在門旁籐椅，僵在這兒聽她辱罵，還是拍拍屁股走開？她二十年來的怨恨，彷彿要化成一團怒火，立刻把他燒死、炙死、燻死。

他用指尖梳理淋濕的髮絲，搔到癢癢的頭皮，內心便渴望有一個熱水浴，一張乾淨的床，啊——床上跳躍的是大德、小德，而浴缸裡坐著阿秀；克忠在樹林裡赤足奔跑——一切都不是眞實的；他走投無路，唯有耐性接受辱罵，待機解釋。

很好，茹茹喘了一口氣，像長文中一個小段落。劉培濱搶著接上去：「我過去確是糊塗，把事情處理得一團糟，現在感到很後悔，求妳少責備，多原諒！」

「說得倒輕鬆！」黃太太連連冷笑：「你殺掉人，說聲後悔，請求原諒，就一筆勾銷了？」

「我還沒壞到殺人的地步。」

黃太太站在縫紉機旁跺腳，地面似跟著顫慄：「你以爲自己行爲光明磊落？你有一顆狠毒的心，還不覺得羞恥？你恃強欺弱……」

她掩面嗚咽。這不像二十二年前的茹茹。那時她處境雖苦，但敢說敢做，任性好強，從不服輸。他看著茹茹長大，由拖鼻涕的小女孩，慢慢梳了兩條小辮子，再變成一個清秀挺拔的小姑娘。

茹茹的父親去世時，他正和阿秀同居，絕沒想到會喜歡茹茹——只接受她父親的囑託：照顧茹茹。

怎麼照顧法？給她穿、吃、住、讀書上學就行了？不行，女孩子還有不少事，他這個做叔叔的不便照顧，最好的辦法，是和阿秀住在一起。

茹茹搖動小辮子：「我才不和酒家女住一起哩！」

小孩子嘴巴厲害，不饒人，沒有顧忌，他很不開心：「妳要到我們家作客，就該好好聽話，尊敬別人。」

但茹茹既不聽話，又不尊敬阿秀。沒法住在一起，她要慢慢學習自立，不能永久要叔叔把她看作孩子。

看在茹茹父親的份上，另外租房子給茹茹住。他先是光明磊落的，但不敢跟阿秀講，這太不成體統。儘管茹茹叔叔長、叔叔短的叫他，而他也確實把她當孩子看待。

可是茹茹一個人怕鬼、怕寂寞，怕許許多多必須怕的事事物物。他在阿秀面前，找出若干藉口陪伴她。而茹茹卻一天天長高長大，成熟得可以結婚生子。當然不能和叔叔結婚。但有這麼個容易激動，不能控制情感的叔叔，茹茹眞的和叔叔生了個孩子。

「你應該看在孩子份上，」劉培濱側轉頭，向房內窺伺，孩子不小了，算算年紀，該是二十一歲，爲什麼見不到蹤影？「那時我們生活過一段美好的日子，有了愛的結晶——」

黃太太的噓聲阻止他說下去：「你不感到羞愧！那時你幾歲，我幾歲？」

「妳十八，我……我記不清了。」

「我記得最清楚，你比我大二十歲。你用成熟人的機智和手段，欺騙我的無知！你挖好陷阱讓我跳，我不知好歹的跳下去，又千辛萬苦爬上來，你還有臉提起？」

很大的冤枉。過去的一切安排，都受她支使，怎能說是陷阱？

他從沒在她面前隱瞞年齡。可是茹茹說：「叔叔好神氣，看來還不到三十幾。難怪人人稱叔叔叫『情聖』，眞有很多女人喜歡叔叔，要嫁給叔叔？」

在情感的波濤裡浮沉，時時擔心被汨沒的危險，這些不便告訴她：「是別人胡說的，妳不要信。」

「我們一道走在街上，同學們都說叔叔是我的男朋友，你說像不像？」

「不像。妳那些同學都是孩子，孩子不會衡量事理，判斷是非，妳不要聽。」

「同學和我都不是孩子了，請不要把我當孩子看待。郊遊、看電影，在公共場合出現，我就裝作『情聖』的女友；回家你就是叔叔。」

多麼怪誕的念頭，但沒法阻止。茹茹的母親出走了，父親寵壞了她，她太崇拜父親；而他和她父親是好友。這關係太微妙，感情太複雜。他是結了婚的人，對婚姻不滿，拋開妻兒另組家庭，還能再增一個「僞裝」的包袱。

他提出警告：「茹茹，這樣的事，不好僞裝。男男女女在一起，往往會弄假成眞。」

「我要試試，看看做『情聖』的假女朋友，是什麼味道？」

眞假混淆分不清，在家和出外也分不清。走路、吃飯、睡覺時，茹茹的表情、姿態、動作圍繞了他；茹茹的說話、嬉笑、嬌嗔衝激他心田。他分不清是茹茹僞裝，還是自己僞裝；一旦摘下僞裝面具，兩人誰都沒有考慮後果；等到發現有了孩子，茹茹要他拋開阿秀，弄假成眞。現在竟把責任和罪過全壓在他頭上。

「我是警告過妳的。」劉培濱咳了咳，又認爲在此時此地算舊帳不妥：「過去的事不必談了，我很想看看孩子。」

「孩子？」黃太太愣了一下，嗓門又提得很高：「你沒有權對孩子提出任何要求！」

茹茹仍暴躁火急，增加了二十多年的歲月，沒有使她更成熟，更穩重。在這窒息的起居室內跳跳蹦蹦，揮拳踢腿，不像個四十歲的母親。

「茹茹，請妳坐下慢慢談。」他急於透露自己的目的，不想把話題扯得太遠：「我現在又老又病，那有力量搶孩子！」

「就是搶也搶不到。」茹茹用力坐下，壓得木椅嘰嘰叫：「爲了恨你，討厭你，我已把兆蘭的姓改掉了。」

「姓什麼？」

「姓黃。」

「黃兆蘭！」劉老頭把三個字在嘴裡唸了唸，一串寒慄升起，不，該說是一陣怒火燃起。過去的生活情景，一下子全在腦中篩出。茹茹的書不讀了，正式做劉太太，爲她在郊區買了一棟房子，有花園，有噴水池；吃的、穿的、玩的……樣樣都極講究，那種受了委屈，想在別方面求得補償的心情，發揮得淋漓盡致，使他在經濟上無法負擔。

精神方面的負擔要重得多。脫去學生制服不久的茹茹，成天鑽在賭博堆裡，不久又結交了一些跳舞的朋友。爲了家庭生活和諧，他耐著性子陪伴，但長久了就無法忍受；尤其看不慣那些和她玩在一起年輕人的輕浮舉動。委婉的勸告，茹茹譏諷他是嫉妒，器量小，風度不佳。

睁一隻眼，閉一隻眼，讓她單獨和那些賭友舞伴呼嘯而來，擁嚷而去。她深夜回家，坐在摩托車後座，緊箍騎士腰桿，嘻嘻哈哈衝撞在街巷。門敲得乒乓響，他從樓房窗口嘔心地向下望，車子叫嘯著駛去，他們便詛咒、怨罵、爭吵。心情一天沉重一天，家、妻兒、阿秀、大德和小德的影子，在包圍他、撕扯他、砍殺他。他爲了解脫自己，才斷然離開茹茹。

「我走了以後，」劉培濱盡量說得和緩、委婉：「妳和誰結婚？」

「黃藝江。」

「就是用摩托車載妳的？」

「沒有錯。」

劉老頭呼吸迫急，這時怎會仍起妒火？她和黃藝江生的孩子姓黃就夠了，改劉兆蘭的姓究嫌過分。

「因爲……妳……妳……」他氣息吁喘，囁嚅地說不出話來。

「你不必胡思亂想，更不要用你那套邏輯，把責任套在我頭上。」茹茹絲毫不肯含糊。「你不辭而別以後，黃藝江才開始追我。」

以往和茹茹爭吵的焦點，是爲了兆蘭。他懷疑兆蘭不是自己的骨肉，而是茹茹有了既成事實，才設圈套誘他入彀。經過了這麼多年，證實了又何補於內心安寧。茹茹的話可靠嗎？即使不可靠，也不必計較。現在只想看看兆蘭——他爲她揹「黑鍋」的孩子，長得仍像她母親那樣清秀，性情也像母親那樣強烈？

「兆蘭呢？她還沒有回家？」

「你不要問她，你得趕快走，我不要她見你，更不讓她知道你是她父親！」

「爲什麼？」

「我早說過：她爸爸死了，骨頭沉在海底，被鯨魚吃了。」

劉老頭的火氣又向腦門衝撞：「妳在我女兒面前咒罵我！」

「這樣撒個謊，比把事實經過告訴她要好得多。」茹茹揮動手臂吵嚷：「她如曉得你對我這樣壞，就會恨你。現在我使她對你留個好印象……」

風雨聲攪擾咳嗽聲，他聽不到下面說些什麼。茹茹對女兒撒謊，是爲自己遮羞；而不是爲他。僅僅留個好印象有何用，他是個即將死去的人，見面時，父女的名義也不能留存，天下還有比這更不幸的事。

「我不要那個『好印象』，」劉培濱堅決地反對：「我仍要自己的女兒！」

黃太太畫得尖長的眉毛豎立在額角，用指尖戳向他：「請你走，快點走！」

「我無處可走了，只能留在這兒。」他語調軟弱，用哀求的口吻說：「求妳看在過去的情份，不要趕我，我找到適當的安身處所，立刻走。」

茹茹靜靜地瞪住他，像是聽不懂他的話，或是被他的話嚇呆。這要求提得太突然，他該說得婉轉些。在茹茹父親死後，他待她不薄，供她吃，供她穿，供她住，還送她上學讀書；他現在慘兮兮的無依無靠，茹茹該發慈悲留下他。

「我什麼也不想，什麼都不爭，」他進一步說明：「只要看著妳，看著孩子，安安靜靜地死去，就心滿意足了。」

「你又能想什麼，爭什麼？」茹茹像是自言自語，接著瞪圓眼珠，青筋在額角滾動：「你願意看著我們，你知道我們願不願意看著你？」

劉培濱低頭檢視自己潮濕的衣服鞋襪，再伸手摸刺蝟般的鬍鬚，可以體會到茹茹眼中的他，是如何的骯髒。茹茹和他同居以後不久，就嫌他是老頭，不以做「情聖」的太太為榮。現在她仍像跳蚤似的乾淨俐落，當更討厭他這副骯髒相。

「茹茹！」劉老頭親切地使用以往常喊的名字，希望能喚醒她舊日的情誼：「只要生活安定，我的病會痊癒，我會收拾得整整齊齊，像個有錢的紳士，不會丟你們的臉面。」

「你的錢呢？你那種卑鄙的賺錢手段呢？」

氣管裡似有百腳蟲蠕動，他忍不住，喘吁吁地從心底向外咳，全身的筋絡似在繼續抽搐，他怎樣才把自己的痛苦說清。錢投資在別人的紡織廠上，廠倒了，資本早被移轉。囤積的糖、鹽和食糧，不是被蝕掉，就是被人「吃」掉。風暴帶來水災，倉庫被沖洗一空，他的財產跟著刷剔淨盡。把他從享樂的天堂，抖落到赤貧的地獄。這些和茹茹說不清，說清了也挽不回事實。

「請妳相信我，我會東山再起的。」他壓抑著蠢蠢爬行的那塊黏痰。他自信只要有時間和機會，會找到騙他、吃他的人：「那時，我便能供給妳和孩子的生活，最低限度我不會白吃、白用的連累妳！」

黃太太又冷笑：「我已不是十八歲的茹茹了，一切看得透徹明白。你加給我的痛苦，使我得不到正常的婚姻生活。現在還想拿金錢，或是『莫須有』的虛榮來誘惑我？」

像有柄魚叉的叉尖刺住他喉頭，用力呼吸彷彿就被刺穿皮肉。不錯，他是男人，而她是一個未成年的女孩；但受傷害的不僅僅是茹茹，他所受的負累是更多更大。

沒有力氣辯論，卻因此想起那個騎摩托車的傢伙。

「姓黃的怎麼離開妳？」

茹茹虎虎縱起身走近他，眼睛、鼻子盡勾出怒意：「全是爲了你。沒有你，我怎會守這活寡！」

火車車輪輾在軌道，震動地面，它趕走剎那時的風雨聲。

不懂茹茹的話。黃藝江年輕、流氣十足，不是她口裡的「老頭」，他們又氣味相投，怎會半途甩掉她。

「請妳說明白一點。」

「那有什麼難懂的，全是你害苦了我。」茹茹的淚珠從眼角滲出，用哭腔埋怨、咒罵。沒經過結婚儀式，和你這老頭同居，黃藝江一直輕視她，不斷嘲笑她。你雖死亡似的沒有蹤跡，但靈魂仍纏繞四週，黃藝江時時嗅到你的氣息，感到你的存在。他看到兆蘭，便彷彿抓住了你，常常爲了你的影子和她爭吵。生活過得不愉快，姓黃的不辦結婚手續，她得不到婚姻的保障。她自己一天天變老、變醜，抓不住年輕人那顆喜新厭舊的心；姓黃的終於找到一個更年輕的女人結婚了。

茹茹訴說時很激動，一會兒站起，一會兒坐下，雙手不斷揮舞。說完便靠在椅背，頭枕著小臂喘息。

老人憐憫地看著茹茹，她一生沒經過合法的婚姻，生了兆蘭後，又和姓黃的生了一個孩子，但都沒有合法的父親，做母親的能不感到歉疚？

「如果妳認爲合法的婚姻很重要，」劉培濱戰戰兢兢地囁嚅：「我現在可以和妳辦結婚手續——

──」沒說完，看到茹茹的面色半青半紅，像個未熟的木瓜，便知道自己說錯了，但話已無法追回。

茹茹翻轉身，厲聲問：「我恥辱沒受夠，還要重複一次？人們對我的行為，已慢慢地習慣，默默地承認了，現在再來提醒大家一次，讓孩子多受一次打擊！」她雙手捂胸口，似在做深呼吸。停了片刻又尖聲號叫：「你有資格說這樣話嗎？你原來的太太呢？」

咳個不停，遮掩羞澀。茹茹在思想方面，確是成熟得多。那種任性、好強、不顧後果的性格，已錘鍊得能考慮到兒女，體會到做母親的責任，眞不是一件容易的事。他卻想不到自己沒有說這話的權利，是老糊塗了，病糊塗了。

「我是善意，全爲你們好。」他停止咳嗽解釋：「只要你們活得幸福，犧牲我的一切都行。」

「這一套我不接受。你兩手空空，才說如此好聽的話，希望獲得我們的同情；再告訴你一遍：我不是十八歲的茹茹了，你現在就走，立刻走！」

冷顫從兩股向上竄升。「茹茹！妳眞這樣狠心：看著我凍死、餓死、病死？」

「那是你自作自受，與我無干。」

「茹茹，我曾經愛過妳，妳也多多少少愛過我，在我最困難的時期，妳就不能幫助我一點點？」

她倏地跳起衝向劉老頭：「你說，你愛過多少人？又有多少人愛過你？怎不去找那些你愛過的人；愛過你的人，爲何不來幫助你？」

一長串模糊的觀念，一長串模糊的男男女女的形象，在圍著他跳躍、喧嚷。有些菱形、三角形、圓錐形的堅固物體在刺他、挖他，向皮肉裡鑽進；更有些人掐他、踢他、揪住他身體摔倒在地上。霎時，彷彿飄浮在雲霧中，那種腳踏虛空，手抓不住物體的感覺緊緊搖撼自己。他似乎記不起愛過誰，或是誰愛過他。他僅是一個用蔴袋、南瓜、破掃帚綑紮起來的稻草人，怎能回答一連串的問題。

「你的家呢？」黃太太又逼緊問：「和你正式結婚的太太呢？你嫡嫡親親的兒女呢？和你姘三搭四的那些下賤女人呢？」

不能回答，少說話，才能多掩飾窘態。「我所有的路走不通了，才來求妳。我想唯有妳有一顆仁慈的心，會幫助我，收留我。」

茹茹笑起來：「你該知道我的脾氣，我不會收留沒有路走的人。」

劉老頭咳了咳，蠕動身體，忍受著胃部痙攣。他該想到茹茹是個好強的人，不能如此坦白。上了當，怎麼辦？耳中有嗡嗡的叫聲，眼前有幾何圖形的銀色鏈條閃爍；牆壁正以相反的方向和大地同時旋轉。他覺得再無法支撐坐直，兩手緊抓椅把，維持身體平衡。

他閉起眼睛思索，重新振作精神：「我不能走，我要當面問兆蘭：她留我？趕我？還是跟我走？」

「你有何權利？」

「我是她的父親。」

「憑嘴說，她會相信？有什麼文件證明你身分？」

劉老頭躊躇。保存過兆蘭出生時的照片，東飄盪、西流浪，早把那張發黃發霉的身影丟了；即或在身邊，又能證明什麼？

「我可以告訴她事實眞相，分析道理給她聽。她已長大，有辨別是非的能力，就會同情我、憐憫我。我們是有血統關係的父女，父女的愛是天性。她會認我，幫我脫離痛苦生活。」

茹茹兩手環抱小臂在胸前，尖聲冷笑：「你脫離現實太久了，腦子裡才滿是幻想，你知道兆蘭是怎樣的一個女孩嗎？」

母親開始介紹女兒。她這生受過很大波折，吃過很大虧，在兆蘭懂事的時候，便要她認識金錢和權勢，重視物質的力量，不要聽信男人的甜言蜜語，什麼愛啊，星星啊，夢的王國啊……都是騙人的玩意；兆蘭的每個細胞裡，都塡滿了自己利益高於他人的觀念，不會相信情感、精神力量、理想世界……那些抽象名詞。

母親說完做結論：「如果兆蘭聽你的話，講什麼天性，不是白費我二十多年心血！」

天下會有如此母親，用歪曲的道理教訓兒女；兆蘭若眞的接受，便會是個庸俗的、勢利的、毫無靈性的女孩，茹茹怎不考慮到這一點。

「我不信，」劉培濱固執地說：「我不見兆蘭一面，死不閉眼。」

「兆蘭見你這邋遢相，就會趕你出門！」

被茹茹辱罵，羞慚得渾身起疙瘩，如果女兒再用不禮貌的態度待他，將無法活下去。

能賴在這兒碰運氣？風吹動樹葉颯颯響，屋簷的雨滴湍急地奔瀉。屋子施與的片刻溫暖，出門便被風雨吞滅，該等待風雨小些。

猶豫，再猶豫。茹茹在最短期間內改變主意，他就用不著和風雨抗爭了。

沉默在吐絲，生命在抽搐。

門被推開了，一個高而苗條的女孩，衝進客廳，帶來不少風勢和雨跡。一面抖水珠，一面說：「媽，還沒來？」

媽媽輕聲回答：「沒有。弟弟呢？」

「他在巷口和王大隊子說鬼話。」穿淺灰洋裝的女孩，把藍傘放在簷下關起門，像才發現牆角落的客人，驚駭地問：「媽，他……他……」

媽媽接口道：「是你爸爸以前的夥計。」

劉培濱兩手撐椅把，想迅速站起告訴女兒：妳媽媽說謊！妳爸爸沒有這樣的夥計，我就是妳爸爸！

僅遲疑了一秒或是半秒鐘，一陣乾咳緊逼自己彎了腰，更正和介紹的時機，立刻滑過。

兆蘭的目光，在他身上飛快地掠過，轉過身用不滿的聲調問：「媽陪客人多久了？」

迎著燈光，可以看清女兒的面目。蓬鬆高大的髮型，襯得面龐更清秀。神韻和氣質，和母親年輕時相仿；但動作和語調，卻比二十多年前的母親老練。

他聽出女兒話中含意：「媽爲何不趕走他？」兆蘭定是輕視他的外表，才會說這沒禮貌的話，諒已深受母親教誨的影響。

媽媽說：「人家馬上就走了。」

「好，我不管。」女兒撅起嘴撒嬌：「客人一會兒就來，我還要去參加舞會。今兒晚上忙煞了，沒有多餘時間，我都和媽說過的。」

「我知道。」媽媽安慰女兒，也像警告劉培濱：「客人不會妨礙妳正事的。」

彷彿有一列火車從他身上滾過，整個肢體被壓成片段，他已默認自己是客人，和女兒的距離愈來愈遠。他握緊拳頭，要舉起大聲喊嚷：我不是客人，我是一家之主。妳的正事，我要關心，我要過問，怎麼能走開？

他搓動手掌，關切地問：「大小姐有什麼要緊事？」說完便感到後悔，這不是明明把自己和她的關係拉遠了。

媽媽顯得不耐煩：「馬上有人來向她求婚。她不希望有人干擾，到時候我也要迴避。」

劉老頭心眼兒突地敞開，興奮地問：「那是怎樣的一個人？」

「是個好青年。家裡有錢，大學剛畢業，還有更多的賺錢機會和計劃。」

兆蘭已走進房門，再扭轉脖頸，搖擺著上身：「好，我不管。媽把我的事，和不相干的人閒聊；看，快要敲鑼、登報，讓全世界的人知道啦！」

女兒用得意的聲調阻止母親，像很樂意別人談她高興的事。

「那青年人愛兆蘭嗎？」

「當然愛。」

「兆蘭愛他嗎？」

「人家年輕，有錢有地位，又有前途，從沒和別的女人交往過、戀愛過，兆蘭爲什麼不愛他！」

茹茹是講給他聽的，他也不願把女兒嫁給老頭，或和有太太的男人同居。茹茹今日算舊帳嫌太遲了。

兆蘭連聲嘖嘖：「媽媽眞怪！和又窮又髒的老頭，談得這樣起勁！我看，他不像爸爸的夥計，倒像——」

媽媽搶著阻止：「別胡說，像什麼！」

爸爸聽到女兒前半截的話，本來很傷心，接著興奮地問：「妳看我像誰？」

兆蘭跺著水嘰嘰的高跟鞋，譏嘲地說：「像娘舅！」

「不是娘舅，」劉培濱搖頭嘆息：「也不是妳爸爸的夥計，我是妳——」他勒住話頭，不知如何說下去。

女兒把衝進房內的身軀抽回，焦急地問：「你是誰？」

母親從座椅上筆直地站起，瞪大雙眼，驚詫地吃吃說：「你……你是誰！」

震顫，每根神經都在劇烈地震顫。這是說明身分的最佳時機，他已把握最高潮，控制住聽話人的心弦，說出的每一個字都會產生無比的震動力量。但茹茹怎麼說？吵鬧、咒罵，大喊大叫？

不必管。兆蘭怎麼想？有他這個又窮又髒的父親，自尊和自信會受到打擊。她被母親薰陶為一個愛虛榮而不切實際的女孩，不會正視現實。他又老又病，即將離開人間，還要爭那一點點虛空的名義，對自己無益，卻對人們（茹茹和兆蘭）有損。除了達到報復茹茹對他過去的傷害——

「我是妳——」劉培濱咬緊牙齒忍住咳嗽。滴答的雨點重重敲擊心窩，使靈魂抖索：「我是妳爸……爸……爸……爸的同事。」

兆蘭打了一個圓圈，皺皺鼻子，不屑地說：「夥計和同事還不是一樣！」

女兒跳進房，母親用右手擦拭額角，顫聲說：「你該走了，這是你離開的最佳時刻！」

屋中很靜，只有雨聲和日光燈的絲絲聲。他咳著，輕輕的咳著。茹茹的話，給他最大的反感。這是離開的最壞時刻：拋棄向兆蘭剖白的機會，也就是忍心捨棄了女兒，再不能把失去的女兒收回了。腦海和心田空空的，兩手也沒有抓住什麼，像進門時的充滿惶恐、失望，出門後，又不知向何處流浪，怎樣向惡劣的氣候奮鬥了。

門外有跑動聲，一個穿塑膠雨衣的十三四歲男孩，跳進門便大嚷：「媽！外面有人找姊姊。」

「不要吵！」媽媽厲聲阻止：「請客人進來好了。」

「人家坐在紅色計程車上，在巷口問黃兆蘭的家住那裡。」

姊姊從房門口伸出頭詫異地問：「那是什麼樣的人？」

「是個漂亮的摩登小姐。」弟弟急忙脫雨衣，水點向四處濺射。

「不要胡說，小姐怎會來找我。」

「不信由妳，等著瞧吧。」弟弟抖動脫下的雨衣，向門後的鐵釘掛去，看到劉老頭驚詫地叫：「這個人怎麼坐在我們家裡？」

姊姊問：「你認識他？」

「這幾天，常看到他在這兒附近探頭探腦，我以爲他是小偷——」

媽媽又高聲喝住：「不許亂說！」

男孩一跳三個圈子：「我剛和王大墜子商量過，再看到這老頭，我們就用彈弓和雙管玩具槍打他。」

劉培濱的頭痛、胃痛、心痛，精神上原來不堅固的堤防，片刻間就崩潰，似乎不能再站立或走動。想從茹茹身旁獲得庇護的希望，完全斷絕了。

門外的女高音突破風雨陣線：「黃兆蘭小姐在家嗎？」

弟弟向姊姊扮鬼臉：「我的話不假吧！」

「在家。」姊姊忙不迭地向門外跑去：「是誰啊？」

媽媽面孔鐵青，雙眼釘牢劉老頭：「客人來了，你還賴在這兒，要撕破大家臉皮，不讓我們好好活下去！」

根據這情況判斷，來的該是「不速之客」，是不是能對他有點幫助。

他懇求著：「請妳再多考慮一下。」

「我絕不考慮。」

男孩插腰站在屋中間，輪流看著他們，學著西部武打片裡的好漢動作，拍拍自己的大腭：「媽，是不是要趕他走，讓我來——」

茹茹瞪著他。他回望茹茹時，接觸到那凜冽而含有怒意的視線。她面色映在燈光下慘白、焦黃，上嘴唇微微翹起，顯示出堅定和不改變的決心。

他失望地低下頭。屋中的空氣愈濃愈重，壓榨得呼吸困難。

雙手按摩胸口，慢慢撐起，一線希望仍在他心底盤旋：「三天以後，我再來看妳。」

「任何時間，我們都不願見你。我們寧靜多年的生活圈子裡，不希望再有浪花出現，我說得夠清楚了吧！」

劉培濱似懂非懂地點點頭，他是這安靜家庭中的駢枝贅瘤，沒有理由要求寄生在這環境。兩三天來，他在這兒四週逡巡、徘徊，行動和自己內心掙扎，此刻總算已求得正確答案。

蹣跚地向門外走去，兆蘭正陪同一位生氣勃勃的少女走向門內。他受到青春氣息的噴射，精神突然一振。但她們只用蔑視的目光掠過他的肢體，彷彿他是半截朽木不值一顧。

他輕吁一口氣，跨出大門，走過紅色計程車堵成的窄巷；風雨裏緊全身，他像被無理性的世界吞噬了。

7

車身劇烈顛簸，于雲雷身體猛向前衝。抬起頭，見已在巷口緊急煞車，同時窄巷內另一輛紅色計程車箭般駛出。

暗自慶幸，如不是他坐的這輛藍色計程車司機技術高明，定會發生兩車相撞的慘劇。那樣，一切的煩惱和痛苦消逝，他個人也不會存在。片刻，腦子裡仍有強妮、唐升辰、黃兆蘭、鄭伯伯，仇恨、農場、流浪生活……許多人物和意象圍繞，如果他死了、消滅了，這許許多多觀念和思想，也會緊緊纏繞自己跟著喪失？

他現在想著這些問題，證明自己還是活在人間——于雲雷對自己忽然有怕死或者想念的念頭，感到驚訝，是因爲得不到生身父親的消息感到消極，是對強妮、唐升辰或是對自己的行爲感到失望？

那僅像水中的一個小氣泡，瞬間即消失。他扭轉頭，在車前燈的強烈燈光中，瞥見駛出巷口那輛計程車的後座，有一個女人向他打招呼。

沒看清面龐和身材，一時想不起是誰。定是自己的錯覺，車上的女人許是舉臂穿衣服，掠鬢髮；也許是向他坐的這輛車司機揮手致意，讚許他的技術高明。

車子彎進窄巷，緩緩行駛。他在急速飛動的雨刷空隙裡，遠遠看見黃家的門燈很亮，似乎有人影晃動。

在門口下車付車錢時，告訴司機巷底有倒車的曠場，然後轉身敲門。

黃兆蘭的母親在裡面詢問，他報了姓名，停了很久——該說是他的感覺上過了很久，才聽到腳步聲，拉動鐵門聲。

門僅打開半人寬的一條縫，由黃伯母的身體堵住，怕被別人擠進去似的。

一陣風，劃起雨點，潑在于雲雷的身上和面龐。他用右手拂去眼角的水珠，結巴地說：「我有點事，遲……遲到了。兆蘭在……在家嗎？」

「在家是在家，」黃伯母眼珠骨溜溜轉動，猶豫地說：「不過，她身體不舒服。」

「她病了？」

「只是情緒不好。」黃伯母搖頭，目光仍在上下打量他：「今兒晚上，最好你不要見她。」

黃伯母年紀不算大，爲何說如此古怪的話。他們是預先約好的，能爲了遲來一步，放棄晤面的機會。

「可是，我說過，我有重要的話和她談，必須見她。」

但主人沒有讓開的意思。這使他費解：以往任何時間進出自由，今天怎會有如此現象發生？

掉轉頭的計程車，鑽著雨柱，慢慢駛向巷口；滑過他身旁時，還鳴了一聲喇叭。

黃伯母的目光追隨汽車，詫異地問：「你是坐這部車子來的？」

他心急地點頭。

「車裡還有誰？」

「沒有。」他覺得浪費寶貴的時間，實在可惜。「看到嗎？車廂裡空空的。」

「車子還要去那裡？」

他有點氣憤：一個人怎能管街車的行蹤。但想進門，不得不解釋：「我是在半途攔來的，現在車子大概又去兜生意。」

黃伯母眨動眼瞼，彷彿對他的解釋不滿意：「你明天來談好嗎？」

「不。」他堅決地說：「我一定要見她。」

主人輕嘆一聲，後退一步，顯得無可奈何：「讓你們談談也好。」

一口氣衝進客廳，很失望，沒見兆蘭，只有她弟弟兆熊斜躺在竹椅上翻看連環圖畫。

兆熊仍保持隨便的姿勢，垂下眼皮說：「于老師好。」

「姊姊呢？」

「在房間裡。」

「請你去告訴她，我來了。」

「姊姊的脾氣好大。」兆熊把畫頁翻得嗒嗒響：「我才不敢告訴她，她會罵人哩！」

于雲雷拍拭身上的雨珠，再用手指抓梳濕而亂的髮絲。他做過兆熊的家庭教師，在指導功課的一年期間，兆熊對他非常尊敬和佩服，他講的話或是要兆熊做的作業，都不折不扣的遵從。兆熊順利地考取學校後，對他仍是恭恭敬敬，今天怎麼一下子就改變了態度？

黃伯母已跟著進來，右手一揮：「你先請坐，我去告訴兆蘭。」她轉身向內，已見到兒子半睡半坐的姿態，大聲喝道：「兆熊坐好！」走了兩步，又掉頭喊：「給于老師倒茶。」

「別客氣了，我不渴。」于雲雷焦急地說：「還是讓兆蘭快點出來吧！」

母親進去，兒子才懶散站起，從牆觭的三角架的熱水瓶內，倒半杯開水，放在小茶几上。

看到開水，才想起自己晚間奔跑了很久，說了許多廢話，口確是很乾。於是抓起茶杯，一口氣把水喝完，自己再倒了一大杯，坐在茶几旁慢慢喝著。

兆熊從滿是刀槍劍棒的圖片上抬起頭，鼓一雙滴溜溜大眼，詫異地問：「老師不是說過不渴嗎？」

「那是一種客氣話，不是眞的。」

「這樣看，老師常不講眞話。」

在家教期間，除了指導他功課外，還講一些做人的道理，例如「誠於中，形於外」，和仁義忠信……等等，希望兆熊能品學兼優。現在，兆熊怎能借題發揮，懷疑自己的做人？

于雲雷解釋：「普通的小事，爲了禮貌，可以說一點謊；正經的大事，絕不可含糊。」

「怎樣分別小事和大事呢？」兆熊已拋掉書本，似在專心研究這問題。

不便回答；此刻也沒有時間和心情對十三、四歲的孩子談這問題。成人的世界，往往充滿詭譎、奸詐、欺騙和醜惡，怎能對純眞的孩子講說。

他重新辯正：「如果我們所說的，可以使他人受到影響和損害，就算是大事；如果僅是個人生活方面的問題，與別人不發生關係的，就是小事。」

「我看于老師，對小事、大事，都不說眞話。」

他有點惱怒，茶杯重重地放在茶几上，波及旁邊不規則的圓形煙灰盤，也順勢跳了跳。

「爲什麼這樣說？」

「大家都這樣說嘛！」兆熊似乎很得意：「我姊姊罵你是個大騙子！」

「什麼時候？」

「剛才說的。老師怎麼不早來？」

來遲的理由，沒有向孩子說明的必要。兆蘭仍在房中和母親喞喞噥噥，問題似乎還沒討論完。遲到了一些時候，變化不小；以往來這兒，兆蘭總是急著和他見面的。

「因爲我來遲了，你姊姊就說我是大騙子？」

「不對。」兆熊的頭，搖得像貨郎鼓。

「剛來，我家裡來了客人——」

「是誰？」

「我不認識。」

「男客，還是女客？」

「是女生。」

他深深吸氣，再徐徐吐出。

男客可能是唐升辰，或者是兆蘭新結識的朋友；女客影響不到他。但兆熊爲何要把客人和大騙子連在一起？

「如果你來得比客人早，」兆熊用惋惜的聲調說：「那女生就沒機會講你壞話了！」

于雲雷倏地站起。想不到那女客是誰？又爲何要講他壞話。「她講我什麼？」

姊姊從後面衝出大叫：「好，我不管！弟弟，你胡說些什麼？」

「沒有，我什麼都沒說。」兆熊窩起嘴唇向後走：「我要做功課，才不管你們的事哩！」

他面對兆蘭，上下打量。她披無領的紅色短大衣，露出淺藍的洋裝，戴乳白大耳環，穿紫色高跟鞋，手提紫色皮包。他說不出這身打扮是高雅，還是庸俗；內心覺得她變了，變得使人不認識了。三年前，他手裡捏著報紙，按照小廣告上的地址敲門，開門的是個白上衣、黑圓裙的女學生，脫俗的秀麗，像朵潔白的小茉莉花。他以爲這就是要補習的學生，但談話以後，才知道是她的弟弟。

待遇不高，家長的要求苛刻，在他前後來的家庭教師諒都不願接受。他不全是爲了賺錢，只想在那氣悶堵塞的環境外，從另外的天地裡，吸一縷新鮮空氣。他平時接觸的女孩多半矯情失眞，唯有這純樸的女學生，猶如一方無瑕的璧玉。爲了多多接近她（當時沒有任何野心——對所有女孩都沒有企圖），便毫不考慮的接受。

可是，今天的她已不睜著大眼，用羨慕、好奇的目光看他，卻以粗暴的聲調大叫：「我告訴你！從今天起，我再不要見你，你也不要進我家大門，現在請你立刻走！」

她的話像一串連發子彈，每個字都射中他的心坎；于雲雷猝然倒在沙發上。這是一個突變，爲什麼？他從沒看到兆蘭的性格另一面（平時她隱藏得眞好），今天發覺了，比她的突變，更使自己痛心和失望。

「妳……妳已知道了我的事？」他掙扎地說。

「知道！」兆蘭仰頭大笑：「你的一切，我全知道！」

「包括我沒有吃，沒有住，沒有事業前途？」

兆蘭顯出詫異神情：「你不是說過，你馬上就是一家大農場的場主，又是一所大工廠的廠長，金錢、地位等等，應有盡有？」

他說過很多話，包括研究學問，做人處事的道理，怎麼她僅對這項記得特別清楚？那是葛華達的計劃，要他永遠在葛家的庇蔭下成長、茁壯。事實卻會相反，他將在龐大的陰影中，憔悴、枯萎，而至命根斷絕。

「那是別人投資的事業，」于雲雷兩手撐膝蓋，有氣無力地說：「我已決定不接受那筆投資。」

「爲什麼？」

平時也許會告訴她理由；但此刻有濃厚的倦意襲擊自己，便不想多說：「講起理由來太費時間，簡括一句，就是我不願和別人合作。」

兆蘭猛地旋轉肢體，背對著他：「你匆匆忙忙跑來，就是告訴我這件事？」

于雲雷搖頭，眼看著牆角倒懸的一隻壁虎，豎起尾巴搖晃，正眈視近處的一隻小飛蛾，待機吞噬。他躊躇再躊躇，約定和她見面，有重大的事商談，但見兆蘭如此躁急不安，就不知如何開頭。像以往那樣就好了，剛開始補習時期，她倒茶、敬菸（她家沒人吸菸，像專是爲他準備的），默默在旁讀書，或是聽他爲弟弟講解。指導告一段落，她也把自己課程上的難題，向他請教。那時她高中還沒畢業，準備考大學，他便把自己參加考試的經驗告訴她。

記憶中，每次都是她開門，補習完畢，也由她送出（她母親和弟弟也偶然迎送）。一個盛明的月夜，他們談說著，沿著窄巷，穿過大街、木橋，在長堤邊漫步。月亮將他們的影子，並映在水波上晃盪。他第一次覺得人生是這麼美好，爲了友誼、愛情值得活下去，繼續的努力奮鬥。

長堤旁的散步，變成他們的固定習慣。他同情兆蘭放棄學業，爲維持家庭生活而工作；兆蘭似也了解他孤苦無依寄人籬下的苦況。他在任何人面前都感到自卑，唯有在她身旁，才興起一種恬適的安全感覺。

他們活動範圍，也由河畔擴展到電影院、音樂演奏會等公共娛樂場所。他們之間的情感距離一天比一天縮短，而兆蘭也一天比一天成熟。他認爲在離開這社會之前，應該向她求婚；他必須把握今晚的機會。

他再四考慮：「我……我希望，妳能答應我的請……請求，和我——結婚。」

她先是一愣，繼即縱聲大笑。

于雲雷忸怩不安，心中升起做錯事說錯話的感覺。這又有什麼不對？兆蘭笑得有點做作，有點得意。提出的是嚴肅問題，爲何要表現出輕蔑態度？

兆蘭的笑聲停止，甩動皮包說：「你怎想到此時此地談這個？」

他急搔腦袋瓜。糟透，他沒考慮到氣氛和背景。什麼花前月下，良辰美景，小說裡所寫的那些求婚方法，他從沒考慮到使用。最起碼該在常常散步的河畔堤邊，才適合求婚的情調。

「假使現在不說，」他竭力掩飾自己的窘態。「以後妳就見不到我了。」

「那是我求之不得的事。」她揚了一揚手：「我先走了，再見！」

于雲雷跳起，雙臂攔住門口：「可是，我說——妳還沒回答我的問題。」

「只當你沒說，或是當我沒聽到。」

于雲雷兩手伸入褲旁插袋，認眞地說：「我們不能讓問題擱在這兒。妳應該問我去那兒？爲什麼不能再見面？妳應該關心我未來——」

兆蘭搶著說：「去，去。誰關心你？誰管你未來！你不要自說自話。」

于雲雷搖擺著身體，不知該坐、該站、該掉頭就走？兆蘭關心過他的冷熱、身體健康，也關心過他的學業，曾竭力要求他離開踏車的工作，並慫恿他早點策劃農場的一切。她說她希望吃到他主持而生產的蔬菜、水果和新鮮的牛奶和雞蛋。雖然她用的是開玩笑口吻，但確像是一個姓于的家庭主婦身分。此刻，聽說他空手離開葛家，態度便全部改變。

「如果我接受別人投資，去開關農場，經營工廠，」他想探求問題的根源，便試著問：「妳是不是會再關心我？」

「什麼！你以爲我是愛金錢，愛虛榮！」她上前一步，加重語氣斥責：「告訴你，我從沒關心過你！」

他的信心崩潰。還有什麼好說的！他看錯了人，也看錯了自己，完全表錯了情，是自我陶醉。他該回到自己的蝸殼，不與任何人接近——不信任一切，一切的人和事，也不和他發生關聯。

他慢慢轉身，迎向門口，無掛無慮，離開這齷齪社會，心胸更舒坦。世界上再沒有他值得留戀的人和事了。

走了兩步，兆蘭又喊住他：「你明天眞的離開葛家？」

這樣的事還能說著玩兒？「今晚我已決定不回去。」

「不向葛家的人們道別？」

沒想到，也顧不了那麼多，于雲雷左手猛揮：「我不願再見葛家的人！」

「包括葛強妮在內？」

「強妮和別人又有什麼不同！」

兆蘭低頭思索，似在考慮疑難問題。

風聲伴著雨聲撼動門窗，遠處有大卡車顚簸大地。他彷彿被吊懸半空，手足無處用力。兆蘭會特別關心強妮，就因爲她們都是女人？

「你明兒去什麼地方？」兆蘭似從夢中甦醒。

「去偏僻的鄉村，」他又加了一句：「我要遠離都市，遠離眼前的這些人群。」

「去你心目中的『世外桃源』！」黃兆蘭冷笑：「你眞的要過隱居生活？」

他前些時和她談過，文明社會，在物質方面可說是很大的享受；但在精神方面，就痛苦得多。到處看到人吃人的現象。眼前的人朝你笑，對你說好話，可能就是暗暗算計你、打擊你或是謀殺你的兇手。有權有勢，人人逢迎你，在你身旁做小丑、裝孫子；如失意了，過去恭維你、奉承你的人，會用同一隻手來撕扯你、埋葬你。友誼和情感僅是好聽的名詞，欺騙、敲詐，才是大家遵守的規則。你熱心幫助別人，贏得的卻是誣陷、凌辱。人與人之間的是非不明，善惡不分，我們在這社會還有什麼好處！

兆蘭不同意。認爲他太偏激，光見到醜惡的一面，骯髒的一面，不去觀看光明與和諧，互助與合作。處處有守信義、講廉恥的人，怎能把少數的惡徒，當作整個的人類。

爭論很久，觀點不能一致。他相信她會讓步，追隨他過不爭不奪的生活。

現在他又充滿希望和信心。走近她熱忱地說：「兆蘭，這是實現理想的時機。我們將住在一幢小屋裡，聽不到市聲喧擾，看不見權力傾軋，我們避開那些鉤心鬥角、損人利己的僞君子，坦白無私的生活在春之原野——」

兆蘭急速擺動皮包：「好，我不管。這兒不是舞臺，用不著背誦臺詞。要實現理想，你找錯了對象；我沒有那麼高雅，不是你想像中的仙子、皇后。你快去另找別人吧！」

「你正是我想像中的公主，」于雲雷腦中又浮現白衣黑裙的倩影，又憶起在堤畔散步那段美好時光。兆蘭受了浮誇社會的薰染，才變得如此淺薄、愛虛榮；給她一些時間，會陶冶她反璞歸眞：「我們將生活在裝滿愛情的屋子裡，有詩、有花、有夢——」

「你不要專說夢話吧！」黃兆蘭又切斷他的思潮：「我問你，你爲什麼要突然倉卒地離開葛家？」

「這個……」他耳鼓內有嗡嗡聲，話說不下去。強妮的糾纏，不能告訴她；心中隱痛，更不能洩漏：「這是秘密，我不便說明！」

「秘密！你以爲瞞得了我？」兆蘭又冷笑：「我告訴你！你不說，我也知道！」

「妳……妳知道什麼？」

「你是爲了逃避——逃避『責任』！」

顫慄從肺腑擴展全身。葛家收養他，該永遠做葛家馬牛，接受驅使？社會教育他，必須按照社會的模式說話、做事、處人；如違反常規，本著良知去發揮，就算是逃避責任？

兆蘭指的「責任」究竟是什麼？「兆蘭，妳該相信我的話。」他誠摯地說：「我用勞力償付葛家對我的施與，沒有辜負葛家任何人！」

「哼。」兆蘭又猛地轉身，高跟鞋蹬得格格響：「誰相信你的鬼話！我問你，葛家待你不薄，也可以說對你有很大恩惠，你不圖報答，反而——你……你……」

兆蘭沒有接著說下去，咬緊牙齒，眼珠骨碌碌釘住他，像要打他兩拳，踢他兩腳。

「不。」于雲雷立刻糾正。「葛家施與我的恩惠，被加給我的傷害抵銷、吸收；並且已超過了必要的程度。」于雲雷又感到一陣心痛：「所以我恨葛家所有的人！」

「瘋子！你是瘋子！」兆蘭停頓半晌，慢慢搖晃皮包：「我告訴你，你一定有什麼地方不正常。現在，我沒時間陪你談瘋話了。再見！」

他又伸手攔住：「可是，我說過——妳還沒給我答覆！」

「我沒有這個義務，也沒有這個必要。」

「那妳就不能走！」

「天下那有這道理，強迫別人回答。」黃兆蘭尖聲大叫：「我告訴你，還是不答覆比較好。」

他沒希望了。距離愈談愈遠，從語句間，聽出她是如何的厭惡他、鄙視他。爲什麼以前沒有發覺。是自己昏庸？還是兆蘭受了刺激，精神顯得失常？

進門時黃伯母說過她不舒服；他不該緊緊逼她。

「今天不回答也好，」他替自己留退路：「讓妳多考慮一晚，明兒再正式向妳求婚。」

黃兆蘭嘲弄地嘻笑：「說說看，怎樣正式法？」

「我會從頭到尾，打扮整齊清潔，手捧鮮花，如果妳需要我跪下，我就不站在妳面前——」

他沒說完，黃伯母已推開房門，重重地踏響腳步，走進客廳，環視一週；目光像沒有掃射到他，只冷冷地問：「妳還沒走？」

「媽，你看，于先生不讓我走啊！」

平時覺得黃伯母仁慈、親切，事事關顧他、憐惜他，尤其對他和兆蘭的交往，更是體諒他。時時會說：「兆蘭，妳陪于先生出去走走嘛！」不然就說：「于先生，兆蘭年紀輕，不懂事，拜託您多多指導她。」他們同出同進，黃伯母從沒阻撓過，有時還從旁鼓勵。早認爲黃伯母會同意把女兒嫁給他。可是，此刻站在她面前，卻像做錯事的小孩，不敢抬頭。怎會有這種感覺？沒說任何錯話，沒做任何錯事。向兆蘭求婚，是愛、尊敬和責任等等的混合。隔著一層薄木板，她在房內可聽到全部談話，不該貿然走出破壞氣氛。他不是厚臉皮，在兆蘭面前，已控制不住自己的思想、情緒、聲調；老人家出現，他將更無法應付。

她反對這項婚姻，才挺身出來干涉？

「伯母，」于雲雷平靜地說：「我和兆蘭談的是件重大的事，希望互相求得諒解，得到結論。」

「什麼樣的大事？」

女兒搶著說：「于先生向我求婚。媽看，我能嫁給他嗎？」

豆瓣大的雨點，似從屋脊跌落頭頂、心窩。室中的氣溫突然降低，凝結了一切物體的形象。這是個很神聖的問題，用如此方式提出，他感到渾身起雞皮疙瘩，突興起向雨地狂奔的衝動。

「這問題滿有趣。」母親先坐在桌旁圓椅，再揮手示意他們坐下：「我先要聽聽你們的意見。」

三人坐成「品」字形。伯母是上座的法官，他們像等待審判的原被告。

母親用咳聲清掃嗓門：「你是孩子們的老師，我還一直把你當朋友看待，想不到你會提出這樣問題——」

于雲雷心中吶喊：妳說謊！我是兆熊的老師，不是兆蘭的。就是老師又有什麼不對？老師是人，有人性，有戀愛、結婚的基本權利。我不是妳的朋友，我一直稱呼妳伯母。妳早已默認或是承認我和兆蘭的友誼了，臨時還要扯賴。

黃伯母接著說：「你既然提出了，說出的話不好收回。不過，我要請教幾個問題，你願意回答嗎？」

和女兒的爭鬥，已敗下陣來；母親更趁勝追擊；但他已無處避讓，只有沉著應戰。他連連點頭。

母親問：「你有事業基礎嗎？」

剛走出學校，事業還未開始，怎談到有基礎？「現在還沒有。」

「你像把希望寄託在未來，」黃伯母毫不放鬆：「你將怎樣發展你的事業？」如說出去鄉村的工作性質，她會以爲他是農夫，或是傭工，頂多認爲他是農場裡的一個雇員。

「還沒計畫好。」

「你有經濟基礎嗎？」

于雲雷覺得黃伯母暗自冷笑。彷彿她在掘一連串深坑，故意讓他跌下；他不想超越或是退避。如果他會吹、會拍，她們安心上當、受騙。但他不願說謊，不願使心愛的人遭受侮辱——經濟基礎，怎會是評斷婚姻的條件。

他乾脆地說：「沒有。」

「你什麼都沒有，還想結婚！你拿什麼去維持婚後的家庭生活？」

情感上的問題，怎禁得起理智的分析。他能告訴老人家？他們將住在小屋子裡，節衣縮食，工作、讀書、討論、研究，屋裡充滿了愛情，以彌補物質上的匱乏。說出口伯母便會嘲弄他、凌辱他，認爲他是一個幻想家——額角的汗珠慢慢爬行。他該早想到這一點，兆蘭本來是要出去的，他應陪她在氣氛寧靜的地方密談。現時坐於耀眼燈光下，開圓桌會議似的辯論，怎不注定失敗。

但他必須還擊：「美滿的婚姻，不全靠物質條件做基礎！」

黃伯母反問：「你說靠什麼？」

「靠相互了解後產生的愛情。」

「你了解兆蘭，兆蘭了解你嗎？」母親輪看著二人，最後把視線傾瀉在于雲雷面龐，等待回答。

他遲疑地搓弄手指：「我們是相互了解的。」

兆蘭舉起右臂大嚷：「我反對！」

母親臉上佩掛勝利的笑容，發表演說：「愛情那包著糖衣的名詞，詩裡、小說裡、電影裡很多，只騙騙那些沒見過世面的小娃娃。像兆蘭這般年紀，也許會相信愛情的甜蜜；在我面前，就不該提。你知道我們母子，怎會淪落到如此地步？」

只知道兆蘭和兆熊是同母異父，就是說，黃伯母曾結過兩次婚，但丈夫都離開了她。他一直以為自己規規矩矩做人，堂堂正正做事，就可贏得人們的敬佩和信任，不用邪法追求，不走捷徑攫取，從不探聽別人秘密，所以不明白兆蘭家中的一切底細。

他坦然承認：「我不知道。」

「那是我年輕時，吃了虛幻『愛情』的苦。」黃伯母突地煞住話頭，控制屋中的緊張氣氛，然後再厲聲反問：「我還能讓兆蘭蹈我覆轍？」

雨聲像擂鼓。一輛火車沿著鐵軌呼嘯而去，猶如載走了他無數希望和憧憬。今晚的談判，徹底失敗。以往認為只要自己向兆蘭求婚，必會獲得勝利的想法太淺薄，太天眞。幻想也好，自作多情也好，都已化成泡影。最好的辦法，便是立刻離開，永不回來。

他倏地站起，踅轉身走向門口。

刹那間，興起一個意念，他又停住腳步，面對她們朗聲問：「如果我擁有大量資本，是一片農場或一家工廠的主持人，妳們會改變我的看法，答應我的請求？」

母親說：「那要看你用什麼方法取得資本。」

聽口氣，母親意志已經動搖。那是顧全面子，一時轉不了彎，才唱這樣高調。只要有錢，才不管是偷來的、搶來的、貪贓枉法的……準會把他當作金龜婿。

「本來我就該獲得很多錢，」于雲雷委婉解釋：「但我為了自尊才自動放棄；妳們既如此重視物質條件，我願犧牲一切去接受那筆餽贈。」

母親慢悠悠晃著腦袋：「那樣可以考慮——」

女兒把皮包橫擺在膝上，揮舞雙臂：「媽！我反對！」

于雲雷走近兆蘭，俯聲問：「妳說過不願過隱居生活，現在我接受妳意見了，爲什麼又反對？」

「你以爲有錢，我就會嫁給你！那麼我嫁給『錢』好了！」

母女倆都是這樣想，也要這樣做，但卻不許明說，甚至故意避免談到「錢」。這就是萬物之靈的僞裝面具，他用不著去撕破。

「可是，我說——把生活上的難題解決，我們的意見就會一致。」

「我告訴你，你想錯了。」兆蘭挪動身體，脊背斜對著他，狠狠地說：「你今兒晚上來求婚遲了，太遲了！」

可是，他以前沒有打算結婚，同時認爲自己心智和情感都未成熟，對自立的人來說，早婚是沒有益處的。

「怎會嫌太遲？」

「你談了很多話，都沒找到問題的癥結。」兆蘭站起身，把滑下一半的大衣，又重新扯起披在身上：「我告訴你！再談十個小時都沒用。好，我不管。我沒時間陪你——媽，我走了。」

「兆蘭，不，黃小姐。」他大踏步直立在她身前：「請妳說明白，到底爲什麼？」

「應該問你自己！」

這使他更糊塗。如果自知錯在何處，不但不會犯錯，也懂得如何矯正了：「我……想不出。」

兆蘭停頓一下，似在慎重考慮：「我問你，你為什麼來得這麼遲？」

把強妮攪擾的事告訴她，會更說不清：「我臨時有要緊事——」

「你是個大騙子，盡說騙人的話！」兆蘭氣咻咻地用手指著他：「你能否認不是和葛強妮在一起！」

兆熊沒有說謊，「大騙子」的綽號，是從這兒開始的。他囁嚅著：「我……我是……是不得已……」

「那叫天曉得！我問你，你和葛強妮討論些什麼？」

壁虎已呑掉那隻飛蛾，搖動尾巴爬回天花板角落。壁上掛的一張八角形宮燈，金黃的流蘇微微顫慄。兆蘭怎會知道得這麼多？如替強妮隱瞞，謊言可能被揭穿。

「強妮希望我能和她結婚。」

兆蘭尖聲大笑：「你的意思是說：她向你求婚？」

「是……是她先提出的。」

「你怎麼不答應？」

一句緊逼一句，于雲雷覺得無處避讓：「她的個性和我合不來，她的身分我配不上。」這倒是平平實實的眞話。

「謊話，是多麼大的一個謊話！」黃兆蘭旋身面對母親：「媽！我該揭穿謊言嗎？」

「孩子，妳該走了；別人閒事甭管了！」

「好，我不管。媽，我受不了這委屈。」兆蘭急轉身，逼視他面龐：「你沒答應和她結婚，是因爲你提的條件太苛，人家無法接受，所以——」

是兆蘭腦中的幻想，還是有人在中間播弄是非？「我沒向她提出任何條件。」

「你眞要一手遮盡天下人耳目！我告訴你：天下人全知道，她爸爸給你一所工廠，一片農場，你才肯和她結婚，對不對？」

于雲雷退後兩步，跌坐在直背木椅上。她的話像雷鳴、像實彈射擊的槍彈，他似被轟擊得不能立足。這是從何說起？葛華達曾有這個企圖，要他主持一所酵素工廠，這是新開辦的事業。需要計畫、研究、創造。葛華達認爲他是理想人選，只要他願意接受，葛老頭會把手中的大批游資供他運用。他認爲那是一隻香餌，要釣住他任其宰割，甚至凌遲。再三拒絕。葛華達又希望他去闢農場，使他學以致用。

他從沒想到接受，怎會變成他提的條件。這不是兆蘭故意侮蔑他的人格，就是他人別有用心在中間挑撥感情。

精神一絲絲恢復，他直起脊梁，內心警告自己，必須摸清眞相。他雖是一個平凡的人，沒有多少豐功偉績；但也不容別人污辱。

「天下絕沒有這種道理。」于雲雷竭力爲自己辯白：「受了別人很多好處，最後談到婚嫁時，還要勒索一筆，任何人也做不出！」

「唯有于先生做得出，所以我才特別佩服你！」

這不是鬥嘴，也不能說風涼話尋開心。兆蘭不接受求婚沒人怪她，但不應編荒誕的事誣陷他。

「我沒理由提出這要求，別人也不可能接受。」于雲雷氣憤地說：「婚姻要經雙方同意，才能結合；單方面勒索，會有效果？」

「這就是你惡劣的地方。你抓住別人的弱點，不愁不下圈套。」兆蘭手臂伏在媽媽肩上，歪著頭問：「媽，我該把話說到底嗎？」

「不要，孩子。」母親有氣無力，像不鼓勵，也不阻止：「妳不是要參加舞會嗎？走吧！不早了。深掏別人陰溝，對自己不會有益處。」

兆蘭凝視桌上的書籍、算盤，和一隻生銹的開罐器，沉思後點著頭說：「于雲雷算你幸運。再見！」

話說了一半煞住，十足的吊胃口，比被判死刑還要難過。他又搶著站在門口，喘吁吁地求她：「兆蘭，妳不和我結婚，我不會怪妳，不會恨妳；但妳必須把話說明白！」

「逼我揭你的瘡疤？」

「我相信自己，沒有什麼不可告人的行為。」

「別太自信！」黃兆蘭聳肩怪笑：「不要堅信自己的秘密別人不知道。」

于雲雷兩眼瞪她，似等待法官判決；內心反而特別寧靜。

「我說了，你不感到後悔？」黃兆蘭仍在賣關子。

「不！」

黃兆蘭上下打量他，突地彎腰傻笑：「媽，看這樣子好滑稽！」

媽媽目光也掠過他身上，冷冷地說：「不要孩子氣了，快走吧！」

于雲雷被笑得汗毛直楞楞豎起，忙低頭檢查自己裝束，見無異狀，奇怪地問：「我那兒不對？」

「你這大個子，怎麼穿短衣服？」

更氣惱，在這緊要關頭開玩笑，諒是她說不出原因，才設法離開話題。

「我淋了雨，臨時向唐升辰借衣服穿……」

「你去過唐家？」她搶著問：「舞會開始了嗎？」

「開始嘍。」他才體會到兆蘭是參加「水蜜桃」的生日舞會：「請妳快說。」

「你陪我一道去，我會在路上告訴你。」

她又往後延宕，不然就是要什麼詭計。要他伴送去舞會，是炫耀，還是挑釁？先把自身的誣衊洗清，然後才考慮到其他問題。

「可是，我說過，我不願再見唐升辰的面！」想到唐升辰說的話，怒火又熊熊燃燒。

「爲什麼？」

「今天我才發現，小唐是個卑鄙齷齪的勢利鬼！」

黃兆蘭笑得全身搖晃。笑完了才抬頭看他：「這才叫有意思，那個人不合你心中所訂的標準，你都看不慣。唐升辰又有什麼不對？」

「他只認得金錢、地位，不顧人格、友誼，更不懂廉恥……」

兆蘭用手勢割斷他的話：「這個世界就是如此嘛！沒有金錢，沒有地位，誰瞧得起。你要每人都像你一樣，去『世外桃源』過隱居生活？」

「當然不是，但做人起碼要重視友誼……」

「你知道別人對你的估價嗎？」

唐升辰剛才告訴他一點點，但那是別人的意見。

「不要踩別人在腳底下，把自己看得多高尚。」黃兆蘭皺皺鼻子：「我告訴你：別人也說你沒有人格，不懂廉恥。」

那是她辱罵他的藉口：「編排別人不是，應該抓住事實。」

「你玩弄了葛強妮，還要『勒索』嫁粧；懂廉恥的人、品格高尚的人做得出？」

「妳……妳應該知道，」于雲雷又氣又急，吃吃地說：「我和她始終保持適當距離，我們之間，清……清清白……白，怎能說是玩弄！」

「我已上盡你的當，你不要再裝僞君子騙我了。」兆蘭跨大一步，緊逼在他面前：「我問你，你要坦白說——」

瞪大雙眼，無法回答。兆蘭愈說愈野，愈使自己無法立足，她和想像中的天使，也愈來愈遠；忽然之間，彷彿對向她求婚感到後悔。

「葛強妮這樣……」兆蘭把右小臂圈起，橫放在腹前約一寸距離：「你知道嗎？」

雨聲，火車在軌道奔馳，小喇叭的哭號，孩童的嬉笑……全在腦海複現。兆蘭怎會知道這秘密？是猜測的？是別人告訴她的？他知道才一會兒，而她竟搶先獲得消息。眞是「若欲人不知，除非己莫爲。」

「不……不知——」不對。在兆蘭面前無法說謊；看情況他也無法替葛強妮掩飾。于雲雷又接著說：「知道。」

「到底知道不知道？」

「知道。」

「那是誰的孩子？」

他沒有理由把毛健雄供述出來：「不知道！」

「根都給挖出來了，還要賴！好，我不管。」兆蘭咬著牙根，跺響鞋根：「我告訴你：那孩子是你的！」

于雲雷覺得房子晃了一下，房頂整個癱壓在自己身上，呼吸急促，骨骼酥軟；像難以立足、行走。

「謠言！」他嘶啞地喊著，內心仍計算謠言與事實的差距，究有多大。但兆蘭沒聽他的，更沒看他一眼，便從他身邊躍出。

等他甦醒過來大嚷：「兆蘭，兆蘭，妳聽我說——」可是她已鑽進雨中，穿過院子走向大門。喊聲在雨地裡迴旋，他已失去向她解釋的機會；唯有高跟鞋重重踏在水泥地面的咯咯聲，仍在耳裡、腦裡、心裡……迴旋、迴旋。

沉默壓緊他，沒有說話，也沒有思想，他懷疑自己在受重大的襲擊後，是否能運用頭腦？築於內心的情感堤防，原不堅固，突地被意外拱起的浪濤沖潰了。

于雲雷迷惘地問：「這些事，這些話，兆蘭從那兒聽來的？」

黃伯母深深嘆氣，兩手一攤，又表現無可奈何；更像有滿腹的話，不知從何說起。

兆熊從後面跳出得意地說：「如果老師早點來我家，準會碰上那個快生孩子的小姐。」

媽媽大聲吆喝：「小孩子不要亂說，快進去做功課！」

「我功課做完，沒事了。」

他該早想到強妮來這兒挑撥是非的。若把有關強妮的事解釋清楚了，兆蘭或許不會如此決絕。現在唯一的希望是在黃伯母身上。

「伯母，您知道葛強妮說的話嗎？」

「這種醜事，誰願意硬往身上拉？」黃伯母的語調也極忿懣：「如不是你傷了她的心，做得太過分，她不會來告訴我們！」

母親和女兒同樣上了強妮的大當。「那是她對我報復。」他想用間接方法，說出自己冤枉：「葛強妮的好強、任性、胡鬧的性格，您一定不知道——」

「知道還要兆蘭和你交往？」黃伯母的肝火，像比女兒更旺：「最初我也有點懷疑，後來見你和她同坐一輛車，一前一後來我們家，才相信假不到那兒去！」

他腦中掠過在巷口幾乎相撞的車子；打招呼的女人，原來是強妮。

于雲雷想先證實這件小事：「可是，我說過，我坐的是一輛藍色車子。」

「葛強妮也是藍色的。」

兆熊把正在翻動的連環畫舉起搖擺：「是紅色的！」

「小孩子少廢話，你怎知道紅色的？」

「我記得最清楚，她在門口問路，我就看到是輛紅汽車。」

母親翻了翻眼睛，氣嘟嘟地咆哮：「管它是藍的，紅的，我女兒不嫁給有情感糾紛的男人！」

于雲雷不知道自己如何走出大門的；發覺密密的雨絲，直向頭臉撲來，浸出很大的涼意時，已踉蹌在街道了。

8

被雨絲沖淡的燈光，映在淌水的馬路上，顯得有氣無力。

劉培濱立於街頭走廊，看十字路口的紅綠燈交互閃爍，內心陣陣顫慄。行人寥落。偶有街車悽惶地駛過，濺起豆大的水點，撲向兩旁。一陣劇烈的咳嗽過後，他不想再讓自己在十字路口猶豫了。向東，有一個汽車招呼站，可在那兒乘車去梅寡婦家；向南，走過一條馬路，便是胡百理住的地方。

向南？還是向東？

三天前，被逼離開梅寡婦家；而胡百理是他終生難忘的讎敵。冷風裹起雨點，摜在他身上和頭上。他算不清胡家那筆帳。胡百理已變成兒女親家，而他結髮的妻子又住在女兒家裡，想不踏進胡家大門都不行。

劉老頭蹺縮身體，咬緊臼齒開始向南踽踽前進，風雨又團團包圍他、啃噬他。他又懷疑自己的決定是正確的，還是錯誤的？

他對自己發過誓：只要活著一天，絕不踏進胡家的大門。現在忍受不了飢寒，在生命的「終站」上，向胡百理低頭，豈不是愈老愈糊塗。

太太願意見他？能如他所預期的：捐棄嫌怨，重歸於好？但彩嬌不是一個寬厚的人，會忘記他兩次離家出走的過錯？

那麼，他去胡家幹什麼？

劉老頭的腳步停頓，雙手緊捂抽搐的胃縮回頭，轉向東方行進。他和梅寡婦同居了十七年，雖沒辦過結婚手續，但在整個生命中，和她的婚姻生活最長。日前趕他出來，諒是一時情感衝動，事後定必悔恨無比。如果再見面，他要用最誠摯、最動聽的話感動她、哀求她，許會同情他的悲慘命運，留他住下。

可是，梅寡婦幾個兒子的嘴臉和態度，他受不了。即或母親讓他居住，他也不願受梅家弟兄的窩囊氣。梅寡婦和他沒有婚姻關係，梅家的兒子和他沒有血統關係。他們會說出再壞的話，做出再惡劣的行爲。與其忍辱含垢的和梅家的人們居住在一起，寧願死在妻子兒女身旁——胡家還有他的女兒克芬，說不定是扭轉全局的重要人物。克芬會勸說媽媽，影響弟妹。爲什麼他要放棄試一試的機會。

劉老頭鼓起餘勇，走向胡家的道路。

胡家的門柱，修建得比以往雄偉，似在說明胡百理在商場上有更大的收穫。門燈的光，灑在從院內探出牆外綠油油的樹葉，彷彿打蠟般的晶亮，更顯出主人氣魄非凡。

捺門鈴，等待。小門開了，一個中年女傭用懷疑的目光，檢查他身分。

他告訴她從劉家來，找劉太太。女傭以似信非信的態度帶他到大房子側面小會客室裡。八張小沙發圍在四週，中間有一張茶几，供養一瓶鮮花。他坐在角落上，俯身咳嗽，想掃清喉中瘀痰，和久未晤面的太太談話時，不因咳聲打斷話頭。

咳完了，一口黏痰吐落光滑的櫸木地板上，感到忸怩。想用手抓，想用腳踏；慌了一陣，什麼都沒做成，腳步聲已響近門口。

抬起頭，太太已站在門旁，手扶牆角，臉上堆滿鄙視、詫異、尷尬、惶恐……等等複雜的表情。

她的背有點駝，身腰已發福，脂肪填平臉上皺紋不少；但頭髮灰白，稀稀朗朗；歲月仍沒輕輕放過她，老態在眉宇間寫得清清楚楚，任何人都能讀得出。

太太冷笑：「原來是你！」

開場白不妙。那麼多年沒見面了，總要說句好聽的話做見面禮。

「我……我特地來看妳，還看看克芬和外孫。」

「我們還活著，用不著你費神。」

從太太的面色和談吐觀察，像是把寬恕的大門關得緊緊的，不讓他插足進入她心田。

他仍要繼續努力：「我們分別了一段很長的日子，」劉培濱咳了咳，用痰滋潤艱澀的喉嚨。

「今天夫婦團聚了，該好好談談——」

「去！去！你不是我丈夫！」彩嬌怒火爆發，話句賽連發子彈：「我丈夫在十七年前死掉，屍骨腐爛，化成岩石，怎會來這兒顯魂？」

「妳罵吧，如果這樣能使妳消氣……」

「怎敢罵你？我說的是實話。現在話說完了。」她轉動身軀背對他：「我不願意再見到你！」

劉老頭性急地說：「妳……妳，請妳進來，聽我說一句話。」

太太站立門外，半晌才開口：「我爲什麼要聽你說話？姜媽沒有問清楚，知道是你，我就不會出來。」

夫婦的感情耗盡了，現在僅剩下怨恨。他沒理由怪彩嬌，只希望她能接受自己的懺悔。

「太太，我活不久了，想在死前——」

她霍他轉身：「你想用死要挾我！」

諒是氣昏了頭，不然怎會曲解他的意思：「我是說自己又老又病，又受凍又受餓，離死期近了。」

「如果你又強又壯，又飽又暖，就不會想到我，更不會來找我。你憑良心說，是不是？」

太太跨進門，右手指著他，一步步逼近。

他觳觫地站起來。彩嬌講的話沒有錯。酒、支票、女人、投機、賺錢……那些事實和觀念脹昏了腦袋。很少想到彩嬌；唯有在醉後或是在早晨清醒時，偶然滑過彩嬌的影子。但那不是屬於想念，僅像博物館中陳列的那許多古物，不具備絲毫情愫地呈現；形象溜走，就沒有使任何感官起發酵作用。

「我過去是錯了，」劉培濱想從遠處兜轉。「覺得很對妳不起，請妳原諒我。」

「要我原諒你幾次？」

算算看：第一次離開家九年，回到彩嬌身旁已四十歲。照說一切都該「不惑」了；但三年溫飽以後，內心仍有股力量蠢動，又毫未考慮的離開她。

「這是最後一次了。」劉培濱央求地說。

「上次輕信你的話，使你有機會雙倍地傷害我，也逼我更加怨恨你。我再不能愚蠢到接受你的迫害，你該早點離開！」

話說得有板有眼，無絲毫空隙讓他鑽。他從容地坐下，帶著歉意地說：「過去都是我錯，我們不談過去——」

「不談過去，你要談什麼？」太太搶過話頭便用砲轟：「我偏要談過去！」

弄巧反拙。太太用力坐在他對面的沙發上，提高嗓子竭力發揮雌威：「男子漢大丈夫，有家不顧，拋下一個一個孩子。我問你：你知道我們怎麼過活嗎？」

彩嬌是個能幹的女人，有一雙能幹的手。克忠說過一些，不說他也體會到他們生活的狀況。

「妳在艱苦中，撫養孩子長大成人；所以我從骨節眼內感謝和慚愧！」

「說聲感謝和慚愧，就能抵消你的罪孽了？」

當然不能。此外有什麼好法子？打一頓、罵一頓能抵消，就任她打罵。如果她能提出適當意見，他也會接受。不。什麼都不說，靜靜聽她的埋怨、嘮叨吧！

太太的聲調唧唧呱呱如炒黃豆：「孩子們要吃、要穿、要上學，錢呢？我不像和你姘在一起的女人那樣無恥，能出賣肉體、靈魂；只能出賣勞力。白天帶著孩子為別人家工作，夜晚才有力量和時間照顧自己的家。你說聲『撫養孩子長大成人』多麼輕便，怎知道四個孩子，耗費了我多少汗、多少血？吞下多少詛咒、多少怨恨，才熬到這一天？」

劉老頭不響不動，希望太太忘記他的存在，能儘快結束疲勞轟炸。在長時的寂靜後，他的心臟、脈搏，甚至思想，彷彿都已停擺。恍惚間，他已不知身在何處，似在縹緲的煙霧裡飛翔，身體的重量慢慢減輕、減輕，化成一隻飛鳥，一縷輕煙。為什麼要來？來了以後又怎能達到目的。你眞的沒有辦法了？除了在街頭伴著風雨外，就沒人會同情你、收留你。三天來，在心中輾轉衡量修正的腹稿，已忘得光光，不知從那兒開頭。

太太低首啜泣，用衣角擦拭眼淚，這已勾起她全部傷心史？苦難的日子都成過去，只要忘記前怨，一切便會回來。雨聲滴答，風兒攪動棕櫚葉拍打牆頭，是一個恐怖、迷離之夜。他期望而又畏懼的時刻，竟如此難捱。

「妳是個偉大的女人。」不是恭維，而是事實。劉老頭輕咳著：「我非常佩服。今天來求妳，盼妳做得更偉大——」

太太瞿然一驚，突地睜圓大眼：「你還想獲得什麼？」

他趕快接上去：「我活不長了；但我……我渴望死在親人身旁。」

「你活著傷害我的程度嫌不夠，還在死的時候補足？」

諷刺、辱罵，是自找的，不能怪人，已接觸到問題的邊緣，不可輕易撒手。

「我請妳、求妳，饒恕我過去的一切。」他凝視牆上掛的那幅國畫，有一匹騰躍的馬，在臨風嘶吼：「讓我在妳和孩子面前離開人間。」

片刻沉默：「你已到家裡去過？」

「是的。」

「孩子們怎麼說？」

沒法說眞話——不能把討論經過詳細報導：「孩子們說是父母的事，他們採取中立。」

「說謊，一百個謊！」

劉老頭的胃翻騰要嘔吐。太太已不信任他，實際上，他並沒說多少謊話。除了克忠以外，其餘孩子的態度確是如此。

太太意猶未盡，又大聲咆哮：「他們比我還要恨你！由於你的荒唐、無恥，使孩子們吃不飽、穿不暖、無法接受正常教育。在他們不需要你的時候，你回來了。他們會尊敬你，奉養你？」

她指的是克忠：「孩子們全會如此，我不信。」

「妳不信可以問克芬！」太太的手指向門外。

克芬懷抱嬰兒，身後跟一個五歲左右的女孩，拖拖沓沓走進客廳。

最後見克芬時，她才十三歲。第一次離家出走，克芬還沒她身後的女孩高，她現已是兩個孩子的母親。那段檸檬加糖的日子，又升達心窩。一天天關心她飽餓冷熱，高了，胖了，會牙牙學語了。對女孩特別鍾愛，馱著、抱著不離手。回家總帶些水果、麵包給她，和彩嬙的談話範圍總離不了克芬。克芬像是他倆之間感情和言語的橋樑。在談判緊要關頭，她出現了，會對父親有幫助？

他充滿希望的問：「克芬，妳認識我嗎？」

克芬從上到下，再從下到上評判他：「不認識。你是誰？」

孩子的記憶，已隨成長模糊，他不能怪她：「妳想想看，記記看，我是妳爸爸。」

他希望在驚訝之後的歡呼、擁抱，或是親切地、關懷地問長問短，都沒有出現。克芬僅靜靜地瞪著他，眼珠骨碌地滑動。

「爸爸？」她懷疑地自言自語：「你不是我爸爸，我爸爸早死了。」

那定是母親灌輸的歪曲想法。「孩子，妳聽我說。爸爸沒有死，只是走錯了路，現在已走回頭了。」

女兒搖頭，似信非信；再把凝視他目光移向母親。

母親冷笑，使勁地挪動身體，不知是表示憤怒還是得意。

「妳是個好孩子，該原諒爸的錯誤。」他要抓住機會使克芬了解他的愛心。他僱保母看顧她，她用的、玩的、吃的東西，從不缺乏。划船帶著她，游泳帶著她，看電影，進動物園往往都是爲了她。她喊他做老爸爸、好爸爸、乖爸爸。這些她怎麼都忘了？

他又加了一句：「妳想起快樂的童年，就會想到爸是怎樣的待妳、愛妳，妳就會寬恕爸的一切——」

克芬緊摟孩子，癱坐在沙發上。眼白似乎把眼球擠出眶外，愣愣注視壁上那幅生氣蓬勃的畫馬。

「我記得爸死了。」她的眼珠在白茫茫燈光下，一會兒是藍的，一會兒是黑的，剎那間像又變成綠的。「十七年前，媽告訴我爸死了，我不信。我白天站在門口等，晚上睡在床上等，一天、二天、三天……等無數個夜晚黃昏。失望了，我哭，媽媽也哭。我哭著疲倦地睡去，醒來仍見媽媽的眼淚未乾。媽說爸死了，我也說爸不會活著。我們互相安慰，在心中也確信爸已離開人世。今天你突地出現在眼前，我眞的不敢認你，內心也沒這個準備，你叫我怎麼說？怎麼想？」

屋中有迷濛的霧氣，太太、克芬，以及克芬的兩個孩子形象都模糊了，像電影中的鏡頭「淡入」了，只賸白茫茫的一片。他彷彿也回到她們母女倆互相愛憐的那世界，感染到那悲愴氣氛。

「孩子，我眞對不起妳，對不起妳媽！」劉老頭低聲懺悔：「不但要求妳原諒我，還希望勸勸你媽饒恕我，收留我這老骨頭。」

女兒轉臉向媽：「媽媽怎麼說呢？」

母親聲調堅決：「不原諒他，也不收留他；他該去找他喜歡的女人。」

難爲情，在他心愛的女兒面前撕破臉皮，有無比的羞愧：「我走不動、說不動，沒人好找，只能向妻子兒女低頭——」

「我不是你太太！」

「妳是的。我們舉行過婚禮，有人介紹，有人證婚；並且生兒育女。」

「但你無緣無故的遺棄我；我登報尋人，也找不到你——」

「我沒見到『啓事』。」

「有沒有見到是你自己的事。」太太右臂一揮，全身跟隨震顫，接著有力地說：「我已完成法律上的手續。」

劉培濱氣息喘急，咳嗽像在撕碎肝臟心肺，胃部繼續抽搐，手足的肌肉筋骨都在慢慢萎縮。他要怎樣把肉體上的痛苦告訴她們，以贏得同情和憐憫。

難怪太太的態度如此強硬，她已狠心到請求法律保護，當然不顧他的死活，會看著他凍僵、餓斃。

他仍不放心地追問：「法律怎麼說？」

太太大聲冷笑：「你在社會上跑那麼久，就該知道：法律是永遠保護弱者的。我獲勝了。」

全身的熱度下降，下降，他沒想過，也沒研究過，太太會藉他出走的機會請求離異。

「就能憑妳單方面的意見？」他懷疑地問。

「你認爲還不夠？有你惡性遺棄的事實，再有人證明你的素行——」

「誰證明？」

「胡百理。」

利刃通過腦門，掘成又深又大的窟窿，全部思維隨之汩沒，心胸中白茫茫的一片。又是胡百理！他來到這兒，盡量使自己髮膚的觸鬚不碰及姓胡的點或面。他站立、行走，甚至呼吸都是在胡家的範圍；但他所想的卻是太太和女兒生存在這空間，才踐踏這塊骯髒的土地，與胡百理無關。他逼使自己不想到姓胡的，不看到姓胡的，也不探聽姓胡的一切；可是，太太卻提起胡百理，還讓他知道胡百理就是殺死他的劊子手，想不記起前怨都不行。

雨聲滴答地點擊心窩，戴酒杯底式近視眼鏡的胡百理，又晃盪在四周。揮拳踢腿，能洩心頭恨？除非是砍一刀、射一彈——這不是一個垂斃的老人應有的想法。快進六十歲大關了，該拋棄舊怨，何況他們原是很接近的好同學。

開始認單字，他們就同座一張課桌。上學、回家，手牽手進出。劉胡兩家是世交，鄉間有田地毗連，城市有累代合夥經營的米店和雜貨舖。到他們父親一輩，因意見分歧，拆開共營的事業。劉家專管米店，胡家獨營雜貨舖，僅在禮貌上維持交往。

兩人慢慢長大，在學校中常因言語及行動發生衝突。胡百理學業成績不錯，但打架不是他對手；而在鬥智方面，他往往在胡百理面前敗北。離開學校，彼此疏遠；想不到會在情場上展開搏鬥。

他們追求的目標都是張彩嬌。彩嬌是個很會應付男孩子的女人，對姓劉的很友善、很親近；但對姓胡的也有密切往還。

他的外貌強，財產多；而胡百理的嘴巴甜，身段妙，再加表兄妹的親戚關係。在張家碰頭時，彩嬌能使滿懷敵意的雙方，和睦地交談，沒發生過正面衝突——當然，他也要在女孩子面前，表現高貴的風度，不願有粗魯言行，被別人輕視；所以始終能保持和諧的氣氛。

最後談判的日子到了，他和胡百理聚集張家客廳。他希望胡百理早點離開，能和彩嬌討論他們的事；但胡百理仍不著邊際的漫談，像也是急著等他出門。暗自好笑，他和彩嬌約定來談終身大事的，胡百理巧遇了，賴在這兒又能獲得什麼？

他提議散步、看電影或坐汽車兜風，胡百理建議去湖心，在月下捕魚划船，都被彩嬌拒絕了。

不能忍受長期煎熬，如不是胡百理虎視於彩嬌身旁，他便拋下她回家——沒有情敵在場，早就開始談判，當然不用等待。

焦灼得無法等待時，彩嬌開口了：「你們對我的關懷、愛護，很使我感激，所以約請二位來這兒——」

劉培濱的心猛烈跳躍，見胡百理面露得意斜睨他，更感惶惑。他一直以為自己處於優勢，從這句話發現，掂在手上，他仍和胡百理是一樣斤兩。

「你們二位各有長處，也各有短處，」彩嬌思索著發表議論：「我確是難以選擇——」

說到這兒又頓住。他想說，妳應該嫁我，因為我年輕英俊，不像胡百理又乾又癟，又瘦又小。但看到姓胡的那嘲弄的滿不在乎的神情，只好嚥下升到唇邊的話。

「我不知道誰最真誠？」彩嬌低頭搬弄自己的指尖：「也不知道誰是全心全力的愛我？」

「是我。」劉培濱搶著喊。

胡百理像也不願失去表白的機會。「當然是我！」

「爲了妳，我廢寢忘食。」在內心練習、重複若干遍的演習，滔滔地傾出。「我吃飯、睡覺想著妳，走路做事念著妳；在夢中也會看到妳的影子，聽到妳的聲音；沒有妳，我將無法生活，無法生存；妳還是答應我的請求，嫁給我吧！」

他認爲這是一篇簡短的愛情宣言，彩嬌聽了，定會深受感動，立即接受要求，胡百理將會知難而退。

劉培濱用挑釁的目光逼視情敵；但胡百理沒有回頭，顧自地向彩嬌說：「我倆是青梅竹馬的伴侶，在一塊兒生長、茁壯。我們要永遠生活在一起，將來要死在一起，葬在一起；任何人，任何力量都分不開我們。我願爲妳赴湯蹈火，犧牲一切；妳要我做任何困難的事，我都毫不畏避、退縮。這樣，妳該相信我的眞誠和愛心了吧！」

他眞想上前一拳打破胡百理的眼鏡，割裂他的眼球。胡百理的演詞確比他精彩、有力。但他深知胡百理是個說謊專家，好話說盡，壞事做絕。當著彩嬌的面，說得如此好聽；離開她，就會把說的話忘得一乾二淨。

他有點不服氣，立刻向胡百理轟擊：「你說說看：你能爲彩嬌做出什麼驚天動地的事？」

「如彩嬌要我跳下大海，我就不會留在岸邊。如彩嬌叫我從九樓往下跳，我不會跑到八樓——」

「不要再說下去了，嚇死我了，那樣我就要犯殺人罪了。」彩嬌兩手堵起耳朵：「我又不發神經病，要鮮活的人跳海、跳樓。」

那就是胡百理的狡詐處，明知張彩嬌不會要他那樣做，才說風涼話討人喜歡。

他向彩嬌獻計：「那麼，妳該讓胡百理做一件驚天動地的大事，好測驗他的勇氣和眞誠。」

「不，那樣不公平。」彩嬌微微搖頭：「如果要測驗，對象應是你們兩個——」

彩嬌的話還沒說完，胡百理便搶著拍手：「對，妳說得對。我們願意做妳的學生，接受考驗。」

靜默。彩嬌絞弄雙手，似在深深思索：「如果那一位，能做到『鳳求凰』中男主角那樣，我就優先考慮……」

她低下頭，沒有說完。但誰也聽得懂那話中的意思，是：「優先考慮嫁給他。」

「鳳求凰」是在本市上演的愛情影片。故事是說一個風流的公子哥兒，在鄉村跑馬時，見到一個美麗的村姑，便百般追求，希望她能嫁他；村姑爲了要試驗公子哥兒的愛情，提出一個條件，就是讓他圍著她的村莊爬一圈，使全村的人，知道她是嫁的愛情，而不是爲了金錢；男主角毫不遲疑的手足落地爬了一週，結果是皆大歡喜。因爲這是通俗的喜劇片，票房紀錄很高，差不多人人都看過，所以彩嬌提出「鳳求凰」，便會想到小丑式的滑稽男主角。

劉培濱忍住笑意，這是「人生如戲」？戲中可以表演，但要一個眞正的男人，爲了求婚，沿著村莊爬行，那將是一個天大的笑話。

他在女孩子面前，一向受歡迎，還有不少親友爲他說媒。他要結婚，機會多的是，爲什麼要學習獸式的爬行，去贏張彩嬌芳心？

劉培濱警告自己：我不幹！他突地發覺和胡百理賭氣鬥勝的成份，要比對彩嬌的愛心強烈得多。

胡百理抓抓腦殼，眨眨眼瞼，舉起右臂大嚷：「我願意做『鳳求凰』的男主角第二。」

他的心猛撞肋骨，想不到胡百理這小子願意接受條件，張彩嬌只好讓給他了。天下的美女多的是，明天他就重新開闢「戰場」，去追求更合於自己理想的對象，如潘麗鳳、陳沂娥、紀娟……她們都是又年輕、又漂亮的結婚對象。可是別人怎麼說，怎麼想？大家將認定他是姓胡的手下敗將，無法獲得彩嬌的愛意，才含羞忍辱的退出。

當然，他可以解釋退讓的原因。但背著他談論的人怎麼辦？能刊登啓事，或是一一告訴認識他的人？人們會相信他所說的話？

姓胡的小子能接受測驗，他怎麼不能？他和胡百理同樣的是男子漢大丈夫，同樣的有血性，有志氣，怎麼甘願輸掉人生中最大的「賭注」！

劉培濱也攘臂大吼：「我也願意！」

室中的氣氛，霎時變得緊張而窒息。兩人面孔都露出興奮、期待、焦躁的表情，急等彩嬌回答。

兩人都接受考驗，彩嬌將嫁給誰？這不是戲，是人生眞正的舞台。看彩嬌如何導演？他們是觀衆，又是演員，唯有他們可以批判自己，糾正自己。

又恢復不切實際的爭論，但雙方都不願退讓，終於協議用抓鬮決定先後次序。先爬的人如棄權或是不按路線爬行，後爬的人就可以獲得彩嬌。

他們都爭著做鬮，爲了公平，還是由「導演」一手包辦。

劉培濱把彩嬌揉皺的兩個紙團，搶了一個握在手中，內心反而矛盾起來，不知道自己是願意抓到「先爬」還是「後爬」，也就是說不知道要勝利，還是想失敗？勝利和失敗是吃同樣苦果，都輸掉了自尊，不明白爲什麼要參加這場戰鬥？

抖瑟地打開滿是皺紋的紙片，見到歪斜的「先爬」兩個字，先是一喜，接著便有千萬種感觸，像老樹的杈枒在心中攪動。他終於獲得勝利了，胡百理立刻在他面前倒下。他要挽著彩嬌的手臂，踏上禮堂，向千千萬萬的人誇耀；但眼前呢？他眞要變成爬行的動物？而且還要在胡百理的監視下，做四隻腳的野獸？這犧牲未免太大了！

彩嬌值得他如此犧牲？

不，這不是犧牲，而是對他的一種侮辱。是戲弄，而不是愛情。在電影中觀看，只覺得滑稽可笑，沒有體會到其中悲劇意味，輪到自己頭上，才深知這是一個最大的不幸。

他立刻想拋下那有如花紋玻璃似的紙條說：我棄權了。

但舉頭見胡百理伸長頸子，用羨慕、垂涎的神情，注視自己手中一文不值的紙片，心中猶豫起來。

在長久的歲月裡，他就幻想自己會戰勝胡百理；現在僅憑二分之一的運氣，把「失敗」踢出去，以後不可能有獲勝的機會了。胡百理會到處向他的親友、同學歪曲事實；劉培濱在商場、情場，永遠是姓胡的手下敗將。他將沒有臉面見那許許多多的人。

一聲不響，兩手落地像狗，像猿猴似地爬向門外，他安慰自己，人類本是用四足行走的，他僅恢復原始的本能而已。

爬回彩嬌面前，再沒看到胡百理，他已獲得所爭的那口氣。姓胡的是徹頭徹尾的失敗了。

胡百理夾在罅隙中，促成他和彩嬌間恥辱似的婚姻；而在他離開家庭期間，胡百理又慫恿太太走上法院——怎能確定不是他的唆使。上法院請求離異，還是宣告死亡？

可以想像得到，胡百理在彩嬌面前，閃動鏡片後的小眼睛獻計，那是爲了報復。「四眼田雞」是個器量狹小的人，受不了情場失敗的打擊，會在若干場合打擊他、報復他；彩嬌爲何想不到這一點？

「你不該和他來往，」劉培濱氣惱地責怪太太：「更不該要他作證！」

「爲什麼？」

火車在雨地裡吼著，一節節車廂在鐵軌上、在他心房上滾壓著。彩嬌知道得和他一樣清楚：胡百理是他的敵人，他們之間的仇恨永遠無法消除。

「他正藉這機會報復我、報復妳——」

「你胡說！」

克芬也大叫：「媽，不要聽他的，他說公公的壞話，挑撥我們兩家的情感。」

母親也厲聲反駁：「我問你：有沒有事實做根據！」

埋藏內心若干年的秘密，正好公開。彩嬌不問，還找適當的場合提出，此刻，能拋棄揭露事實眞相的機會？

仇恨的根很遠、很深，他和彩嬌結婚後一個禮拜，胡百理也娶了太太。但仇恨的種子，卻不因此結束，相反的正在滋長、茁壯。

狠爭惡鬥從情場移轉到商場。胡百理在他店鋪對門，開了一爿百貨店，經常用削價、大減價、拍賣的方式搶顧客。他經營牧場，販賣棉紗、布匹，投資籌設機械廠……等若干事業，處處碰到胡百理的搗亂。但他的營業狀況仍蒸蒸日上。他確認自己的運氣好，也可能是光明磊落的做生意，不去專打擊別人才使自己踏上正軌，有正常的發展。

無法避免的正面衝突發生了。爲了爭買一塊地皮，雙方短兵相接。

他手頭的經濟寬裕，便嫌自己的房屋不夠舒暢，想買一塊土地，建築一幢現代化的住宅。有花園、噴水池、停車場……等等新式設備。

地看定，價談妥：沒料到胡百理抬高地價要爭購。

不服輸，也不服氣，他又提高地價壓胡百理。正像爭彩嬌一樣，二人誰也不肯讓。地主看準了苗頭，利用雙方的矛盾抬價，地價超出原有三倍，但誰都沒有買成。

胡百理約他談判。

他們對坐在二流飯店的小房間裡（沒有第三人），酒菜下肚，低沉的空氣更沉悶。酒醉、菜飽，兩人的胃呈停滯狀態，不急於塡塞了。胡百理抓起酒瓶，把喝乾的兩隻酒杯注滿，再伸手抹下酒瓶底似的眼鏡。

他覺得二人之間的情感距離，倏地凝縮得很短很近。從面對爭彩嬌時起，老同學不在一起對談，已晃過五個年頭。

胡百理似斟酌每個字的輕重高低，歪著頭慢慢地吐出語絲：「你眞要那塊地皮？」

這還要懷疑，事實比說明更具體。「全城的人，都曉得我的計劃，你怎麼不信！」

「全城的土地也很多，你爲什麼要和我爭購？」

是胡百理插進抬高地價的，他再進一步還他顏色。這和爭彩嬌的情況類似。天下的女人多的是，胡百理爲何擠進來，使他在婚姻上受到梗塞，丟了很大面子，買地不能再吃虧上當了。

「我無法回答。」劉培濱擎起酒杯，抿著嘴唇，得意地微笑：「我們之間的事，往往是不可理喻。」

「『鷸蚌相爭』的故事又重演了。你該知道獲利的是誰？」

「那麼，你放棄好了。」

「你的事業廣闊，資本雄厚，該你放棄！」

羡慕也好，嫉妒也好，爲了賭氣，絕不退讓。街道上有遊行的樂隊演奏，洋喇叭像塞緊耳朵嘟嘟地哭號。他全身發毛，坐立不安。

樂聲遠颺，心中突地一亮，他想到一個報復的好主意。「如果你繞著那空地爬一圈，我就放棄！」

胡百理愣了一下，「你爬一圈，我也放棄。」

當年爭彩嬌的形象又滑上心頭。「我們抓鬮決定。」

「怎樣抓法？」

「先爬的人獲得購買權。」

「我不幹！」胡百理霍地站起大聲嚷道：「你本來就不要那塊地。抓到『先爬』或是『後爬』，同樣可以放棄。我是拿二分之一的機會和你相對，太失公平。」他想了想又說：「即或是十分公平，我也不和你抓鬮碰運氣！」

「爲了彩嬌，你卻願意抓鬮！」

胡百理仰臉大笑，並在房間繞圈子。

汗毛根根豎立，樂隊的那支喇叭，像又抵住耳鼓狂吹，他講的是事實，又有什麼好笑的。諒是胡百理無話可說，才故意裝傻裝笨。

笑了很久——在他感覺上，時間突地停頓了很長一會兒。停止後，胡百理喘息著說：「你能確定那是公平競爭？」

「每人都有二分之一的機會。」

「你傻得天眞而又可愛。」胡百理的表情和言語一樣，都輕蔑得令人難受；接著又猛抓起酒杯，伸長脖子，把滿滿一杯酒傾進口中：「你曉得當時我中的鬮，寫的是什麼？」

他暗忖胡百理才有點傻：「必定是『後爬』。」

胡百理露出又黃又黑的門牙：「想不到吧！和你手中一樣：是『先爬』！」

準是酒吃多了，講的醉話：「那麼你爲何不吭聲，不主張權利？」

「誰願意爲個把臭娘兒們學狗爬！」胡百理的笑聲像犀利的刀刃，剮著他的心肺：「除了劉培濱以外，全世界再找不到『人獸不分』的標本了。」

劉培濱全身的血液，刹那間都衝破血管，湧現在面龐；羞赧、悔恨、懊喪……種種感覺，圍繞著自己旋轉。整潔的衣服，像一下子被胡百理剝光；站不住，坐不穩，不能面對姓胡的，不能走在千千萬萬人的面前。他是眞正的被擊敗了。

不，那是胡百理說謊；吃不到「葡萄」，才編排一個不吃的理由。爲什麼他要上當？他已結婚生子，胡百理還來破壞他夫妻的感情，確是個最壞的惡棍。遺憾的是，抓到「先爬」，沒回顧胡百理抓的什麼，才讓他有這罅隙說空話。

「如果當時我看清你手中的鬮，」劉培濱也跳起身，憤懣地對著他：「你就不會在今天瞎三話四！」

「看不看是一樣，我手中也準備了『後爬』兩個字，你看了就會服服貼貼學狗爬！」

不少人說胡百理是「賽諸葛」、「胡半仙」；聽起來，他眞像栽了個很大觔斗，跌進胡百理挖掘的陷阱，受了奇恥大辱。

額角流汗，脊背流汗；身上有無數麥芒刺射，肌膚抖顫、皺摺。胡百理的話可能是眞的，也可能是假的——他慣於說謊。想想看：有什麼辦法能夠戳穿詭計？

對了，想起來了，劉培濱猛拍桌子大叫：「鬮是彩嬌做的。你預先寫好的筆跡不一樣，如果我看出了，當場就揭底。你怎敢做那種戲法？」

「你這呆頭鵝，不必和我爭地產，讓給我算了！」胡百理又蔑視地狂笑：「如不是彩嬌和我合作，怎會有兩個『先爬』的鬮？」

杯中酒滴溜溜轉，碗、盤、桌面、胡百理以及整個飯店圍繞他滴溜溜轉。胡百理的面目模糊地「淡入」，慢慢「淡出」張彩嬌的臉孔。原來姓胡的和彩嬌是二而一、一而二的捉弄他、欺騙他，儘管他們已結婚生子，彩嬌仍密密瞞住他。

劉培濱的意志仍在奮鬥、掙扎，試圖戰勝自己，戰勝胡百理：「彩嬌怎會和你合作？」

「那是她個人的問題，我無法解答得使你滿意。」胡百理坐下，把自己杯中的酒倒滿，淺嚐了一些，輕咂著舌尖：「她可能認爲你會放棄『先爬』的權利，便毫無阻礙地和我結婚；或許是測驗你的勇氣和愛情；再不然她有天生的虐待狂——」

不論屬於那一點，他都受不了，覺得要發瘋、發狂。胡百理定是看到他臉上的惱怒神色，才沒接著說下去。他是和彩嬌合夥欺騙的共犯，眞想一拳打塌他的鼻子，暫洩心頭的憤恨。但他終於忍住，厲聲說：「你說的話要負責，我要查出事實眞相，要當面對質！」

「你又傻了。事情過了那麼久，孩子生了幾個。你問她，她會說實話？即或是查出眞相來，你又能怎麼辦？」

他伸直兩腿，半躺在椅上，閉起雙目忖度。這是件疑案，無法審判。彩嬌如真的要他、作弄他，用不正當的手段擒獲他，事後絕不會承認，眞假永遠無法分辨。

許是胡百理捏造事實，故意擊碎他的自尊，使他的人格、精神解體，無法直立人前。即或眞是彩嬌作弄他，胡百理更不該翻出多年舊帳，離間他們夫妻感情，擊碎他這顆堅強而充實的心。他羞於晤見熟稔的面孔，不願面對妻兒……

雙方爭執的地產，他無條件放棄；胡百理的陰謀戰勝了他而達成目的；他自信心崩潰，結束所有的投資事業，拋棄妻兒過荒佚的生活，該是「四眼田雞」預料不到的後果。

在清醒時他曾想過：胡百理直接傷害了他，使他內心永遠蒙羞得不到寧靜；間接受害的卻是彩嬌長期經歷痛苦的煎熬，未料到彩嬌又拉著死敵上法庭作證，拆散他們「名義」上的夫妻。

「我是有事實根據的，」劉老頭斟酌詞句，想把多年來深埋的積怨，在不刺激任何人狀況下慢慢托出；還想把虛懸若干年的疑案，問個明白，使自己臨死也好瞑目。

他又覷女兒一眼，見克芬正有節奏地拍懷中孩子睡覺，便轉過頭輕聲地問太太：「妳還記得抓鬮的經過嗎？」

太太眉毛一揚，左手一揮：「為什麼不記得？只有你這個惡心肝的人，會忘記那樣的事。我問你：你記得不記得自己說過的話？」

難以啓齒，當著那麼大的女兒面前，怎能說那些？爲了要求彩嬌接受他的愛，曾保證永遠愛她、照顧她、崇拜她。彩嬌仍不放心，不相信。她說：「舌頭和牙齒是那麼接近，牙齒有時還會咬破舌頭，等到有一天，你會爲了一點小事，就會像牙齒似地欺我、咬我、嚼我……」

「絕對不會。牙齒沒有知覺，沒有靈性，而我是有血性，有感情的人，怎麼對妳這樣溫柔可愛的安琪兒，有半點差錯。我熱愛妳像天一樣長，地一樣久，像日月星辰那樣閃閃發光。」

「人都是這樣，在未獲得之前，總是滿口許願，」彩嬌仍固守據點不放：「等到目的達到了，就會忘記自己的諾言。」

「不會！我套用一句老話：就是『海枯石爛，地老天荒』我也不會改變對妳的熱情，不會忘記從肺腑吐出來的話——」

他沒有忘記，如果不是那個壞蛋胡百理出現；如果不發現她的詭計陰謀——到底是不是有陰謀，三十多年來一直是個「謎」，他今天就要揭開這個謎底。

「妳講的，我講的全記得——」劉培濱戰戰兢兢地說：「我受了那麼大痛苦，妳受了那麼多折磨，完全是……是胡百理……」

克芬又搶著大嚷：「你說自己的事吧！爲什麼又提到別人？」

不提到別人怎麼開頭？姓胡的是禍根，是他的仇敵。把胡百理卑鄙、齷齪的眞相撕開，才說出自己的委屈，顯得自己的偉大——你眞的偉大嗎？拋妻別子，就是爲了太太那一點點「莫須有」的罪狀。他該用微笑的態度處置的，可是，他欠缺幽默感，便一錯再錯的繼續下去。她們已把胡百理的舊帳，在良心帳簿上抹去，成爲兒女親家。他眞像女兒說的，要挑撥兩家情感？事實眞相永遠摸不清，闔不論有無弊端，太太不會承認。胡百理看清這一點，才用這無形的狠毒武器戕害他。默默忍受這麼多年，在臨死前夕還做惹人憎恨的事，說大家不願聽的話！

他的心臟急速跳動，似和門外滴答的雨聲呼應。衰弱、慌亂、矛盾……有形容不出的難過，距離死期已不遠，咳著，一聲連一聲地咳著。讓過去的恩恩怨怨，如水中泡沫似地漂流、消逝。他僅是一隻變形的軟殼蟲，說出的話，她們不會信，即使信了，也要她們和他一樣地去恨胡百理？

「妳們不願聽，我也不說了。」話出口，使自己猛吃一驚。這和他三天來，也是二十多年來念念思索的、策劃的報復辦法，完全相反，再沒機會使胡百理現形，再不能把胡百理從受尊敬的「王座」拉落塵埃；失敗的鐵罩蓋住他，他永無出頭之日。

但他還留戀這花花綠綠的大千世界，爭取最後生存。「我不能再受凍受餓了，」劉老頭幽幽嘆息：「請妳們，求妳們讓我住下，可憐我這條老命，賞我一口飯吃；我死在地下，做鬼也要報答妳們——」

太太用鼻子嗤笑：「你眞以爲我們孤兒寡婦好欺侮！怕受凍、怕挨餓就回家，有錢有力氣就遠走高飛，天下有這樣的便宜好撿！」

女兒又插嘴：「你說說看，爲什麼三番五次的拋下我們？」

爲了人性尊嚴，爲了屈辱的補償，爲了對人們的恨意——恨太太的矯情，恨胡百理的卑劣，恨自己的怯懦和幼稚……才逃避現實，那令人噁心得要嘔吐的現實。可是，他無法逸出社會；殘酷的現實，又把他像隻洩氣的皮球似地踢回來。這種道理，這種心情，能說得清？說了以後，又有誰能領會。

父親頹喪地搖頭。「我說不出。」

「你說不出道理，將不會獲得同情。」

母親白了女兒一眼，彷彿在說即使有道理，也沒人同情：「你不說，我也知道，你是不懂得情感，沒有眞正的愛心，只追逐年輕的女人。我年輕時你喜歡我；爲你生了孩子，年紀大了，你就喜歡更年輕的女人；我說對了吧？」

是彩嬌冤枉了他。婚後，他顧家，愛太太和孩子，發現自己的人格破損，是由於她的作弄，才從兩條腿的人，變成四條腿的獸。他變了，變得不認識自己，再不把女人當公主、皇后似地看待，那管她是阿秀、茹茹、梅寡婦……以及許多有名字的，沒名字的，高的、矮的、胖的、瘦的女人，他都用各種方法接近她們，賤視她們，虐待她們。對所有的女人報復，但最後受害的竟是自己。

他沒辦法，也沒時間說這些，他只能哀告：「太太，我錯了。以往的我死了，不存在了。」

太太用鼻子哼著：「我問你，以往和你在一起的那些女人呢？」

彩嬌是女人，還時刻不忘記和她同類的女人。「她們也死了，散了，不存在了。」

「你在我面前罵她們，在她們面前也會罵我，所以我一百個輕視你，看不起你，你走吧！」

「旁人不收留我，我無話可說；但妳不能趕我走！」

「爲什麼？」

是妳剝去我面皮，搗毀我的自信，使我不能挺起脊梁做人。「因爲妳是我太太，或者說是曾經做過我太太。」他咳著央求：「妳留下我吧，我不會太麻煩妳，有一張床，兩碗飯就行，我會幫妳看門，做零星事，譬如，譬如，譬如妳養一條狗——」

太太搶著接下去。「我沒有罵你是狗，是你自己說的，你不講信義，不懂廉恥，雖然能學狗叫，學狗爬，但你的行爲不如狗，所以我也不把你當狗看待！」

門外有爽朗的笑聲和沉重的腳步聲，劉培濱猛抬頭，見一個人影滑進客廳，像帶進一股寒流，他從心底發出冷顫，全身抖索。

進來的是胡百理。

「好熱鬧啊！」胡百理的話聲和笑聲同時出現：「原來是老朋友回來了，歡迎，歡迎！」比風吹雨淋難受，比用銳利的刀子刺割難受。他發誓不再走進胡家大門的，現在竟出現於胡家客廳；而且太太辱罵他的話，諒全被胡百理聽到，他已逃避不及，除非鑽進地洞。

「誰是你的朋友！」劉培濱羞憤地說。

「對了，不是朋友，是親家。」

「是仇敵！」

「不要性急，慢慢談，」胡百理長得又白又胖，圓而大的頭顱，安放在粗肥的身體上，像連在一起的葫蘆。「最好的朋友會變做敵人，最大的敵人——」

劉培濱接著說：「永遠不能變成朋友。」

「偏見，偏見！」胡百理呵呵笑，猛坐在沙發上，把趨前喊公公的孫女抱在膝上，撫摩著頭頂：「你在外跑了那麼多年，修養沒有進步，心智沒有成熟，胸懷仍是那麼狹窄。你應該多學習耶穌的寬恕美德和犧牲精神！」

胡百理居然來教訓他！有錢，有地位，就會變成孔孟學會的會員，基督教的教友？「四眼田雞」傷害了他，才勸他寬恕別人；如果受傷害的是胡百理，今天還能用笑臉迎人？還能提倡孔孟學說、基督精神？他進過教堂，但心靈還是空空的走出來。他在教堂外面徘徊過，流連過，常常沒有勇氣踏進去。他看到教堂的門是開著的，可是他不知道自己爲什麼要跨進去。難道胡百理已變做虔誠的教徒？

現在不該想那些，此刻是對質做闢舞弊的時機，胡百理能當面承認說謊挑撥他們夫妻感情？能懺悔他過去的罪惡，使彩嬌相信他是個無辜受冤的可憐蟲？

羞愧、煩悶、焦躁、痛苦……圍繞他，撞擊他；胡百理高高在上，他沒有臉面、沒有力量和他爭執辯論。而他現在迫切需要的開水、飯菜、乾淨的衣服、舒適的床鋪，將無法獲得，又何必斤斤計較別人的過錯，撕剝別人的尊嚴，這是他離開的時候了。

他慌亂地站起，踏在自己吐出的黏痰上，右腿一軟，便骨碌冬滑倒在堅硬的櫸木地板，踡伏著像隻哈巴狗。

室內爆起一陣譁笑聲。

房屋拖扯著地基顛簸、晃動、旋轉；眼前腦後盡是人影扭捏，太太、女兒、胡百理、阿秀、克忠……一些面龐交互出現。他眼睛閉了閉，手臂揮動一下，開始撐著站起，但沒有力氣。全身的骨節似乎軟了，酥了；膝蓋骨像斷了。

胡百理鴨子似地撲近身旁，雙手緊抓住他膀臂，拉他、拖他。他牽動身體拒絕支援，但胡百理仍半拖半抱地扶他坐上沙發，輕聲關切地問：「你覺得怎樣？」

又失了一次面子，增加一次給別人嘲訕的機會，突地起了不想活下去的念頭，他喘息著沒好氣地說：「我還沒死，不要你管！」

「沒有死，很好，痛苦地活著，總比死強。」胡百理仍笑嘻嘻：「如你死在這兒，我還要出一筆喪葬費！」

他不喜歡胡百理浮滑的調兒，更不願胡百理把他當作開玩笑的對象。「四眼田雞」的一言一語，一舉一動，他都煩透、厭透、恨透。屋子裡似乎也瀰漫著姓胡的那股惡臭和令人發膩的氣味。他不能再在這兒呆下去，愈早離開，內心將愈舒適。

劉培濱轉臉向太太：「回去吧！我們之間的問題，回家再談。」

「還有什麼好談的？你裝死，學狗爬，都無法改變我的決定。死掉這條心吧，我不回家。」

胡百理忙打圓場：「如果你們談話，嫌我在這兒不便，我馬上走。」

劉老頭氣惱地搶白：「你早走早好！」

劉太太搖手阻止。「親家，幫我評評理。他遺棄——惡性遺棄我兩次，現在又病又窮，爬不動了才想回來。你說，我該收留他？」

糟糕，胡百理的狗嘴還會吐出象牙！太太確是問道於盲。

「對這問題，我不便表示意見。」胡百理把孫女兒推下膝蓋，從胸中掏出金黃色鋁質菸盒，捏出一支菸，在盒面上篤了篤，再放進口內；忽地又把菸盒打開，伸在劉培濱面前。

劉培濱饞涎在口腔滲水，但仍咬緊牙齒，揮手拒絕。

胡百理把菸盒放回懷內，再用打火機點燃，吐著煙霧。「我說該留，親家母的火氣太大不答應；我說不該留，老朋友會怨恨我，詛咒我。」

這話比預料的要好得多，只是姓胡的藉機用了「老朋友」的稱呼，感到有點彆扭；但不想和他爭論，唯有默默接受。

沒人開口，胡百理又表示意見：「我覺得這是一個重要問題。親家母，妳該回去和孩子們商量、商量，不要立刻下決定。」

姓胡的是貓哭耗子——假惺惺，在他面前盡量的幫忙說好話、賣人情，但贏不了他的感謝。他受的傷害太大，並不是現在三言兩語能夠彌補。

「不用商量。」劉太太堅定地回答。「我做了主，誰都不會反對。事實上，孩子們都討厭他、怨恨他。我不說，他自己該明白。」

「媽媽的話沒有錯，我們都反對他！」響亮的聲音從門外播進。

劉培濱掉轉頭，見克忠兩手插夾克口袋，站在門口，惡狠狠地盯住父親。

媽媽問兒子：「你怎麼知道的？」

「聽說妹妹把這兒的住址告訴他，」克忠走進門，坐在母親身旁：「怕媽和以往一樣，情感太脆弱，輕易地答應——」

「怎麼會呢？我吃的苦還不夠？」

「同時我要把大家的決定告訴他，」克忠頓住，目光在屋內游移：「他既然『父不父』，我們就『子不子』，讓他死了這條心，免得再來嚕嗦。」

說謊！劉老頭心內咕嚕著。那僅是克忠個人的意見，不能代表全家，克信、克芹包括克芬在內，都不會劇烈反對。但他完全處在被動地位，不能要他們一一表決；何況母親也在支持他們，他已命定失敗，看來毫無挽回的機會。

劉培濱傴僂著背嘔心似地咳嗽、等待，盼有突發事件贏得勝利。沒有，除了雨聲和冷風搖動樹葉聲外，一切都靜悄悄地生長、消逝。

他慢慢撐起，僵立一會兒，才搖晃著步向門口。希望有人留他，拉他或是扶他，沒有。大家的目光，似都在追逐他、嘲訕他。他警告自己，必須勇敢堅決地走出大門，不能倒斃在他們面前。

跨進院子，涼颼颼的雨箭射在臉龐，內心反寧靜些。他已衝出這恥辱的園地，雖然沒獲得預期的安居和溫飽，但竭力爭取妻兒的同情和寬恕，也親身體驗過受辱的實況；最重要的還是把自己懺悔的心情告訴過大家，他已了卻一種心願，在生命脫離軀殼時，許會減輕心靈上罪惡的負擔。

兩腿軟弱，雙腿踏在滑油油的水泥地上，似隨時都要傾跌，身後突地有人抓緊他右胳膊，扭轉頭才知是胡百理。

他擺動身體想摔脫「田雞」的掌握，但力量微薄，沒有效果。

「好好走，老朋友！」胡百理的語調充滿關懷和親切：「別性急，我會慢慢勸他們；他們現在火氣太大了。」

劉培濱仍關閉諒解的友誼之門，沒好氣地說：「謝謝你的虛心假意！」

「是眞情實意。老同學、老朋友有了困難，我應該竭力幫忙。」他已走出院子，停在門口：「你現在去那兒？」

「要你管？」

「豈敢，豈敢！」胡百理放開手，右手食指摸擦鏡片上的雨珠：「我是眞心的關懷你。如果你沒有更好的去處，我誠意的留你住在這兒，直到他們回心轉意——」

憋住的那口氣爆發了，咳聲、喘息聲打斷胡百理的話。兩耳嗚嗚叫，太陽穴似有鐵棒在敲擊。胡百理爲什麼要表現這樣慷慨？是羞辱他？是明知他不會領情，才故意做出超凡入聖的樣子，讓他顯得渺小、鄙陋、淺薄？或是爲了要補贖以前對他的罪愆，才再三表現君子風度？

不讓他做君子、做聖人，更不讓他有贖罪的機會，姓劉的不能厚著臉皮接受妥協——不，應該說是要把小人做到底。

「寧願在街頭凍死、餓斃，」劉培濱吐出痰塊再惡狠狠地說：「我絕不接受你的施捨！」

「怪，眞怪！」胡百理連連搖頭。「你還像年輕時代那樣任性、倔強，毫不替別人著想。你記得以往的眞面貌嗎？」

「不記得！」

「你罵過我、打過我，人前人後挖我的短處。」胡百理激動地訴著說：「長大了，你在商場排擠我、打擊我、破壞我。但我比你幸運，得了一種健忘症，不去記你那些破壞我的種種事實，只想到你不是有意陷害我，而是出於一種自傲到自卑之間的病態，我隨時都在伸出同情的手援助你。想不到你這麼大年紀了，經歷了千萬種生活和折磨，仍沒體會到寬恕別人，比仇恨別人更對自己有益！」

這樣說，他定是個大混球：「我不接受施捨，當然也不接受教訓。」不能白挨一頓臭罵，要想法還擊，劉培濱又加了一句：「你該好好教訓自己的良心！」

他滑上街道，仍聽胡百理在身後大叫：「老朋友，請你記住：胡家的大門，永遠爲你敞開。只要你願意，隨時可以進來！」

他掉頭想說些刻毒的話回敬胡百理的假恩情，張開口，冷風捲起雨水灌進喉嚨，一陣嗆咳，把話句逼進肺腑；隨即覺得沒有說的必要了。

9

縱出黃家大門，于雲雷的心情，似這又冷又濕的天氣：陰鬱而沉重。

他像一隻沒舵的小木舟，在水滑滑的柏油路上漂流。風勢雖小得多，細而密的雨絲仍緊緊編織著，使他感到窒息、焦慮、躁急。

不知何去何從。儘管天地恁般大，但今晚已無容身之地。他還能回到葛家小屋？

葛家沒人趕他——雖然女主人對他不表友善，但大體上說，還不至於趕他出門，何況這是最後一晚，誰都願做順水人情。

在葛家生活了十五年，如此悄悄離開，未免說不過去；葛華達仍不知道他內心的打算，他一直避開葛老頭，沒把離開的計劃說明；辭別時，那僞善的董事長，將會如何想法：表示極大的驚訝後讓他走，還是情意懇切地留下他？

于雲雷暗自吃驚。因審察內心，想留在葛家的潛在慾望慢慢滋長。留下來，便有他需要的財富、地位、安樂——對他說，安樂確是一個極大的誘惑。黃兆蘭的突地改變態度，像一支扁鑽透過心胸，所有的毅力、勇氣、志向等等，都從那血淋淋的創口漏光。他真願意把有限的生命，向困苦作長期的搏鬥？以往認爲兆蘭是他的精神支柱，他們會在愛的原野裡，相互追逐、絞纏、扶持……像蔦蘿纏附理想的樹幹，慢慢夤緣地攀升。他會通過再苦再惡劣的環境，流汗、流血，即或是犧牲生命也會堅持地奮鬥下去。剎那間發現：黃兆蘭不是他心目中那座完美純潔的女神，只是用虛榮、浮誇以及自高自大塑成的一個傀儡。全部希望幻滅，已失去抵抗的勇氣和防禦的堡壘，不能在人生的戰場上掙扎、奮鬥。

那麼，他就要尋找逸樂的場所逃避？

不！他內心嘶喊著，舉起拳頭對準黑壓壓、濕淋淋的半空揮舞。葛家堆集許多恥辱和痛苦，絕不能再繼續忍受！他該用雙手和智慧，砍伐荊棘，開闢前途。

他踏著兩車幾乎相撞的地方，便觸及對強妮的憤怒，想不到她所說的「報復」，竟是用這卑鄙手段，顚倒黑白，破壞他和兆蘭之間的感情。如不是強妮揑造事實，這當兒也許正和兆蘭討論未來的種種計劃。他原想到了鄉間，佈置好新居，再接她去過甜蜜的生活。現在覺得這是多麼荒謬的想法。他絲毫沒看出，兆蘭對他的情誼，是基於崇拜他將在葛家獲得的事業和金錢；他決心摒棄葛華達的庇護，黃兆蘭也就割斷對他的愛慕；強妮插身進來造謠、挑撥，頂多給她多一個藉口——她是可以用睿智辨別眞僞的。

于雲雷用忿懣在內心畫了一條線，遠遠的隔斷黃兆蘭；轉念之間便覺得葛強妮任性、天眞得可愛，沒有絲毫的虛僞、掩飾，想說就說，想做就做——破壞了他的人格、信譽，就達到她的目的？

當然，強妮是可以原宥的，爲了要替孩子找個合法的父親，便像隻無頭蒼蠅亂衝瞎撞，沒想到損人又不利己——腦中的火花一閃，隨即產生新決定，這時他不回葛家小屋，要做些利人又利己的工作。

揚起右手，一輛紅色計程車停在面前。

搖下半截車窗，讓冷濕的氣流拍擊自己面頰，輪胎濺著水珠向前奔馳。如他坐這輛車去黃家，有理更說不清。黃家母女是揣起良心說瞎話，還是眞把他看做藉機「勒索」恩主的壞蛋？今後，他的事情更多，責任更艱鉅。要找尋生身父親（父親也在找他這個成長的兒子嗎？）要爲自己洗清冤抑；還要爲強妮找個父親——除了唐升辰以外，陶嘯怎麼樣？「哲學家」許能看破一切，不在乎那一點……當然，最理想的人選還是毛健雄。

突地感到好笑，那是葛強妮自身的事，他有這權利？有這義務？如他出面干涉，將會引起多大笑話，惹起多大爭端？

車子停在毛家門口，他上前撳鈴，果然是阿珠開門。但阿珠的態度，卻不如他所預料的那樣友善。

阿珠兩手插腰，堵住門，氣咻咻地大叫：「你們來來去去的，煩死我了！」

做僕人那有厭煩開門的道理。諒是對他如此，待旁人不會有這樣脾氣。「我才來兩趟，」那一趟是送強妮來的，唯有現在才是自己的主意。

「兩趟！」阿珠表示抗議。「你和葛小姐走了，她單獨來。她走了，你又來。你們來來去去沒個完，我們不吃飯、不睡覺，就為你們一家子服務？」

強妮的心仍未死，還想找這姓毛的小太保？

她拋卻雜念，把笑意塗上面龐：「我來這兒是為了找妳。」

「找我——？」阿珠打量他全身，再把目光射向停在門口的計程車：「你找我幹嘛？」

他和她，一個是車伕，一個是女傭，如有交往，算是「門當戶對」，平時和她有說有笑，從沒看輕她，今天不由得她不信。

「我找妳，就是妳的客人，怎能讓我站在門外？」

跨進門，就發現阿珠為難的表情，像不知道要把他領往何處。進客廳不成體統，去她房間諒也不便。

他連忙解圍：「我只有三兩句話，站在這兒講講就行。」

客廳內燈光，斜射在阿珠身上。他站在對面，像第一次發覺她的臉很秀氣，結實的身體，裹在樸素的衫裙裡，仍綻放青春的氣息，是個不令人討厭的女孩子，難怪會相信他是來找她。但他不願讓這誤會繼續下去，連忙說：「我和小姐吵了架，要立刻離開葛家——」

「鬼話，誰信，你現在還坐她的紅汽車，同出同進，怎麼說是要離開？」

「不，妳看我這身衣服，」于雲雷想用事實證明：「我離開了她，送回三輪車，才坐這部車子來，妳該知道計程車很多是紅色的。」

阿珠偏頭想了想：「就算你和她吵了架，找我又有什麼用？」

「我是失業了哩。」

「你想來毛家工作？」阿珠自作聰明地說。「可是，這兒沒有三輪車，三輪車已落伍了，坐汽車才神氣。你能開汽車嗎？」

于雲雷搖頭：「妳只說對了一半，我是希望能找個更好的職業，毛家少爺說過，要替我介紹——」

「我料定你是找少爺，不是找我。」阿珠的那對黑眼珠急速轉動：「你是幫葛小姐來探聽消息的，對吧？」

「可是，我說過，她是主人，我是車伕，車伕不能過問主人的私事；主人也不會把中心中的秘密告訴我們。你們的小主人是不是這樣？」

阿珠仰頭看天，像在回憶她和小主人相處的情形。濛濛雨絲仍在飛舞，黑暗仍在堆集；于雲雷的內心慢慢緊縮。和阿珠講得太多，他的時間不容許：細想想，覺得又沒什麼緊要的事，原來是想到葛強妮。她離開黃家來這兒，此刻又去何處？四處找毛健雄？找到了，姓毛的又能為她負多大責任？

「我們少爺不願見你們小姐，你知道嗎？」

「我知道，他們鬧意見，吵了架。」

「才不那麼簡單哩！」阿珠要表示對這事的權威性，抹抹鼻子說：「我們少爺明天就訂婚了，你一定不會知道。」

于雲雷肢體顫慄，像有一陣狂風捲起雨點，從他頭子澆遍全身。毛健雄的手段狠辣，心眼兒更壞。是爲了對付強妮才這樣做？還是另有目的？強妮做夢也想不到她的對手是如此刁頑、兇狠。

他不知是爲強妮難過，抑或爲自己高興？強妮專揀他這個可憐蟲欺侮；現在竟有一個強手爲他「報復」，報復、報復，循環又循環，該是強妮痛哭的時候了。

「我也聽到一點風聲，」于雲雷強捺住自己震驚的心弦，用毫不在乎的語調問：「他跟誰訂婚？」

「我不告訴你姓名。」阿珠拍擊自己掌心故意賣關子：「只能告訴你外號。」

「外號叫什麼？」

「水蜜桃。」

他彷彿陷落在冰窖，窖口有無數個湍急的漩渦，繞在頭頂旋轉；想伸手去抓，只捏住一些白色泡沫。奇奇怪怪的事，形形色色的人，全在眼前扭曲。路很寬很長，爲什麼全被山石坍方堵住，不讓他通過。

「他們好親熱，這時候正在一起跳舞。」阿珠又得意地爲小主人誇耀。「你們那位小姐，眞傻——他躲著不見面，她來的趟數再多也沒用！」

得到這秘密，確是很高興——也許是看到葛強妮遭到如此打擊，有幸災樂禍的心理。

「我希望明天能見到妳家少爺。」于雲雷從阿珠口中探聽到消息，比預期的要圓滿；但還想知道得更多些。「他們在那兒訂婚？」

「不知道，不知道。」阿珠急擺雙手，像突然領悟，帶著懊悔神情說：「我說的話太多了。告訴你：我什麼都沒有說，你是從別處聽來的，對不對？」

他苦笑地搖搖頭。辭別了阿珠，坐原車駛向唐升辰家。

唐家大門在雨霧裡微微敞開，似在吞吐進進出出的客人。于雲雷衝進客廳門口，腳步反而沉重起來。客廳裡的音樂聲、鬧嚷聲，隨著暖流向屋外蒸發、噴射。那是一個快樂的世界，不適宜談判、尋仇、報復——你來唐家究竟是為什麼？憑你這個局外人，能和毛健雄理論？毛健雄沒有欺侮你，沒有玩弄……對了，你該找強妮來，由她自己處理。

于雲雷霍地轉身，走向門外。雨絲遮著眼睛，拍擊著額角，頭腦清涼。阿珠的話可靠？毛健雄如不在這兒，又有什麼辦法摔脫強妮？強妮如多一層誤解，認為他已回心轉意那更糟。

最後還是決定進去看看眞相。

長長的客廳，只有四面的壁燈，把各種顏色的光輝從淺藍的牆壁擠出來。光線柔和、溫暖，流轉擾攘的人們，在喧囂喘息的音樂聲中，忘我的在飛翔、迴旋、嬉笑。

舞池裡人很多，裙裾嬝繞翻飛，似已佈滿整個空隙；一片彩色波浪，攪住歡樂的慾潮奔騰澎湃，大家像已忘記整個世界。

于雲雷輕吁一口氣，沿著牆根往內摸索。視力已能慢慢適應黯淡的光線。最先見到目標顯著的「胖哥」，擁著高而瘦的舞伴在跌跌撞撞。接著搜索到「大茶壺」、「小白兔」、「鐵拐李」、

「小淘氣」、黃兆蘭……一大堆熟悉的人。

心突地往下沉，氣往喉管冒。是的，他看見毛健雄抓著舞伴從人堆滑出來；他為什麼會燃起怒火？是嫉妒？還是為葛強妮抱不平？

毛健雄的尖嘴，緊貼舞伴的耳根，似在傾訴什麼，但舞伴直著頸子，沒有答腔。姓毛的專在女孩子面前耍賴、動腦筋；這該又是個好機會。

想法錯誤。毛健雄已轉過身，那舞伴面對他，正向這兒晃動，原來是「水蜜桃」。

還好，誰都沒注意他這個人。他摸著牆壁，已走進鄰室的小寫字間。

這兒已變成臨時休息室。緊挨牆根排滿椅子。茶几、寫字檯上到處是茶杯、糖果皮、瓜子殼，顯出雜亂後的冷漠。角落裡有一對青年男女，親密地擁坐著喁談，見他走進才分開規規矩矩坐著。

電話仍蹲在寫字檯的一角；他抓起話筒，背對著兩人，斜坐在桌角撥號。

聽筒有佔線的嘟嘟聲，焦急地等待。音樂放完，人們便要回來，毛健雄或是黃兆蘭……會聽他講些什麼，那樣，一切的話都不能談。

連撥兩次，通了，接電話的是金媽。

「強妮在家嗎？」

但金媽沒聽出他的聲音。「你是那一位？」

「小于。」

「好哇，你這小子！」金媽在葛家待了二十多年，又是強妮的乳媽，在他面前總是老腔老調。「這會兒還不回來，董事長剛打電話找你——」

耳中又轟然一響，聽覺便像被割斷。這又很意外，葛華達在他離開前夕找他，談去留問題，還是另有事情。董事長雖是東主，但沒事從不嚕囌。或許是知道他要離開——怎麼會知道的？

「怎麼不吭聲了！」金媽大嚷，話聲要跳出聽筒：「你如不回家，董事長再打電話來，我就不管你。」

「好，我就回去；現在請妳叫強妮聽電話。」

「她不在家。」

強妮仍在外面找姓毛的？「到現在還沒回來？」

「回來一會兒，又不見了。」

放下話筒，像失落貴重物品似地迷惘。他費了很大力氣找到毛健雄，卻無法連絡強妮，心機算是白費；現在只能按照自己預定的步驟做去。

唱針開始吱吱叫，音樂聲低下去。鬧嚷亢奮的人潮迸散，一小部份湧向這房間。他佇立門內，目光尾隨毛健雄，見已和「水蜜桃」分開，插入另一堆嬉笑的男女群中。他便跨出門，直向那堆人走去。

踏在打蠟的地面，雙腳似乎不聽指揮；正把注意力集中在兩腿，冷不防右肩，被一隻又厚又大的巴掌重重地一拍，身體晃了晃才穩住，掉轉頭見是陶嘯。

胖子問：「難題解決了沒有？」

他苦笑，搖頭。尋找父親沒有線索；對黃兆蘭的希望幻滅，本身又遭受了誣衊；而葛華達的夙仇未報；自己的未來是一片黑暗……難題愈來愈多，他確實需要像陶嘯這樣見解高超的朋友，促膝商談，但現在沒時間討論。

「人生幾何？不要垂頭喪氣了。」陶嘯用關切的語氣勸慰。「跳完舞，明天再說；小唐找到你沒有？」

「他找我幹嘛？」他們的觀點不一致，已談得互不投機；片刻間，小唐會有新見解，要辯論處世對人的哲學？

「不明白。我只曉得他去葛家找你——」

水蜜桃走近他們身旁插嘴道：「我也要找你，你來得正好。」

今晚像變成熱門人物，誰都離不了他。但他立刻被放逐，人們隨即會從腦海抹去他的形象，忘記他的名字。

陶嘯問：「妳找小于幹嘛？」

「他的舞技很精，」水蜜桃的臉上笑意掀起：「我要向他領教。」

天大的謊話，客廳裡聚集那許多對玩樂有心得的男士，又有即將和她訂婚的毛健雄，還愁沒舞伴？今兒她是「主角」，會有很多男孩諂媚她、圍繞她、簇擁她，該是最得意、最驕傲的時刻；但看出她臉上笑容是僞裝的，眉宇間仍晃漾一層迷霧般的輕愁，訂婚是他們心靈相互統攝的保證；她眞對毛健雄的一切卑鄙行爲茫然無知？

「很抱歉！」于雲雷微微彎腰：「可是，我說過，我有點事，無法奉陪。」

胖子大嚷：「天下那有這個道理！男士拒絕女孩子的邀請？」

寬大的聲帶，再加肥胖身體的共鳴，全場的人都側轉脖頸，追尋這叫嚷聲，他感到毛健雄、黃兆蘭、唐升辰的目光都射向自己，想隱蔽不讓人知的計劃落空了。

音樂揚起，「水蜜桃」沒讓他推辭，已把手搭在他肩上。腳步在舞池滑動，他才承認：天下有許多事，是不由自主做的。爲了敷衍，爲了裝成紳士，只好延誤幾分鐘；而且從她這裡，還可以多獲得一些對毛健雄的情報。

二人沉默著，四週喧囂的氣氛緊緊圍裹著他們，渲染著他們；還是他打開僵局：「我該向妳道賀了，是不是？」

「有什麼可賀的？」

「妳明天訂婚了，還不値得恭賀？」

「誰告訴你的？」水蜜桃愣了一下，雙眉剪了剪：「你認爲我應該和他訂婚？」

于雲雷內心狂喊：不應該！能把強妮和毛健雄的糾葛告訴她？水蜜桃許會說他是破壞情感。他和她沒有這份交情，用不著說實話——說了別人不會信，只好戴起虛僞的面罩，互說昧心的話。

「看起來很不錯：郎才女貌，門當戶對……」

水蜜桃似乎沒聽下去，緊皺起額角思量；像嫌他的話不切實際，把距離拉得很遠。

她說：「根據你的看法，他會和我訂婚、結婚嗎？」

于雲雷愕然，腳步凌亂。難道她也看出或是聽到毛健雄的種種行爲和事實？

「這是情感問題，」于雲雷不願捲入是非的漩渦，仍在話題上掙扎：「局外人很難判斷。」

「情感的比例雖大，但有許多『事實』不容忽視。」水蜜桃頓了一下，變換柔和親切的語氣。「我們是老同學，你該把知道的有關『事實』告訴我。」

現在是認同學的時候？以往她的頸子挺直，雙眼長在頭頂，抖抖指尖，就能把他摔十二個觔斗似的。他也用同樣態度對待她以及相同的女性；他對她們沒什麼要求，當然也不會接受支使。今天她哭喪著臉要他說出「事實」……何必多管閒事。自己的麻煩已夠多、夠大，還能捲入他人的是非。

「有些事，我也搞不清楚。」于雲雷敷衍著：「妳爲什麼不觀望一下？」

「觀望！那就中了他拖兵計。」水蜜桃顯得有點激動：「我拆穿葛強妮和你結婚的謊言；他正藉口強妮不放鬆他，要延期訂婚。你看，我們的婚姻，要靠第三者的喜怒或是收放來決定，那是多麼可悲的一件事！」

認識毛健雄並和他建立感情，便是一個莫大的悲劇，她早該認清這一點。「我……我覺得，」他猶豫著，思想和話句在口腔中打滾：「可是，我說——這是妳……妳放……放棄他的好機會。」

「爲什麼？」

鼓聲停息了，只剩洋喇叭零零吹奏，他的腳踩不住節拍，隨時會滑倒。毛健雄宣佈訂婚，諒是爲了堵塞強妮的死路：等到強妮的孩子獲得解決，可能便要和水蜜桃斷絕關係。

但他不能把這猜測告訴她。「有些年輕人，怕負責任，譬如社會的、家庭的、道德的責任等等，總之，不願鑽進婚姻生活。姓毛的，可能就是——」

水蜜桃的臉孔在陰影中，彷彿突地擴大十倍：「那我怎麼辦？」

「像啃光了的西瓜皮一樣拋開他，忘記他。」

「不，不。」水蜜桃的語調堅決：「我不能，我沒有辦法。」

綻放熱和力的人群堵塞四週，他們只能在原地迴旋，談話無法繼續。這是慢步舞曲，韻律優美，他現時有欣賞的心情和時間了。葛強妮、「水蜜桃」……或是更多女孩，遭遇到困難，陷入泥淖，那是屬於她們自己的錯誤。若干正直有爲，肯讀書、求上進的男孩子，因爲不會花言巧語欺騙她們；沒有時間、金錢圍繞她們，諂媚她們，便被漠視、蔑視；而她們卻看上了、愛上了專會吃喝玩樂耍流氓手段的毛健雄，算是咎由自取，罪有應得。除了表示同情和憐憫外，他實無法伸手援助。

他說：「那麼，妳就該緊緊抓住機會。」

「怎麼抓法？」

結婚。像強妮一樣，立刻爲孩子找個父親。但他說不出口；而突發的吵嚷聲，也阻止他的回答。

「走！瘋子趕快走！」

「瘋子怎麼會跑進來？」

「瘋子在那裡？」

「看瘋子啊！」

「……」

機械播放的音樂，像未受到干擾，仍喘息地嘶喊；但跳舞的人們都已放開手，伸直腿，紛紛擁向門口。

解圍良機，可以免聽許多廢話，也不必講那不願講的話。離開水蜜桃，擠進人叢，昂頭見一個全身淋濕的老頭，緊抓客廳門框，像無法單獨站立，更像怕被趕走，要拚死命賴在這兒。

他再擠向前一步，看得更真切，正是在雨地見過的「犬」字形面龐老人。

又委靡、又羸弱的老人，怎會來這舞會趕熱鬧？

唐升辰斜著身體擠在老人面前，擺出主人身分大喝：「你來幹什麼？」

老人輕咳著，無神地目光，驚駭地向紛亂人群掃視。「我……我來找……找……人──」

唐升辰逼著問：「你找誰？」

「這兒……府上是……貴姓是……？」

「姓唐。」

「我就是找……找唐……唐……」

大家譁笑，打斷老人的話頭。

「胖哥」搶著說：「如果你說這兒姓陶，他就是來找姓陶的了。」

「我是這兒的主人，我叫唐升辰。」小唐拍響胸脯：「你說，你要找誰？」

客廳天花板下的雙管日光燈，突地射出耀眼光輝。站在屋裡的年輕人精神一振，而門外老人的臉色慘白、枯黃，有無數條彎曲的皺紋，刻劃那粗糙乾癟的肌膚，顯出奄奄待斃的衰弱狀態。

老人身上的破舊上衣，又濕、又髒，像從水裡撈起的抹布。油膩的裡布翻出袖口；右胳膊下一個大洞；兩隻褲管被爛泥塗滿，彷彿和鞋襪連在一起；再加上滿臉長鬚，令人看了又害怕、又厭惡。

于雲雷擠在最前面，和唐升辰並排站著，憐憫地問：「你有沒有記錯門牌？」

但老人只用昏黯的目光，呆呆地直視著他。眼眶注滿淚水；花白的髮尖和刺蝟般的鬚尖滴著雨水，肢體索索地抖顫。是一幅悲哀、凄涼的寫照。可能是遭受天災人禍，家產傾覆，才顛沛流離；也許是無兒無女的孤獨老人，得不到應有的奉養，不得不向四處求乞……他幼年時代又飢又寒的情景和體驗，剎那間全滑出心頭。抓住門框受人侮謾嘲弄的正是自己，凍得發抖，餓得發慌，但人們不會用一絲同情、憐憫加在你身上，只是唾棄你、嘲諷你，使你感到生命可厭、可悲，亦復可恨。面對這些狂妄的，只知逸樂的男女觀眾，你又能說些什麼，做些什麼。

于雲雷再上前一步，彎腰低聲問：「你要找的人家，門牌號碼是多少？」

老人偏頭愚騃地凝視他，過了很長的一會兒，才慢悠悠搖盪腦袋：「沒……沒有；不記……

記得——」

唐升辰大嚷：「于雲雷，你那兒來的這股傻勁，要和這瘋子嚕嗦！」

老人抓住門框的手滑落，上身猛地向前俯衝。不是于雲雷眼明手快攔住他，定已栽倒在門旁。

陌生人雙手緊緊抓于雲雷伸出的右臂，仰頭細細打量他，猶如要從他身上臉上，找出和這批青年男女不同的脈搏、筋絡。

可是，他和別人並沒有什麼不同；僅是曾在人生戰場上和惡劣的命運奮鬥過；獲得痛苦的教訓，受過飢寒的煎熬，才增加一些體諒和同情別人的愛心。

「你知道嗎？」唐升辰又大吼：「這兒不是你該來的地方，你趕快給我滾。」

唱頭被猛地扭轉的「嗶嚓」聲過後，音樂就沒有再升起。但嘰喳咕嚕的雜聲不斷，瘋子參加舞會眞稀奇？喂，說不定是有錢的大爺，愛開玩笑，化裝來耍噱頭？誰願意和瘋子共舞一曲？我說啊，不要以爲他又老又髒如果他穿得筆挺，坐流線型汽車，支票簿塞在口袋，男人就要向他哈腰低頭；女人就會不顧一切愛上他，何況只是跳舞；再親密，再虧本的事也願幹。誰說的？眞是缺德。人怎會那麼賤，那麼不值錢？

黃兆蘭的嗓子像敲破銅鑼：「這個老頭兒眞怪，剛才還去過我們家。」

另一個人插嘴問：「去妳們家幹嗎？」

「我懶得問。大概是拉關係借錢、討錢！」

「對付這種人有啥子辦法！」黃兆蘭發出感慨聲：「多少總得應付點。」

老人的雙唇翕動，牙齒格格打抖。彷彿要說的話，被喉頭的痰或是軟木塞堵住了，只是咳了一陣，才緩緩鬆開于雲雷胳膊，又轉臉注視唐升辰。

唐升辰狠狠地揮舞雙拳：「我告訴你：如果以後再踏進我家大門，我要叫人打斷你的狗腿！」

「犬」形面龐仍傻愣愣呆視著，像已看清大家的眞面目，也像什麼都沒有看到。停了一會兒，才吃吃地說：「我……我是……是……你……」

下面的話低得聽不清，或者是吵嚷的人們沒有讓他繼續說下去。風狂雨急地音樂聲開始叫囂，明亮的燈光倏然隱沒，大家已在心靈上抹去這老邁的瘋子，正捲入狂熱的舞步，在快速的節奏中，表現青春的活力。

老頭顚躓地通過院落，用雙手捂頭遮蓋雨絲；右腳一滑，向前傾跌了幾步，于雲雷趕上前抓住他，勸慰地說：「你不該來這兒，這兒的人是不會給你一點溫暖的。」

「我……我知道。」

「那麼你還要來！」于雲雷微微責怪地說。「你需要什麼？」

「我是想……想來看看……你你們……年輕人……我也年……年輕過……」

老人咳聲打斷低啞的獨白。彎腰緊咳了一陣，再轉身審視于雲雷半晌。「年輕……時光……

「有沒有給？」

光……最……寶貴。機會……不辜負……責任最重……要……」

微弱得似乎變成耳語，老人身體晃了晃，又冒著風雨跌跌撞撞向外走。

于雲雷倚在關起一半的門上，凝視老人傴僂的背影，慢慢在雨霧中縮小、隱沒。不錯，他年輕過，也和這裡所有的男男女女一樣，跳過，蹦過，玩樂過；但現時生命力枯竭了，有感於生老病死的苦痛，才來這兒吸飲「青春之泉」。看到這些生命力旺盛的小伙子，領悟到時光不再，才想到勸誡你——是的，你會像這衰邁的老頭一樣枯死、老死、病死……在未老未死以前，你該抓住生命中堅實的部份。但到底是什麼呢？是愛？是恨？還是那迷迷濛濛的生活？

老人的影子被蒼茫的夜色呑沒，于雲雷輕喟一聲，趦轉身軀，見毛健雄直立在院子裡，緊緊盯住他，似懷有無限惡意。

他猝然憶起自己爲什麼來這兒——老頭插身進來，引起一場鬧劇，或者說是一場悲劇，他看了似已忘記身在何處；更忘記自己是演員，還是觀衆。

毛健雄慢慢用碎步挨近他，冷笑著說：「姓于的，我正在找你。」

「我也要找你！」

「你破壞了我未婚妻和我的感情，還要找我。」毛健雄的臉色突地下沉，厲聲問：「你在她面前，又胡說些什麼？」

卑鄙的傢伙，醜惡的嘴臉。做了虧心事，怕被他拆穿，才步步跟蹤、監視。姓毛的看錯了人，強妮與他無關的部份，他不會告訴「水蜜桃」；牽連到他信譽，才鄭重否認，毛健雄怎會想不通？

「你再和她在一起，」于雲雷故意逗他：「她就會告訴你。」

「我命令你說出來——」

于雲雷仰面大笑。腳步用力踏響地上的雨水，慢慢轉圈子。雨絲噴著他熱烘烘的臉龐，有一種清涼舒適的感覺。毛健雄似已忘記自己是誰，更不知身在何處，怎會說出這樣狂妄的話。

「可是，我說——我沒有這個義務。」

「你是葛家的車伕，就該聽主人的話；聽主人朋友的話。」

根據這樣推理法，他該接受天下所有人的指揮。他說：「如果我不聽呢？」

毛健雄虎虎地向前跨了一大步，擎起右拳在他眼前揮舞。「讓你知道『毛鐵拳』的厲害！」

要動武，耍流氓？可是毛健雄身材不高（比他矮半個頭），胳膊不粗；拳頭的紋理細嫩，根本不像鋼鐵。在一般的公子哥兒面前，會耍兩手花拳，準會佔上風；若和他較力氣，不知要差多少倍。料定他這車伕，不敢和大少爺比武，才說如此恫嚇的話。

的確不願動手動腳。心智成熟，不輕浮亂動；還有不少難題等待解決，怎能放下正經事不幹，要和人們比拳頭。

「她提出不少問題，我都沒有答覆。」于雲雷看出毛健雄面露得色，忙接著說：「我並不怕別人『拳頭』，只是希望你和我合作，幫我忙——」

毛健雄兩手插入褲旁口袋，輕吹著口哨，連連點頭：「你要我幫什麼忙？」

客廳裡脹出譁笑聲、鼓掌聲；音樂仍瘋狂地叫囂。大家像泥鰍似地在歡樂裡鑽進鑽出；唯有他縮在煩惱的蛹裡，受無數根愁絲纏縛。他竭力希望能覓得利剪，絞破那堅固的繭，予自己以自由，能夠任意地翺翔。

于雲雷眨動眼瞼，腦中努力搜索詞句。想適當地表達自己的意志，遠處有火車頭大聲咆哮。意念分散，舌頭似不接受指揮。話從口中猛地衝出：

「可是，我說——你為何要逃避？」

「逃避什麼？」

「逃避責任，逃避葛強妮。」

毛健雄狡猾地笑：「有意思，有意思。這是你問的，還是代表強妮提出的？」

「請不要扯到題外去！」

「不是題外。」毛健雄拔出右手揮了一下：「如果是強妮提出，便不用回答，她自己心裡明白。如果你想知道，抱歉！」學他說話時的語調：「可是，我說——我沒有這個義務。」

一團棉絮堵塞住喉頭，胸腹中的話無法吐出；不用交鋒，就敗下陣來，豈不貽笑他人！

「好吧！」于雲雷立刻改變戰略，突襲對方的弱點：「我去通知強妮來這兒。讓你親口對她說明白。」

毛健雄抽出雙手急搖：「我的行動，千萬不能告訴她！」

「那麼，回答我的問題！」

「這簡直是敲榨勒索嘛！」毛健雄雙手攤開縮縮肩：「我要先問你：對強妮的情況知道多少？」

「全部。」

「包括她有了孩子？」

「當然。」

「那還要問我！」毛健雄噗哧一笑：「誰願意惹麻煩上身。」

葛強妮算是瞎了眼，錯結識這個不負責任的壞蛋：「你逃避了她，可是，我說，麻煩卻落在我頭上。」

「妙，妙。有意思，有意思。」

于雲雷突地領悟自己的話有語病，連忙解釋：「她誣衊了我，你該證明我的清白！」

毛健雄仍得意地笑，笑聲中摻有不少輕蔑：「怎樣證明？向誰證明？」

仰頭看天，雨絲飄拂在半空，他的心像也伴隨雨絲輕颺。黃兆蘭臉上的那層冷霜，現在想起來還有點膽寒。而毛健雄的傲慢態度和嘲諷語調，也覺得受不了。他似失去吐露心中語句的勇氣。

可是，你來這兒的目的，是湊熱鬧，還是有旺盛的企圖心？不管別人如何待你，你仍得盡心竭力爭取、奮鬥，這是你做人的責任，不能也不該退縮，理應無懼於譏訕。

他振作精神，嚴肅地說：「關於強妮的一切，請你對黃兆蘭說，于雲雷是清白的……」

「為什麼要告訴她？」

「她誤會了我，以為我是——」

毛健雄揮動左臂，表示極端的不耐：「黃兆蘭和唐升辰打得火熱，到談嫁娶的階段了；誰管你的臭事！」

于雲雷的心劇烈顫動：「你說謊！」

「這已不是秘密。」毛健雄又聳肩縮頸：「大概你除了讀書、踏車，諒是什麼都不知道。」

知道得不少；但他沒往那方面想。初次見面是在舞會上，他介紹他們認識的。黃兆蘭穿大紅花的大裙子，看來很俗氣；可是唐升辰說她跳起舞來像鳳凰，像孔雀開屏，逗得她直樂。他們共舞、歡談，彷彿已是十年以上的老朋友。小唐獻慇懃，說些他覺得無意義的話；而兆蘭卻咯咯笑個不停；和他在一起從沒有這樣開心過——暗地裡認爲那是代表他的行爲。他太拘謹，不會談花呀、月呀、公主呀……和小唐在一起，可彌補自己的缺陷；也更顯露自己的弱點；而小唐竟藉機劫掠他心愛的人。

小唐的話像火車的鋼輪，在他腦中不規則的軌道上轟隆隆輾過。在這社會內，人人都是利益第一，什麼信義、友誼、人格……去你的。小唐是典型的見利忘義的傢伙，見了女人像螞蟥聽到水響……不可原諒。小唐會和毛健雄一樣：獲得了，再慢慢丟掉。黃兆蘭的條件，沒有一項可以抓住小唐；如果兆蘭有個父親，像葛華達一樣有錢，有地位，也許唐升辰會閉起眼睛抓住她。

他突然說：「小唐不會和她談嫁娶。」

「別酸啦，談不談嫁娶是別人的事，何必費神猜測！」毛健雄抹拭額角上的雨珠：「怎樣，你還要我向她證明個什麼！」

兜個大圓圈，爲的是推卸肇事責任。沒有你，強妮就不會有孩子；現在你還能逃得掉？你不在乎名譽以及別人的觀感，可是他在乎。

「那不管！」他強硬地堅持。「我要你向她說明；使她了解我——」

「你爲啥不親口告訴她？那不更有效！」

「她不相信，我才找你和葛強妮，」于雲雷想起剛打過的電話，對強妮不能來這兒感到惋惜和遺憾：「我要你們當面說給她聽。」

「你的心眼很壞；希望撕破別人面皮；你做一個得利的『漁翁』！」

有什麼「利」好得的，頂多是洗清自己冤枉。如果強妮能來，場面將很熱鬧：「水蜜桃」、黃兆蘭、唐升辰……是「多角」的衝突。可以聽到互相攻擊、廝殺的吶喊聲，聞到血腥味。明天，整個城市知道這件事，認識他們的人，冷言冷語，在背後擠眉弄眼……葛強妮再不能昂頭出進，把高跟鞋踢得特別響——啊！原來你就是爲了報復；報復那些比你優越的人。他們在精神上或是物質上比你強，你永遠覺得比他們矮一截，現在好了，可以把他們踩在腳下踐踏、蹂躪……

「可是，我說——強妮沒有來。」于雲雷像對自己嘟噥：「所以要麻煩你——」

「要我怎麼說？」

「孩子是你的，和姓于的無關。」

「有意思，有意思！」毛健雄手掌重拍他肩頭，臉湊在他面前笑嘻嘻地問：「怎麼知道是我的，而不是你的？」

急速扭動肢體，摔脫毛健雄的手。不喜歡這輕浮的態度，更厭惡他所講的話。不是惹上這麻煩，絕不會對面站立。以往見他和強妮打打鬧鬧，嘻嘻哈哈，就一百二十個不自在。暗地裡以為自己是嫉妒，不願別個男人碰強妮；今天毛健雄的手碰著自己，全身起雞皮疙瘩，是真正的輕視這紈袴子弟，羞於為伍。此刻，仍開這樣大的玩笑，是有意跟他過不去？

他氣憤地揮動雙拳：「談正經事，請嚴肅一點，不要亂開玩笑！」

「怎麼是玩笑？」毛健雄搖擺上身，面色變得陰沉：「現在沒人敢確定那是誰的。如果你要拖我下水，我也會說：孩子與我無關，那是于雲雷的……」

客廳裡一陣熱烈掌聲後，有響亮的口哨聲，叫好聲，夾著吵嚷的談話聲和嬉笑聲。于雲雷有如進入太空，失去身體重量；一下子，又像飄浮在海浪上，顛簸而又暈眩。毛健雄的話，像是比山還高的巨浪摔向他，他被擊落海底；耳旁、眼前直冒水花；鼻腔、喉管都被堵塞，無法呼吸。

停頓又停頓，他才呢喃地問：「你不是真的這樣想，只是說著玩兒的吧？」

（我們請左尼娜小姐唱一首西班牙民謠，好不好？）

「怎會是說著玩兒的？」毛健雄得意地大聲喊，配合客廳的喧嚣：「事實就是如此。那孩子是你的，與我毛健雄無關——」

（我不會唱！我們要請唐升辰表演「夢裡相思」，贊成不贊成？）

腦海裡似在狂吼、咆哮，一列列火車，順著不同方向的鋼軌急駛。雨絲隨風迸射，眼前有許多金星衝刺。他猛地躍向前去，右拳揮向毛健雄腦門。對方急忙閃避，結實的拳頭落在左頰上。

（不要耽誤時間，快點表演啊！鼓掌。噼噼啪啪……）

毛健雄彷彿已從半昏迷狀態甦醒過來，諒定你是不敢伸手打他的。一面伸手還擊，一面大嚷：「姓于的車伕，你敢打人！」

他倆已扭成一團。

（精彩表演！噼噼啪啪，啪啪噼噼……）

于雲雷摔倒毛健雄，接著自己也被絆倒。他們在泥濘的地上滾攪著，撕扯著，捶擊著。他昏亂的神經裡、目光裡，見到許多手和腳在四週圍繞糾纏，聽到男男女女的吱喳鬧嚷。舞池裡的人全來拉架看熱鬧，他們已沒法分勝負了。

果然，他被七手八腳的縛住，拉開，抱起，像是捉住一個殺人的現行犯。他雙腳晃了晃，試試力氣，終於站直身體。上嘴唇的皮黏貼在牙齒上，腹中有要嘔吐的感覺。臉上、胸口和小腹上仍隱隱痠痛；但傷勢不重，他會挨過去的。

陶嘯蹲下，架他左胳膊；唐升辰緊偎右邊，像是防他跌倒，更像阻止再和毛健雄衝突。扭轉脖頸，見一大群女孩子，圍繞在蹲著的毛健雄身旁。「水蜜桃」、黃兆蘭都用憐惜的目光看著那可憐蟲。

唐升辰表示不滿：「今天的舞會眞糟糕，不是瘋子來吵鬧；就是神經病在打架！」

「何必那麼認眞，」「胖哥」又用哲學家的口吻規勸：「有話好好說，有理慢慢講。拳頭能打出是非來。」

他知道拳頭不能贏得眞理。但姓毛的欺人太甚——是三年多的積怨爆發。平時在強妮身畔，用各種手勢、表情，現出得意和優越感。彷彿隨時都在說：于雲雷！你看，葛強妮是屬於我的，你還是安心踏你的車吧！

沒有人搶你的強妮，你就該好好守住她；怎會說出如此狡賴的話！你以為別人是傻子，必須受你凌辱。于雲雷的一根手指也不想觸及你的身體；可是，你把戰火撩撥起來，姓于的才用拳頭教訓你的無禮、無知和亂說譁話。

但這些說不出口，他們不懂也不信。沒有那許多時間解釋，讓他們去埋怨、揣測吧！

他能顯得這樣柔弱，像傷兵似地由兩個人扶著走？毛健雄、黃兆蘭……許會譏笑他。

膀臂慢慢撐開架住他的人，兩腿有如踏著雲霧，更像陷入流沙。瘸著走了幾步，雖軟一點，還不錯，他身體沒有被擊倒，只是精神被宰割、扼殺，覺得自己搭上了「愚人船」。

唐升辰說：「到裡面去，換衣服，搽藥膏。」

他低頭見脅下被撕得綻了縫，露出白襯衫，泥漿塗滿全身，有如在田裡耕種的水牛。小唐很痛惜這套衣服？別人皮肉痛楚，與他無關。而衣服卻是表現財富、地位的標幟，損壞了卻要花錢購置。

穿小唐的衣服有點後悔；現在又被擁至客廳，還想踏進唐家大門？

踅轉身往回走。

「胖哥」拉住他的膀臂。「你看，這麼多人，還打得起來？」

唐升辰說：「小于，不能再使別人掃興了。舞會弄成亂糟糟的，姓唐的臉被丟盡了。」

看鬧劇的一堆人，尾隨在身後。風捲起雨點，灑落在大家的頭上、身上。他們是爲了避雨，還是急於追尋感官刺激才匆忙地趕著進去？他不能再逗留在院子裡，阻撓衆人的意志和趨向。那樣人人都會憎恨他，討厭他。

于雲雷被推進客廳，唐升辰就大嚷：「進來吧！開始跳吧。」

他走進原來換衣服的房間，只有「胖哥」和小唐跟著進來。關起門，割斷笑嚷和音樂聲，又和喧鬧的世界隔離了。

被按捺在活動的搖椅上，小唐把紅汞、紗布及藥膏找出交給陶嘯，再從亂衣服堆中，翻出一件揉皺的夾克，拋在椅背上。「合適嗎？試試看。」

于雲雷沒答理，擰起自己先前脫下的濕上衣，準備往身上套。

「胖哥」抓去摔在地上，厲聲問：「你想生病嗎？」

「這夾克，我穿嫌大，你穿會正好。」小唐抓住夾克在他身上比畫：「你以爲我捨不得借西裝你穿？」

揭穿內心隱私，怪不好意思。套上夾克，確比穿小唐上衣合身。

小唐連聲嘖嘖：「你穿起來，比穿在毛健雄身上要好看得多。」

脫不下來了。他怎能穿毛健雄穿過的衣服！唐升辰又加了一句：「這夾克是全新的，那是毛健雄把袖子刮了一個硬傷。」

他不知小唐說這話的用意何在。是有心，還是無意？再脫下，就不夠風度了。

「胖哥」用小鑷子，箝著藥棉，蘸上雙氧水，爲他消毒。

他拒絕服務。但他們半軟半硬地在他臉上亂塗亂貼，比挨揍還要痛苦。

謝謝天，酷刑總算結束。他捲起自己潮濕衣服匆匆向外走。

陶嘯雙手攔截。「去那兒？」

唐升辰也說：「衣服留在這兒，我叫人幫你洗。」

于雲雷想掙脫控制：「放開我！我要找黃兆蘭講話。」

小唐急搖雙手：「外面怎能講話？請『胖哥』找她來不好嗎？」

陶嘯出去了，他不得不坐下。小唐拿出菸盒，自己啣了一支菸，再遞給他一支。

房中煙柱裊裊上升，灰濛濛的霧展開、展開……他像墜入霧窟，不辨南北東西。一晚之間，胡衝亂撞，把人和事攪得一團糟。心情比原來更複雜、更沉重，想安安靜靜離開這社會的想法已成泡影。

「我以爲你是正人君子，」小唐猛吸一口菸，徐徐吐出濃霧：「誰知卻上你一個大當！」

他沒有欺騙過小唐，而且小唐是個最現實的人，又有什麼當好上。無法解釋，只能靜靜等待下面的話。

「我剛去葛家找你——」

假惺惺，已告訴他離開後便去找黃兆蘭：「可是，我說過，你早知我不在家的。」

「那只是個藉口：我眞正的目的是去看強妮。」

坦白得可愛，比別人口是心非要好得多：「談得好嗎？」

唐升辰的菸捲吊在唇邊，仰身斜臥在椅上前後搖晃，似在思索晤談的每個細節：「我眞蠢得聽你的話，去向她求婚——」

爲何不說下去？小唐確是個勇敢的人——臉皮厚的人；一心一意要做「現成的」爸爸。強妮怎麼說？有人願意做替罪羔羊，孩子獲得一個「理想父親」，葛家的羞辱會被掩藏、遮蓋；小葛稱心如意、趾高氣揚，婚禮將擴大舉行。唐家已安然度過經濟危機，兩親家舉杯互祝寡廉鮮恥、事業前途順利……

不，你不能這樣想。孩子是無辜的，爲了救救孩子，必須有人承擔名義。唐升辰既然那麼愛她、傾慕她，該是最適合的人選。也許，小唐會喜歡這個孩子。

「結果如何？」他性急地問。

唐升辰站起，低頭在室中踽行，獨自咕嚕著：「她說，她……她有了孩子。」

「啊！」于雲雷失聲尖叫。強妮確是胡鬧，她個人的秘密，能到處宣揚？唐升辰雖起不了多大作用，但會破壞，會到處傳播……那樣的醜事該是知道的人愈少愈好。

唐升辰重踏兩步走近他：那逼視的目光在臉龐打轉：「你說：她的話是眞的，還是假的？」沒有義務做考證工作。「我不知道。」知道也不能告訴他。

「這回答太妙！」小唐用腳跟打轉，滿臉有嘲弄的神情：「那該誰知道呢？」

小唐沒有資格問。他大可不理，掉頭就走。強妮的事誰也不知道，誰也管不了。姓唐的自願接受那爐「香火」，就該有特別的涵養和雅量。又何必管她眞假？

于雲雷仍竭力控制情緒，不使語言衝動：「你當時怎樣表示？」

「我不信，一百個不信。」小唐思忖著：「我知道她是任性、傲慢；還不大講理。因她討厭我、輕視我，才編出這樣天大的謊話來騙我。你說對不對？」

小唐如此體諒別人，找出理由爲自己、爲強妮辯護，強妮不該拒絕這美滿姻緣。嫁了這樣丈夫，還可以繼續胡鬧下去。唐升辰爲了她的家財，一定會容忍。他們才是眞正的一對。

洗清自己的誣衊就夠了，不願管別人閒事。他說：「我不知道。」

「葛強妮要我問你——」

「可是，我說過：你的事，她的事，我都不願過問。」

「不，」小唐連連搖頭：「關於孩子的問……問題，她……要我問你——」

腦中嗡嗡聲隔斷下面的話。報復，是強妮的報復！她將告訴所有認識他的人，那私生子與于雲雷有關。人人都認爲你始亂終棄，有一百張嘴也說不清；說了別人也不會信。大家看到你和強妮同出同進；又有強妮指證，你將無法做人，跳下太平洋也洗不清。

于雲雷拋掉菸蒂，縱在小唐面前，抓住他雙肩搖晃：「小葛到底怎樣說？你又是怎樣想？」

小唐眨動眼皮，面現疑懼，口吃地說：「這……這個……你……你又何必問……問我？」

「她所說的，你信不信？」

「信不信並不重要，重要的是那件事實。」小唐已掙脫了他，退後兩步，坐在桌旁搖椅上：「你不該逃避，爲了你的名譽和事業前途，立刻和強妮結婚！」

于雲雷把燃燒的菸蒂用腳踩滅，傾身倒在窗口那張高木椅上，托著昏昏的腦袋忖度。窗外雨聲淅瀝，像魚群張著嘴巴汲水。夠煩夠膩了，小唐明白地承認相信強妮的話——強妮厚起臉皮告訴人，人們自然會信。包括兆蘭的母親。用什麼辦法爲自己辯白呢？

他用右拳輕擊腦門，竭力使自己清醒；但紊亂的愁絲卻愈纏愈緊，似無法解開。

終於，他喃喃地打破僵局：「照這……情況……你願意結……婚，和強妮……？」

小唐愕然半晌：「你爲什麼這樣問？」

「我會勸她，說服……幫你勸她嫁你……」

唐升辰故意的笑，做作的笑，笑得全身搖擺，像大風雨中的小杉樹。笑停了，才擠著眼睛說：「你是要我去幫你贖身頂罪——」

他又跳起，竄在小唐面前，指著他鼻子怒吼：「可是，我說——不許你亂說！你知道，毛健雄爲什麼挨揍？」

「你的意思就是如此，」小唐訝異地表示不滿：「我爲何不能說！」

雨點重重擊在牆上，他感到那承受的重量：「強妮說的是謊話。」他暗地裡吁了一口長氣：「你應該了解我的爲人……」

唐升辰的臉上，倏地起了很大的變化。懷疑、鄙視、羞愧……等等表情，不斷在臉上顯現。

「她爲什麼要說謊？」是爲了報復，爲了弄假成眞；讓所有人知道、于雲雷是忘恩負義的壞蛋。輿論會制裁他，正義的力量會懾服他；他將在無可奈何之下就範、被擒，變做葛強妮的俘虜和附庸。小葛的目的達到了，就不會顧忌花多大代價，犧牲了多少難以估計的名譽、品格……

然而，他不願也不能把心中的話告訴小唐。只是說：「她是故意耍你，也可能是吃飽飯沒事做，找我這窮小子尋開心；更可能是心理變態——」

他截然頓住。和小唐說的話已夠多，再說下去，又能有多大效果。

「可是，我說過：如果你有意，」于雲雷又認眞地加了一句：「我願盡力幫忙。」

「謝謝你的好意。」唐升辰考慮了又考慮，頭仰向天花板，意味深長地慢悠悠說：「還是多幫你自己的忙吧！」

于雲雷沒有時間考慮小唐話中的涵義，猛地拉開門，見陶嘯僵直地站在門口，便不高興地發脾氣：「你偷聽我們的談話！」

「胖哥」大叫：「冤枉！我剛走到門口，正準備敲門；你就出來了。這完全是巧合！」

「你是我們的同學，又是冒牌哲學家，可以參加討論的。」于雲雷諷刺地揮手：「我們正需要聽聽你關於愛情和婚姻的意見呢！」

「沒有愛情的婚姻是單方面痛苦；沒有婚姻的愛情將是雙方痛苦！」陶嘯已藉機擠進門內。

于雲雷咀嚼了片刻，退後一步把門推上，注視著「胖哥」：「她不願意見我？」

陶嘯點點頭。「我還勸了她半天。」

「說出理由嗎？」

「你打了毛健雄——」阿肥遲疑地看著他：「她說你是想用拳頭遮掩人人皆知的事實，再也不想見你——」

唐升辰跳起：「我去拉她來！」

「不必了，」于雲雷搖動雙手，勉強別人有何意思。他對黃兆蘭已完全失望，來不來，對自己已沒有多大影響。于雲雷再加重語句的份量：「你準備和她結婚？」

唐升辰愣了一下，隨即笑出聲：「你相信？」

「所以才要當你的面問她。」黃家沒財產、沒地位，絕不是唐升辰追求的對象。他想要兆蘭親自聽小唐說他的計劃擱淺了；她自己羅織的淺藍色的夢，還要長些久些才能甦醒。

小唐說：「我可以代她回答——」

「那更不必。」于雲雷搖頭。「你該把你的想法早點告訴黃兆蘭——」

「假使不告訴她呢？」

這就是小唐壞的地方，他會緊緊吊住黃兆蘭的胃口，要她，玩弄她，不等到非攤牌不可的時候，絕不放鬆；那時，她可能會像葛強妮一樣——自己的麻煩已夠多，何必管別人的閑事。

「我不勉強任何人做任何事。」于雲雷想到自己遭受的誤會，心田又皺縮。「關於葛強妮的部份；你應替我洗刷……」

有篤篤的敲門聲。

小唐說：「黃兆蘭來了。」

「胖哥」表示異議：「是水蜜桃，她來找小于。」

于雲雷拉開門。水蜜桃的臉上浮著假笑，伸長頸子掃視一週：「這是男士們的世界，我可以參加——？」

小唐站起走向門旁，彎腰伸右臂作恭迓狀：「歡迎，歡迎。」

水蜜桃腳步猶豫：「不便打擾，我只想和小于談兩句——」

「好，我正要走。」于雲雷右手向他們一揮，便伴著水蜜桃走向客廳。

唱機正放著一支狂熱的舞曲；舞池裡的人隨著那喘不過氣來的節拍蠕動。誰也沒注意到他；即或是偶然一瞥，像已忘記他剛才的行爲。人們在歡樂的高峰，只會想到自己，絕不會顧及他人；他也用不著打招呼，儘快的衝出喧嚷的氛圍。

「水蜜桃」的高跟鞋，在身後高高低低的踏著碎步，迫使他放慢了腳步。走出唐家大門，他長吁一口氣，心情已輕鬆許多。那四週艱澀凝重的冷空氣，彷彿已被濃濃的雨絲掩蓋。

水蜜桃說：「雨越下越大，不要向前走了，我只有幾句話——」

于雲雷腳步和她的話同時頓住。等待著。

門燈的光輝罩射在水蜜桃臉龐；他看出悒鬱和憂傷在她面前盪漾。痛惜毛健雄受傷，要來責怪、詈罵？姓毛的會耍兩記拳腳，在女孩子面前逞英雄，今兒栽了觔斗，算是受到一點教訓；水蜜桃還想為他興問罪之師？他主動地迎戰：「妳是為了毛健雄來的？」

水蜜桃微微頷首：「你們為什麼爭吵？」

沒問毛健雄，還是毛健雄不告訴她？那兒隱藏著秘密；說出來可暴露姓毛的卑鄙行為和骯髒的一面。但他不願多嘴，讓她自己去發覺和體認吧！

于雲雷淡淡地說：「他欺人太甚！」

她目光在他臉上滴溜溜轉動著：「你們誰先動手？」

「這……這個——」他覺得羞愧。在人海中飄蕩半生，在痛苦的生活下受煎熬、受折磨。他一直認為自己是成熟了。凝歛了；怎會忍不住，暴躁地伸出拳頭！他仍然像以往一樣無知、幼稚、輕浮。「水蜜桃」對他的魯莽行為，會蔑視、譏訕——暫時說謊騙騙她；但話到舌尖改變了。

「是……是我。」

「毛健雄說是……是他——」

又是什麼陰謀？難道敢向他挑釁，便算英雄。

于雲雷抹順垂在額角的一綹髮絲：「這並不是件體面的事，我用不著在妳面前辯論什麼，證明什麼。妳還有什麼好談的？」

水蜜桃又沉在憂慮中很久。「你們是為了葛……葛強妮——？」

他已無法逃避，不得不點頭承認。這是她猜測的？是毛健雄告訴她的？她究竟了解多少事實？「可是，我說——我很不幸，」于雲雷用雙關語為自己解釋：「憑空受到連累——」

她搶著嘆口深長的氣，似在表示同情與痛惜：「我們都受了牽連；有了她，大家得不到寧靜生活……」

水蜜桃話聲慢慢微弱，下面已變成喃喃自語。她錯了，大家是受到毛健雄的禍害，沒有毛健雄，他和她（包括強妮）都不會有煩惱的事情存在，怎會怪強妮。

「我想和葛小姐當面談，」她偏著頭問：「你說有效嗎？」

猛吃一驚。兩個情敵能見面？水蜜桃將扮演什麼角色？強妮會把對唐升辰和黃兆蘭的話重複講一次，水蜜桃會退讓？如果水蜜桃也有了孩子，那麼又該誰犧牲？

他的頭有點痛，又有聲源的嗚嗚聲在腦袋四週盤旋。不知是爲誰難過。

「妳不能見她，也不該見她。」于雲雷提出警告。突地想到葛強妮會用對黃兆蘭相同的方法誣衊他。她們會聯合起來——所有認識他的人，都誤信強妮所捏造的事實。他無法分辯，更不能洗清自己的冤枉；痛苦會點點滴滴地增加……。

于雲雷接著解釋：「在情感的戰場上，任何人都會固守自己的據點，絕不會爲了別人，中途退卻；而且妳們平素沒有來往——妳認識她嗎？」

「不認識。」

這更給他有利的藉口：「可是，我說——強妮的個性很強，也很任性。任何話說得出，任何事做得出——」

水蜜桃不滿地抗議：「我不怕。」

「我……我是說，妳們談不出結果，也不會很愉快。」

「我怎麼辦呢？」她用右拳擊著左掌，在雨地裡躑躅旋繞，似已忘記整潔的新裝和剛梳洗的頭髮。

她倏地站住，面對于雲雷，緊緊逼視：「我現在只有請你幫忙了，你答應過我的。」

「怎樣幫法？」

「請你立刻和葛小姐結婚。」

這不是臨時想出的，諒是早就計劃好的主意，只不過此刻才彎彎曲曲說出。他聽到這樣的話，已不會驚訝得站不住腳，但還是用右手撐著牆壁，穩定自己軀體。唐升辰、毛健雄都有足夠的理由希望他這樣做；水蜜桃當然也站在自己立場，盼他和強妮結婚。是人類的自私：犧牲別人，成全自己，當人們爬了站在你的身上，才高呼平等、同情、權利……你能爲那些逸樂逍遙的紈袴子弟，鑽進恥辱的世界，生活在腥臭污穢的泥沼，永遠抬不起頭來？

他提出反詰。「我那樣做，對妳眞會有幫助？」

「那樣，沒有強妮的陰影遮隔在我們之間，我就會緊緊抓住毛健雄；也不會恐懼得晝夜不寧了——你體諒得到我的心情？」

水蜜桃的想法該是完全錯誤。她應該知道：強妮和別人結了婚，毛健雄仍不會和她在一起；但他不想點破那臆測獲得的結論。

于雲雷大聲說：「可是，我說過，我永遠不要和葛強妮結婚！」

水蜜桃仔細打量他，猶如要從他外表找出這問題的答案：「你不愛她？」

她根據什麼揣測？她對他和強妮的事知道多少？沒辦法向她解釋，只好敷衍地點頭。

「葛小姐年輕漂亮，家庭富有；你和她家又有特殊淵源，怎能拒絕——？」

他搖雙手阻止。男女之間的情感問題，不能用秤秤，也不能用斗量，水蜜桃根據表面價值下判斷，抹煞許多潛在因素，他還能聽下去。

「我幫不了妳的忙，」于雲雷直截了當地說：「請妳另外想辦法吧。」

「可是，我已無路可走。」

無路走就賴住他，他是個好欺侮的對象？「我站在同學立場勸告妳，趕快離開姓毛的。」

「我做不到，」水蜜桃頓了頓：「爲了解決問題，也不必瞞你。我……我確是有了麻……麻煩——」

果如他預料：水蜜桃和強妮一樣是毛健雄的犧牲品。她長長的假睫毛，像簷溜似地垂在眼皮上，有羞愧的意味。設想在某一個黃昏，或是深夜，她和毛健雄在海濱、野樹叢下，或是更幽靜的地方，兩人緊緊的擁抱著，再緊一點……滿足地、得意地微笑，然後拉拉扯扯，推推讓讓……毫無羞澀地讓毛健雄佔有肉體、靈魂……

此刻也憶起那一幕？爲什麼不能像葛強妮一樣大喊：我有了孩子了！啊，天哪！總讓這些事困擾他、擠壓他。他必須處理更重要的事——葛華達找他談話。鄭伯伯能送來父親的消息就好了。黃兆蘭怎樣？有回心轉意的機會嗎？明天非去鄉間不可……眼前先要把水蜜桃打發開。

「我很爲妳難過。」于雲雷確是爲毛健雄所有的被害者掬一把憐憫之淚：「可是，我說——很抱歉，我沒有力量，我自己也有很大困難——」

「你有什麼困難？」

「明天，我可能會凍死、餓死在街頭；但我仍然會振作精神抵抗、掙扎，和惡劣的環境搏鬥——」

「我知道你是強人。而且你的困難，握在自己掌中；放開手，一切問題便解決。」水蜜桃喘息著央求地說：「你不能爲自己、爲他人——看在老同學的情份，答應我的請求！」

話題似乎愈來愈明朗、愈尖銳；但他必須堅持原則。

「不能答應。」他語調固執，毫無通融餘地。

水蜜桃的臉由青變白，由白轉紅，像是惱羞成怒：「你還嫌我說得不夠明白！」她揚起右臂抹拭臉上雨珠：「告訴你，你和強妮的事，包括一切，所有的……秘密，我全知道。你懂了吧？不是幫我忙，而是幫你自己。你眞以爲我是傻瓜！」

于雲雷霍地轉身，跨大步伐向前走去。早料到毛健雄會在水蜜桃面前誣衊他，只是不願意往那方面想，水蜜桃終於忍不住……還有什麼好解釋的。他的話，再不會有人相信，何必多費唇舌。

走了半條淌水的馬路，他才覺得雨絲慢慢變粗、變密。他今晚所作的努力，花的所有心血，都算是白費了。

10

強風塑成雨壁，阻止劉培濱前進。口和鼻腔為風雨堵塞，呼吸困難。剛升起的那股勇氣，像又被澆滅，不得不縮頸彎腰退回走廊。

飄忽的雨絲追逐在四週，涼涼的雨點撲擊面頰、脖頸，引起陣陣心驚。等待最痛苦，但除了等待又能做什麼。見過大德小德了，沒發生奇蹟；還有多少希望？終站是在梅寡婦家……

他心靈的觸鬚，不願指向梅寡婦和她的三個兒子。眼前浮起那些面孔就厭惡、戰慄甚至要嘔吐……多想點大德吧。小德的態度太壞，但大德是多麼富有同情心，攙扶他、關懷他……他就是靠這點點人情溫暖，才能直起脊梁在風雨中摸索。

老鄭的要求太苛。禁止垂髮的老人對兒子說出自己身分，比用利刃割他還難過。好幾次要對那些喊他做瘋子的人大叫了：唐升辰是我嫡嫡親親的兒子，你們是他的朋友、同學，都該尊稱我一聲老伯，怎能隨便侮辱我！

年紀大了，火氣退盡，終於憋下那口氣。老鄭是局外人，看事理一定很清楚，不讓他認大德、小德是為他們的自尊，為他們未來的堂堂正正做人。屈服了，完全屈服了。他的生之旅程，快要抵達終點，爲了下一代，就該犧牲自己那麼一點點自私，把在舌尖打了幾個滾的話，和著黏痰吞下肚。

儘管他沒有說出身分，但小德對待一個又老又病的陌生人，態度顯得粗暴無禮；如不是大德在身旁，情況就不一樣；或許會撕破唐升辰臉皮，讓他認清自己的根源，不要再那樣驕傲、狂妄、自大……

現在一切都過去了；他只能蹀躞在孤島似的廊下，受風雨的攪擾。要去梅寡婦家，必須經過一大段沒有遮攔的小街和長巷；那樣全身會濕透，也許會倒斃在雨地中；只好等待雨停止或是下得小些。

但他眞想去梅家？有把握進梅家大門？三天前，他從外面討債回去，大門關得緊緊的，捺電鈴、用石塊敲擊，都沒有回聲。

奇怪，九點鐘不到，就全睡了？平時，總在十點鐘左右全家才上床的。長時的捺電鈴。沒有故障，指尖有電流波動。

耐性等待。院裡有嘰嘰喳喳低語聲，還有雜遝的腳步聲，但爲什麼不答腔，不開門？

劉培濱用手掌拍響門板。

梅家老二的聲音：「是誰？」

「我。」有人出聲打開僵局，總比死般沉寂好。他興奮地說：「劉伯伯。」

院內又是一陣絮聒聲。

「我們料到是你，所以不開門。」梅老二是一種得意的聲調：「從今以後，這兒已不是你的家了！」

不敢想，不敢揣度的事終於發生了。早晨他是賭氣出門的，當時預定不回來；但一大筆財產最後宣佈被「吃」掉，沒有錢無法生活，才厚起臉皮來敲門。是梅老二獨自的意見，還是大家共同的願望？

擒賊要擒王，不能和孩子們較短長。「老二，你開門，我要和你媽講話。」

「沒話好講了，媽不要見你。」

肢體被四方的無形力量拉扯、分解，心臟也撕裂成許多碎片。一列裝載重貨的火車，像永遠穿不過鋼架的鐵橋。耳鳴，眼睛看不清灰濛濛的虛空。就憑這句話，抹掉十七年的歲月？

「你不能代表你母親！」老頭顫巍巍、氣呼呼地呢喃：「我要聽她自己說——」

那嘟噥的話聲被雨點擊碎墜落泥地，劉培濱拉長耳朵，也捉不住一個片語或是一個字詞。他明白自己的處境，單獨在門外，和門內的母子四人作戰。他們佔盡天時、地利、人和的便宜，而他赤手空拳，沒有任何據點。

媽媽眞的開腔了：「你何必進來？大家都不歡迎你，你自己還不知道！」

「大家」指的是誰，包括妳？那時妳丈夫去世，跼縮在磚窯的鐵皮屋頂的木棚裡。靠做苦工，維持生活撫養孩子。這所住宅是他設計建築的，廳是廳，房是房，還有高大的院牆；而這座牆卻成爲阻隔他們見面最佳的屛障。

「我知道。」他痛心地呼號。平時在家裡，有如縮進貝殼，盡量減少和梅氏三兄弟見面；他們出去了，他才從自己的窩裡探出頭來舒活筋骨，呼吸空氣。兄弟們回來，他走路躡著腳尖，吃飯時筷子不敢碰碗，活像個童養媳。戰戰兢兢地說話、做事，但換來的仍是瞪目、歧視、冷諷熱嘲——如果收回那筆欠款，決心不再進來；可是，現在兩手空空，口袋癟癟，非向大家低頭不可。

「妳開門讓我進去。我和大家徹底談一談。如果眞不讓我呆下去，我會自動出門——」

「是騙我們……」

「……」

很久，有一世紀那麼長久。媽媽似爲兒子們作結論：「既然要出去，何必想進來！」

兒子們年輕，不懂道理；做母親的該記得以前的艱苦生活，和他所付出的代價。婚前相識，婚後早已忘記。她要求幫助和救濟，才慢慢喚起以往的情誼；狠著心腸第二次從家中出走。如果那時拒絕他，不讓他進門——沒有。她暗示他，只要把孩子撫養成人，母親做任何犧牲都值得。生活的困難已壓迫得她沒有選擇的自由。今天，兒子長大，並且都有了正當職業；而你這老頭，只是路旁的絆腳石，誰都想用腳尖蹴開，好讓人們在路上徜徉。你眞願意做一塊不成形的鵝卵石？

「妳不讓我進去，」劉培濱憤怒地吼叫：「我就一頭撞死在妳門前！」

嚇唬人的話，第一次有效（當時，門眞開了）；重複一次就不會有人答理；還是識相點，不去碰個滿鼻子灰。走廊上雖有寒風細雨，但心情仍然開朗；如去挨罵受辱，還不及在此地受凍、受餓……

大圓圈又兜到底，再繼續環繞下去？雨絲抽得細弱、稀疏了。他蹣跚在濕濕的柏油路上，腳步一步比一步沉重，心窩似乎跟著慢慢降落、降落……只是向前走，還不知走向何處。

喉管裡的百腳蟲又騷動了。他彎腰咳著，心似乎要隨著咳聲嘔出。雨箭重重地射來，行人、汽車、三輪車……在身旁閃過。梯形島嶼式的迴廊已拋在身後。不願再回頭了，他要向前，繼續向前。

前面是一座小教堂。他似乎看到那聳立半空的十字架在發光。

他曾無數次從那教堂門前經過，穹形屋頂，耀目的各色花玻璃鑲嵌在牆壁；輕鬆灑脫的人，在敞開的大門前進出。確曾引起無限的羨慕；但從沒勇氣跟著那些人走進大門。有時會在靜悄悄的上午，他偷偷地跑進去看一會兒，見到那肅穆的氣氛，似乎容不了他，便又偷偷地溜出來。

今天，所有認識的人，都當著他的面把門關起，爲什麼不去教堂避風雨？

這給他以新的力量。挺直腰桿向教堂衝去。

雨霧迷濛，門燈的光微弱、淒滄。出乎意料之外是：大門竟是關著的。爲了阻隔迎門的風雨，還是不歡迎他進門？

不。這是他剛起的意念，別人不會先知。但怎樣才能進門？

又濕又重的步履，踏在青黑的水門汀上，響起槖槖的回聲。他遲疑地彳亍著、盤算著。

門打開一條縫，一個用黑紗巾包紮頭部的女人，裹緊暗藍色玻璃雨衣，從門縫出來。視野中該是一片空白，不然，怎會隨手將門關起？

劉老頭的掌心，抵住圓滑的銅質把手旋了旋，隨即放開。如此骯髒的老人，不能隨便踏進陌生場所。

舉手輕輕拍門，沒有動靜；再用手敲擊。

冷風從濕濕的領口灌進脊梁，掮起更大的寒意；抖顫的頻率幅度加大，自己的牙床在互相磕撞。

門又開了，臉上刻滿皺紋，紋溝貯滿懷疑的中年人，斜乜著右眼，打量他一會兒，才結巴問：「你……你找誰？」

這問話超越他想像之外，無法回答。目光打空隙鑽透進去，吊在壁上的塑像，仿製的白色蠟燭，釉黑的琴架……等等，僅是閃電式地一瞥；而在那一列列空長椅的中間，卻跪著一個人——從蹺曲的背影，認出是一個男人。偌大的教堂，上升的座椅；只有那個半睡半醒，半死半活的祈禱者……想像不出是在做什麼。

劉涪濱咳了一聲。「神……神父……」

「一個年老的教友，病很重；神父去探望——」

寒風似乎灌進他的喉管：「那麼您……您……」

「我幫神父做食俸事，燒飯。」

多希望跪在長椅後面的是他自己，他要把心中的痛苦和懺悔之情，一一向神訴說。可是他從沒有接近過神，神會接受？更不知用什麼方式，什麼形式——記憶中有什麼刺了他的腦門一下，那是非常久遠的事：大德才一歲多，剛剛會搖搖擺擺走路，他牽著他的小手，在附近的一所小教堂旁玩耍。聽到一個男人的聲音，氣息喘急地狂號，聲調連續不斷，像自來水龍頭的水霍霍地奔流，更像小學生念書，把所有的標點符號除去，一口氣念下去。但他知道，那是祈禱；爲自己祈禱，爲他人祈禱，降福給天下所有的人。當時，他耳中似乎有一種嗡嗡聲音，反抗那種平板的腔調，沒有聽進任何字句，立刻牽著大德的手，走出教堂的範圍，沒有看到那號叫的人，更不知道那人是跪著、站著、伏著？

而今天這人只是默默地向神訴說，神會聽到？神眞的會無所不在——與我同在？

教堂裡的人退後一步，兩臂向內收斂，是關門的姿勢：「明兒來見神父吧。」

雨點灑落在四週，窸窸窣窣。他只是個燒飯的大師傅，不能替神父做主收留他。這兒是爲神工作的教堂，不是收容所；沒有理由請求大師傅或是神父收留他這個沒有任何信仰的人。

劉培濱猛地退後一步，急速轉身；已聽到門板契合的聲響，如果神父在教堂，有怎樣結果？會爲了遮擋風雨，很快地關門？

明天沒有任何地方好去——如能度過這暴虐的風雨之夜，他要來看神父；像那個跪在長木椅後的教友一樣，要向神懺悔。

劉培濱在雨地裡用拳頭捶擊自己額角。你一生是個無神論者，死亡正緊緊拉你拖你，爲了欺騙自己，就想用懺悔的方法，洗脫自己罪惡，有沒有神，不可知。即或是神沒有死亡，神也不會原宥你，收留你；你還是回梅寡婦家去試試運氣！

破損的瀝青路面，有大大小小的窟窿；雨珠投向水塘，像魚群張口濡沫。不錯，這正是往梅家的路，梅家和他有十七年的淵源，絕不會爲了一時的爭執，看他變成餓殍。

三天前用死作威脅，才勉強進了梅家大門，但說不過梅家母子，才賭氣地離開。今天全世界的路都豎立起來，所有的門都關閉起來，你還能想出什麼特殊藉口使梅老二把門打開？

他雖然厚起臉皮抵達梅家大門，但勇氣和信心已全部喪失。抹一把臉上的雨珠，手指捽了捽，在濕濕的天地裡，分不清是雨水還是淚水，無法決定上前還是退後。

門前黑污污，除了雨聲外，靜得可怕。梅寡婦在兒子和他爭執時，瞪著雙眼，板起面孔，一動不動像木雕神，確是怕人。兒子如此對待他這個老頭，母親感到快意或歉疚？十七年的友情、恩情、愛情在梅寡婦心中，沒有發酵！她該想到當年沒有劉培濱伸出援助的手會有如何遭遇？

在他狼狽的逃出時，梅寡婦卻用那撕破布的啞嗓子說：「你走吧！在我有一口氣以前，我不希望見到你！」她被逼如此，也有很大的苦痛；梅家母子有了意見衝突，他只是中間的犧牲者。

門簷下可以暫避風雨，但不是久居之地。無數的疑問，無法獲得解答，沒有勇氣舉手敲門。梅老二的兩道劍眉，像要刺穿他的心；梅寡婦以及老大、老三的厭惡，無可奈何的表情姿態，輪流在眼前、腦後映現；他沒有理由再要屋中任何人開門，屋中的人也不會開門。

有若干煩惱的蟲蠍，啃噬咬嚼自己的肝臟肺腑；劉老頭在一個劇烈的冷顫後，便衝向雨地；風雨已把他和梅家之間的空隙填滿；他彎著腰咳嗽，繼續和惡劣的氣候奮鬥下去。

11

屋簷滴水，馬路兩旁黃楊樹葉滴水；整個天地濕漉漉的，找不到一處乾燥地方。

于雲雷已從街角踅入另一條馬路。路燈黃慘慘的光，被雨霧包圍，顯得昏黯，但仍看出馬路空悠悠的，沒有那輛他拋掉的三輪車。

高興還是懊喪，分辨不清。那落伍的、引人輕視的交通工具，蘊藏了他多少辛勞、血汗、恥辱……終於遺失了。他有吃了別人很大虧，一下子就獲得補償似的感覺。

車子沒有拉住你，是你把車子做盾牌，隱藏在後面找理由為自己的怯懦、卑鄙、自私……等等弱點辯護；在最後一日，該是你覺醒的時刻了。

怎麼處理？報警，還是回家？許是強妮僱人踏回去，也可能是真的被竊；如葛華達問起這輛車，將沒法交代。當然，具有若干財產的董事長，不會計較這輛破車；但他應該像來時一樣，走得清清白白。

沿著十字路兜一個大圓圈；路名沒有記錯，和強妮談話的牆角，就在這覆蓋面積很廣的槐樹下；此刻那兒有三輪車的影子！

他要回去問強妮——家中葛華達還在等他。心情悒鬱難舒，不想見任何人。強妮會纏繞他喋喋不休，葛老頭要對他的離開問長說短；都令他無法忍受。

然而，在這茫茫雨夜，他已無處可去，葛華達非見不可。命運之神排定他要通過那個瓶頸，只有凝縮軀體撐擠出去。

雨絲抽佈得勻而密，風勢微弱，有氣無力。他抬起手腕，又忘了，出來時沒有帶錶。路上行人稀少，偶爾有車輛嘟嘟駛過。是因爲已屆深夜，還是由於地方偏僻？

穿雨衣，打雨傘的人們，匆遽地經過時，總用驚詫的目光注視他，像在說：這樣雨夜，你還有這樣雅興？人們怎知道他是在「殺」時間，藉散步消磨漫漫長夜！

從葛家出來，還覺雄心勃勃，認爲有無限的前途和光明的遠景，等待自己去開闢和創造；只打了幾個迴旋，便感到一切沒有希望。唐升辰嘲弄你，黃兆蘭輕視你，而鄭伯伯對於你本身的秘密又不能揭開；你到任何地方，總有恥辱的陰影追逐你；你活著還有多大意義？現在他說不出自己是憂愁，還是恐懼；只覺有股淒清和空洞的感覺，緊緊纏住自己，像被埋在巨大的墓穴裡，雖然沒有死亡，但卻無法爬出。

雨絲刷洗面龐，于雲雷伸直手臂，用手掌橫擊著矗立在路旁一棵棵粗大的樹幹。不時握緊雙拳，捶擊灰濛濛的雨夜。心中憤怒的狂潮澎湃，覺得無處宣洩、疏導。

一條又一條馬路的逛蕩下去，有計程車趑趄在他身旁兜生意，有揿著喇叭的流動小麵攤對著他吆喝；有急駛而過的摩托車車輪濺起水珠射向他；遠處還有教堂的鐘聲，還有雄雞的啼叫聲，汪汪的狗吠聲，以及火車頭的咆哮聲……

于雲雷忽地覺得快天明了。葛華達仍呆坐在家中等他？腦海中盤繞著生產、投資、頭寸、盈餘還有醇酒美人的董事長，在忙碌了一整天，滿足了所有的官能以後，神智已麻木，還會記得對金媽的交代，要會晤他這個滑稽的小人物？

不管怎樣，他得快點回去，解開那情感、道義和忿懣、仇恨……等等糾纏的死結，歸返原來的自我。

一陣猛烈的風，捲起粗大的雨點，按圖索驥在于雲雷的頭上和臉上。他躍進走廊，腳步在堅硬的水泥地上，速度加快，連連躍過兩條馬路，很快便可以抵達自己——應該說是葛華達的家。

他已鑽進雨簷，腦裡似乎有電波震盪。急忙縮回身體，佝身俯視牆角蠕動的物體。以爲那是一隻狗；但錯了，原來是兩腿環抱，軀體踡縮的一個人。

猛然怔住，此時此地怎會有人藏匿。路燈的光昏黃微弱，射不到這角落；但右手撫在他身上，感到衣服是濕膩膩的，而且瑟瑟地抖顫。

于雲雷輕輕搖晃那人肩頭，大聲喊：「喂！」

踡縮的人似乎已有知覺，俯於胸前的頭顱，慢慢向上舉起，眼睛尋覓聲音的來源。

心尖跳動。于雲雷已看清那是「犬」字形面龐的老頭。離開唐升辰家時，老人的精神還不算太差；但現在彷彿已抓住死神的裙裾，快要離開人間了。

「你爲什麼睡在這兒？」于雲雷同情地大聲問。

老人正愣視走廊邊緣幾何圖形的半截磚塊，像聽不清話句，或是反應遲緩，不能領會話中的意思。只發出一串微弱呢喃：「我……我去……」

「你的家在那兒？」于雲雷移動腳步，膝蓋抵住逐漸癱軟的脊梁。老人許是迷了路，也可能是訪親友不遇。他覺得有幫助的義務，如果時間和能力許可，他要送老人回家。

「我……我沒……沒有……」老人沉陷的眼眶，注滿淚水；一個個音符，在碰擊的牙床中迸出。邊說邊伸出顫抖的右手，撫弄于雲雷的手背。

這老頭在寒風苦雨的日子，該躺在家中休息，最起碼也該留在救濟院或是養老所，怎能受風雨的淩虐。忽然想到「老吾老以及人之老」那句話。他沒有找到父親，能把這老人接回農場奉養，當作父親看待也不錯。實際上，是不是父親都沒有關係，只要自己恭敬他，鄭重地承認他，別人就會相信他眞的把父親找回來了。然後他要和老人排演一段故事，怎樣經商，怎樣失敗，再怎樣和家庭失去連絡，接著就無顏回家……等等，那樣他就會在人前昂頭挺胸，不會有屈辱和自卑的感覺……

但你心理上眞會減輕負擔？欺騙別人容易，但無法欺騙自己。

胡思亂想必須拋開，先要解決老人眼前的難題。老人不斷的咳嗽，喉嚨裡有咕嚕響的黏痰，氣息也很短促，病似乎很重。如果幫助這老人，在半途暈厥和休克致死，他將洗不清自己的罪嫌。他現在沒有時間，更沒有金錢，棲於別人簷下，已嚐盡酸辛；那有力量幫助來歷不明的老人。

「那你怎麼辦呢？」于雲雷哀憐地表示關懷。

「我……我……是……你……你……」

爲什麼不說下去呢！如果這老人就是他眞正的父親該多好。不管父親的病有多重，他要送最大的醫院，請最好的醫師爲他診治（葛華達會幫助他，借錢給他的）。不管父親以往做過多少錯事，如何的薄待他，對不起他，他總要原諒他，盡心竭力的照顧他、看護他，直到恢復健康。他已受過沒有父親的痛苦，眞正地領悟到，有個最壞最不稱職的父親，總比沒有父親好得多、強得多。

于雲雷緊接著問：「你是誰？說啊！」

「不……不……」老人搖頭。「我去……是是去……教……教……教……堂……」

老人的話聲被喘息和咳嗽割掉，已連續不成話句。他想去教堂，還是在教堂服務？這裡有天主教堂，還有兩所名稱不同的基督教堂。他到底信仰什麼宗教？有信仰的人，精神該不致如此頹唐。在氣息奄奄時，還像一隻無頭蒼蠅似地亂鑽。

他握著老人枯癟的手，俯身在他身際。「你要去那一座教堂？」

「沒……沒有，我沒……信……信，」老人抽回雙手，捧著心窩猛咳，再氣喘吁吁說：「不要……管……我……你……走吧……」

「你這樣子，我不能走。我要幫助你。」

「謝……謝……我……我又老……又病……快……快死了……」老人停下喘息：「你……你有

……前途……創造……自尊……我……不連……累累……你……」

老人眼皮垂下，淚珠尋覓臉頰上的皺紋流竄。話語吞吐猶豫，似有說不出的隱痛和苦衷。生、老、病、死的難關，誰都避免不了。這老頭許是超人，想通這道理，所以不接受幫助。實際上，他也沒有多大力量幫助他人，不是醫生，又不是神父，對生理和心理治療一竅不通，不能延長他的生命，也不能拯救他的靈魂；明日就要離開葛家，走自己認爲應該走的路，怎能爲這垂斃的老人，改變決定和計畫。

「我這樣離開你，覺得不放心。」于雲雷兩手撐膝蓋，歉疚地說：「但我想不到好辦法。」

「你走……走吧！我自己……會……過……」老人的話愈說愈低，頭又垂至膝蓋，弓腰踡縮成一團。似無力伸直脖頸，更像拒絕交談。

對人們失望，還是怪人們薄情？他只是一個路人，願意伸出同情之手；如果有足夠的能力，他會留老人住下，或是送往醫院；但他……

煩躁襲擊自己，他慢慢撐直腰桿。旋轉身軀時，仍掉頭對那半僵硬的老頭深情的一瞥，才跨大步伐離開。

雨勢隨著風聲加強；于雲雷在水漬漬的柏油路上滑行；老人接受「最後審判」的消極態度，一直盤據心頭：一切都抓不住的空虛感覺，在心靈深處燃燒、發酵。自己所遭遇的種種痛苦，彷佛已不像前時那樣難以負荷了。

才吐出一口輕鬆的氣，立刻有重壓緊逼他。遙見葛家門前停有汽車，便惶然驚懼；董事長這時回家，見他這身打扮，問長問短；提起離開的原委，嚕嚕囌囌；膠黏在一起，從門口到內客廳，哼哼唔唔……最後的一夜，將無法寧靜度過……

一步步走近，知道估計錯誤。葛老頭坐的是黑色轎車，門口卻停的是藍色計程車；後座還有一個女人，從背影無法看清楚是不是強妮。強妮在何處逗留到如此深夜？

燈光朦朧，車中人影搖晃。他撥開心中雲霧，此時此地，何必管葛家的人和事。

心胸釋然衝往門前，舉起的右手還沒到達電鈴，身後的女高音拔了一個尖兒：「小于！于雲雷！」

腔調圓潤熟悉，但急切地想不起是誰。翻轉身，見探頭在門窗外的是「水蜜桃」。

又是她，像一綹有刺的藤蘿纏繞四週，礙手礙腳；但比見到強妮要好得多。她爲什麼來這兒？毛健雄的傷勢重了，要逮捕他歸案？唐升辰和黃兆蘭宣佈訂婚、結婚，告訴他死了那條心？她又有新的發現：來參加舞會的老頭，是百萬富翁化裝……

她臉上砌著笑，招手示意。是女孩子嘛，而且又在自家門前，不得不走向車窗。

「我正找你。你進來坐吧，外面有雨。」

自己在心中畫警戒紅線。他不怕雨淋，不能隨便坐別人車。強妮給他的教訓已夠大。他們之間的話談完了，她已用最猛烈的武器攻擊過他，雙方都沒有獲勝。現在還有什麼好談的。

「妳找我？」他鄙夷地詰問。

「當……當然。」人工睫毛上下起落，眼珠怯懦地閃動。「眞人面前不說假話。我主要的是找葛小姐……」

于雲雷怦然心驚：「妳們談好了？」

「她不肯見我。」

「何必要見她。」于雲雷看出強妮處處佔上風，採取主動，失敗的準是水蜜桃。「可是，我說過，即使見面了，妳和她又能談些什麼？」

「把我們明天訂婚的消息告訴她，請她放棄——」

「如果她不接受，反過來請妳放棄呢？」

「我告訴她一件事實，她將會改變主張，拱手把毛健雄讓我。」

無恥。怎能當著他說這樣的話！眞以爲別人不知道妳指的是什麼！好吧，葛強妮也告訴妳一件「事實」，妳不放棄毛健雄，就得用抽籤的方法選丈夫，豈不是荒唐絕頂。

「逢人只說三分話」，該忍耐些。分析透徹，水蜜桃會罵他刻薄，心中再三盤算，覺得這「事實」從他口中說出，更是弄假成眞。他身上已誤染不少骯髒，再不能抓糞往自己臉龐抹擦。

「她不肯見妳。妳還能賴在這兒？」

水蜜桃搖頭，兩個銀白大耳環，撲打面頰：「你想她是躲避我，還是眞的不在家？」

猝然憶起金媽在電話中的話：「回來又出去了！」強妮不是逃避的人，如果在家，諒已有精彩的演出。她不甘寂寞，正愁沒有機會表現自己，有了假想敵，戰鬥情況會更逼眞。

但他不願明說，只回答不知道。

「你能把我的來意，透露給她？」這就是水蜜桃找他、等他的目的？他用力揮動右臂，加強語氣：「不能！」

水蜜桃似乎被尖銳的錐子刺著，不安地扭動了一陣，打開車門，不顧風雨和泥濘站在他面前柔和地說：「我們在小唐家的談話，太意氣用事了。我應該懇求你。誰都知道于雲雷嘴硬心軟，樂於助人，我竟是那麼愚蠢——」

不愚蠢怎會和姓毛的小子攪在一起。她正面砍殺沒有獲勝，又想從他的軟弱方面開始進攻。「旁的都好商量，」于雲雷堵起所有隙縫，連空氣也不讓鑽入，「可是，我說過，唯有這樣的事，斷不能通融。」

水蜜桃用右拳擊左掌，與慢慢躑躅地高跟鞋聲應和：「那怎辦呢？唯有強妮可以解救我的危機，唯有你可以抓住強妮；而你又是如此固執，毫不考慮我的建議……」

像用疲勞轟炸，不讓他離開的樣子，怎能忍受得住。好吧，開一張永不能兌現的支票搪塞一下：「到了適當的時機，我會考慮妳的建議！」

水蜜桃千謝萬謝，高高興興——或者說是裝成獲勝的樣子，打開車門，得意地走了。車輪輾在濕地的絲絲聲，壓住他心頭。怎會輕易相信你的承諾？她以女性的立場，認爲你會和強妮結婚、生子——生個私生子！你是個無根無絆的父親；再生個沒有來頭的兒子，是多麼滑稽的事。也許，你也許會喜歡一個天眞可愛的孩子，你孤獨得太久了。可是，能爲毛健雄揹黑鍋？

于雲雷自我嘲笑地思慮著等待開門。

金媽的丈夫老金，在半截小門裡伸出頭偵查罪犯似地用目光盤問夠了，才齜著牙譴責：「你到這會兒才回來，出事嘍？」

「沒有。」于雲雷弓腰鑽進小門，隨手關好、扣牢。

「瞧你的樣子，就知你沒幹好事，還耍賴皮！」老金攔在他面前：「外面的事你不說，我也懶得管。我告訴你，董事長一直查問你，關照我，要你到家就去見他。」

是的，無法逃避，該來的終於來了。他踅轉身，逕向自己的小屋走去。

老金大嚷：「你還不快點到裡面去！」

「我要換掉——」他拍拍自己的夾克，再低頭向前走；走了幾步，老金又喊住：「今兒晚上，有人來找過你。」

不是唐升辰，就是水蜜桃；老金不會想到他全已見過面。他不經意地問：「是常來的同學姓唐？」

「是沒見過的，還不肯說出姓名——」

于雲雷瞿然心驚。鄭伯伯那邊來了消息，莫非是父親？「怎樣的人？有多少年紀？」

「是個破破爛爛的老頭，和叫花子差不多。你又有什麼好緊張的！」

「留下地址沒有？」

「這種人趕都趕不走，」老金輕蔑地擤鼻子：「你還要他留下地址！」

老金糊塗到如此程度，糟了。他像憋住一口氣，從深井提起一桶水到井邊，突然繩索折斷，水桶猛墜入井底。這使他以後如何懊喪、難受？他真恨自己在外面逗留那麼久，早回來就不會有此差錯。

「說說看，那老人的外表有什麼特徵？」他希望來這兒的是鄭伯伯。

「滿臉鬍鬚，左眉梢上有一粒很大的黑痣……」

「又是他！」

于雲雷猛地縱開。這「犬」形面龐老人，瘋瘋癲癲，專跑熱鬧地方。沒問清老金時間，是去唐升辰家之前還是之後來這兒。去舞會是為了開眼界，來這兒幹什麼？難道要瀏覽這廣大的庭園和精美的建築。

在街頭走廊見到那老人，惜已不能言語；和他談談一定不錯。他的人生經驗豐富，也可以知道，從老一代人們眼中，看下面這一代到底是什麼樣子。明天吧！老弱的人不會走得太遠——一定要抓住機會。明天……可能明天……老人生命的旅程已走完全途。

目光習慣性的掠過車棚，又驚又喜。失去的三輪車，像吃飽了的老牛，穩穩當當地蹲在那兒閉目養神。

是強妮僱人踏回，是警察機關查獲通知車主領回？

原來葛老頭盯緊他，盤問他，是為了這輛車子。揭開謎底，高興得多。編個故事很容易：碰到多年不見的朋友，硬拖著敘敘喝兩杯，堅拒，別人會說他是「猶太」；酒醉飯飽，再找車子，沒有蹤影；覓了十條八條街，然後報案，延誤了時間……有錢有地位的人，不願花腦筋在小事上面；而且，明兒就離開了，堂堂的董事長會為這輛早要報廢的車子發火教訓人？

油加利樹葉的雨點，零落地跌在棚頂鐵皮上，彷彿對他款款絮語。

遠處的火車頭長吼一聲，鋼軌上的鐵輪掙扎呻吟，地面鈴鈴動盪了一陣，才慢慢安靜下來。

于雲雷雙手搆樹幹的分枝，縱身爬樹。這是他來的那年親手栽植的，現在已長高得夠爬好大一會兒。他常把這樹比做自己。剛種下時，只是一株纖弱的細枝，正像他那時的荏弱；慢慢的增枝添葉，已茁壯得耐住任何風霜雨露。

平時掃落葉，在樹頂上看朝霞；此刻夜已深，雨點灑在樹葉上窸窸窣窣，他盤在枝葉中間，卻想大喊大叫——整個住宅都安靜了，他為什麼會有這衝動。是流連這逸樂的生活；是強妮、兆蘭、水蜜桃、唐升辰……給他的煩惱；還是感到茫茫前途……啊！還有葛老頭要和他談話；他不想去見他。逃避、延宕、編排理由說服自己，仍然要面對面談話。

用不著膽怯，昂頭做自己該做的事，勇敢地面對現實，不應畏葸、退縮。

從枝椏間輕輕溜下，躍向自己小屋。拉出腰帶上的鎖匙開門；心突地從胯間往下沉，似乎墜落地面：鎖打開了，門是虛掩的。

誰進來過？小偷？葛老頭……？屋裡有幾本破書，幾件舊衣服，不值得偷。葛老頭年紀大了，地位高了，有無法計數的財富，更不會來這兒查察他的一切。

那麼又是誰進來過。

推門。掀撥門後的電燈開關。吊在書桌上有燈罩的六十支光燈泡，懶洋洋地照射著。迅速地一瞥，屋中沒有改變，更沒有缺少什麼。

低頭撿起門口「限時」信，就著桌上燈光，見是鄭鐵銓寫來的。諒是催他趕快去農場。鄭鐵銓拿著爸爸的錢，不知如何安排，也沒有耐性待在窮鄉僻壤；準是急想找他做替死鬼，好逍遙自在……

撕開封口，信紙箝出半截；瞥見床上有物體蠕動。陡地一驚，信封連信紙跌落桌面；原來床上藏匿著一個人。

他上前兩步，床上的人，雙手搗著臉咯咯地笑著坐起，是一個女人。

床上的人跳下地，看清了，也猜到了，是葛強妮！撬鎖的是她，水蜜桃認爲她不肯相見；葛華達急急地查問他，諒與這寶貝女兒失蹤有關。

從迷亂恍惚中鎮定下來，結巴地擠出兩句話：「出去……請快點出去！」

「這樣是太不客氣啦！」她兩臂摔動，把自己的身體當軸心，一周周畫圓圈。「人家等你，一定有話說。爲什麼你這時才回來？」

早知如此，今晚不回家，陪那「犬」形面龐老人一夜多好。可是把他送往教堂或是醫院，生命不會得救，許會拯起墮落的靈魂。回來面對強妮，又要摭拾那些老話題：愛啊，恨啊，婚嫁啊……多麼乏味。但得遷就她的任性脾氣，應付她早點出門。

「處理一點私事。」他退回坐在桌旁的圓背籐椅上，抓起桌上的菸盒，抽出一支菸點燃。

「見到『黃竹桿』了？」

是來挑釁的？她撒佈禍害的種子，現在來查驗成果？別逞能吧，到底是個不成熟的孩子，又能在平靜無波的海裡，翻多大的浪？

「她不信妳的鬼話，陷害別人的陰謀詭計只是害了妳自己！」

「我不信！」她亮黑的眼珠，桌球似地竄動：「說說看，爲什麼？」

「人們都知道妳的醜聞了，而妳並沒有抓住妳所急需的一切。」該說得再明顯些：她沒有爲孩子找到合法的父親；她不能——也許是永遠不能抓住理想丈夫。姓于的清譽雖受玷污，但損失最大的仍是葛強妮自己。

他彈落煙灰，咧嘴冷笑，又加了一句：「可是，我說過，妳『報復』是找錯了對象，妳該不放鬆毛健雄——」

「我根本就不要他！」

水蜜桃欣喜地回去，可能在撫慰毛健雄的創傷，並商談明天訂婚的各項細節；而葛強妮此刻卻說「葡萄是酸的」。

「妳藏在世界的角落裡。」于雲雷有點憐憫她：「永不知道姓毛的小子要什麼手段！」

「爲什麼不知道，他明天訂婚了。」她表演花式溜冰的迴旋。語調輕鬆得如談論電影或是小說中的人物。

他接著往下送一句：「和妳嗎？」

「當然不是。」強妮像立刻領會了譏訕。「那樣，我此刻還會在這兒？」

這表示還沒放棄糾纏他的企圖。訂婚的是她，她就會很忙，也不會有話和他商量。這樣倒挺不錯。在小唐家打電話找不到她的遺憾感覺消失了。她本人輕鬆寫意，像撿到一顆大鑽石；而他這局外人，又何必像遺失黃金似地苦惱。

令他驚異的是，陪她出去時，還想盡方法找毛健雄，怎會一下子就知道他要和水蜜桃訂婚？

強妮沒有立刻答覆，只是捏起嗓子咯咯笑。全身忸忸怩怩，顯現著得意和做作。這使他有機會看清她淺黃的套頭毛衣，蘋果綠的窄長褲緊裹在身上。富於彈性的服裝，彷彿專爲展示她柔韌的線條。她的笑聲、蹦蹦跳跳的動作，以及亮麗的色彩，爲他簡陋的小屋升起了月亮，擄來了春天；也爲他帶來了暈眩、苦惱。她那種不在乎的言笑、舉動，襯托出他的愚蠢、無知。她處處像個導演，而他卻是一個跑龍套的演員，演出低級的鬧劇，售賣廉價的感情，贏不得觀衆的同情和共鳴。

笑聲停了，晃盪的肢體靜止了；屋中的氣流慢慢凝結。她才瞇著眼睛說：「想不到吧，我的消息來源，是貴同學報導的。」

該早想到這一點的。唯有唐升辰對這類問題最「權威」，也唯有從他口中說出這消息才最有利。

強妮橫坐在小屋中唯一的沙發椅上，兩隻細長的小腿掛在把手上踢動像擂鼓，話句如綿綿的雨絲，賡續不斷。唐升辰請她參加舞會。沒有時間，也沒有興趣。舞會裡的人不少，有毛健雄、水蜜桃、于雲雷等等，長得「帥」的男人不可靠，毛健雄明兒訂婚了。于雲雷沒出息，死心塌地繞著「黃竹桿」轉，看起來還要論嫁娶。唐升辰的言語嚕嚕啦啦，句和句沒有間隔，沒有高低曲折，像是割不斷的棉花。多心煩，直想打瞌睡。你的眼皮也垂下了，精彩的仍在後面——

他壓菸頭於藍墨水瓶底，急搖右手：「可是，我聽說——他已向妳求婚。」

強妮並沒因阻攔而停止敘述：「貴同學為我分析，所有男孩都逃避我，不接受我的愛，意思就是說，除了嫁給他以外，便無路可走。但我得告訴他一件事實——」

「無恥！」憤怒變成烈燄，在體腔內奔騰、燃燒。于雲雷拍著桌子站起，想上前摑她一記耳光。唐升辰說這話時，臉上浮泛的那股得意和輕蔑，又在眼前顯映：「妳居然敢公開自己的醜事！更無恥的，誣賴我是那醜聞中的主角！」

塞在胸腔內的那口悶氣，藉機吐露出來，似乎舒服些；說出口，便覺得這樣辱罵的話，確嫌過分；但希望能因此趕走強妮。

可是強妮並沒有出門的意思；雙手托下顎，蹙蹙眉頭：「太不客氣，快別這麼說！我沒在小唐面前提過你，他要往你身上揣測，我沒法負責。」

「妳雖沒明說，但會要小聰明，用暗喻或是隱語談那骯髒的事，使別人誤會我——」

「我們不談這個，」強妮避開指責：「現在是介紹貴同學的精彩演出。他不在乎我以往的一切，只要我答應嫁他——」

這告訴他有何用。小唐不在乎；而他是個拘謹、猶豫，對一切失去信心的人，還能再讓未來的生活，擊潰僅僅保留的那點人性尊嚴？他在乎，他重視她以往的一切，重視女性的品德和聖潔。

強妮口口聲聲的「貴同學」，不得不爲小唐申辯：「妳的話違反常情，他不信那是事實。」

「最初他以爲我是騙他——這個社會就是這樣：眞話被認爲是假的，假話卻信以爲眞；因此，你騙我，我騙你，眞假不分——我鄭重的告訴他，他終於相信了。你猜怎麼著？」

誰願猜？這類事，誰要關心。唐升辰對他重複這段「故事」時，便沒有繼續說下去；但在神情和語氣上，像使別人領會到小唐明白事實眞相，就放棄追求葛強妮的念頭。

也許，小唐沒有如此表示，只是他在了解情況後，以爲唐升辰也必然的和他一樣，立刻撤退。

不，小唐不是這樣高尚的人；諒眞有超人的傑出表演。強妮見他沒有反應，又接著說：「貴同學確是不在乎，你聽聽看，」強妮模仿小唐的語調：「『嫁給我吧！我不在乎妳生過一個或兩個孩子。我要是愛上一個人，就會爲所愛的人犧牲，背十字架。」

「我說：『你不覺得那是一種恥辱，傷害你的自尊？」

「『不，那是一種光榮。妳是如此美麗、莊嚴，我崇拜、景仰還來不及，怎會有褻瀆的想法和念頭……』」

于雲雷覺得血往臉上衝，又重坐回桌旁的籐椅上，抽出一支菸猛吸。唐升辰的行爲，與你何干，你要臊得滿臉緋紅！他雖然和你是同學，但你們走的卻是兩條路。唐升辰正和目下大多數的青年一樣；受了現實的折騰，只懂得投機取巧，好逸惡勞，一心一意追求名利和虛榮。在學校讀書，僅看要考的那幾頁或是借來的筆記；做學問也在規定的範圍思索。不是忙分數，就是追女生。不是忙著出國，就是爲了賺更多的金錢。他沒有理想，也沒有抱負；眼看著葛家有那麼大的財產，那麼多的公司行號，當然可以「忍辱負重」，發揮中華民族重要的德性。

不。許是小唐眞的愛強妮；強妮那麼美，那麼曲線玲瓏的誘惑人。爲了愛情，應該自我犧牲；小唐不是如你所臆測的那樣卑污、齷齪。強妮才孕育一個未成形的孩子……他早就想過唐升辰可能喜歡孩子，一個不是自己生的孩子……笑話。

風掀起車棚鐵皮，連連敲擊棚架，發出砰砰響聲，簷滴仍有氣無力地在水溝裡呢喃。疲憊之感輕襲著心靈，他希望強妮立刻離開，能早點去看葛華達；話談完了，好安靜地躺在床上，回味著今晚所發生的一切，深思冥索著未來的種種……

然而，這位不受歡迎的客人，毫未體會到主人的情緒和態度。仍絮叨地重複唐升辰表演的「臺詞」：

「『妳嫁給我吧！我眞心誠意地愛妳，妳不是不知道。看：我跪下來求妳。妳是銅澆鐵打的心腸，也該答應我了。』

「『你起來。有話好說。男子漢大丈夫，跪在地上不好看。』

「『妳不答應我，我就永遠不起來！』

「這下可唬住我了，怎麼辦？我說：『你要和我結婚，必須先明白我的條件——』」

于雲雷的脊背彷彿被毒蟲螫了一下，躍起問：「妳還有臉向他提出條件！」

強妮像貓伸懶腰似地站起，挺直膝蓋在狹隘的房間內蹭蹬，像是演員練習臺步。

「你別慌。」強妮右臂揮出一個漂亮的姿勢：「我對小唐說：『因爲我出了差錯，無顏見許多熟人。想遠離家鄉，拋別繁華，過一種清苦的生活贖罪，你能陪我一道去吃苦？』

「『妳是說著玩兒的吧？』

「『我說的是規規矩矩，眞眞實實的話。』

「『可……可是，妳做不到。』

「『你該知道我的脾氣：我想到那裡就說到那裡；說到那裡就做到那裡。如果你願意和這個熱鬧的社會斷絕來往，我們馬上就去一個孤僻的小島結婚。』

「『婚後再回來？』

「『永遠住在那荒島。』

「『拋別妳的，以及我的家庭？』

「『當然，要拋棄所有的親朋故舊，財產……』」強妮沒有說完，就兩手插腰，面對于雲雷扭擺肢體。「貴同學不要請，不要拉，便自動站起。連連說不能離開家，不能離開朋友，……實際上，他是離不開我爸爸那麼多的事業機構和金錢……」

準是他臉上顯現的惱怒，把強妮未說完的話凍結在喉管。在他面前，複誦別個男人求婚的醜態，是炫耀，還是轉彎抹角的告訴他：接受她的愛，就會有偌大的家產跟隨在身後。這還要她來饒舌，早知葛華達只有她這個寶貝女兒；他爸爸娶了繼母，也沒有生男育女，她將是那許多財產的合法繼承人。若是他存心覬覦那龐大的產業，早就親近她，追求她，窺伺著她的鼻息，鑽在她的裙下，舔她的鞋底鞋跟了。

在他面前暴露唐升辰私人的秘密和弱點，是她的淺薄、幼稚、欠缺風度……沒有時間也沒有必要去指責、駁正，僅微露厭惡的神情，打著哈欠說：「妳既然拒絕了小唐，現在往舞會找姓毛的小太保——」

「爲什麼我一定要找他？」

這不是鬥氣、任性或擺小姐脾氣的時候。妳高貴的公主身分已貶値，還要別人點破？

「那是妳解決困難的最好時機。」于雲雷毫不留情地刺她一針。

強妮愣了一下，接著笑出聲：「我突然悟出了一項道理。」她又在屋內迴旋、搖晃。「腳踏兩隻船的人，一定會跌落河中；先站穩一隻腳，兩條腿才能同時站得穩。」

「聽口氣，妳的一隻腳已站住了？」

「當然。」強妮仰視雨漬浸黃的甘蔗板，面上捏塑起剛毅、堅定的線條；語調也充滿自信：「在你丟下三輪車拋開我後，忿懣和怨恨改變我的意念，促成我的行動。所以，所以……我此刻仍留在這兒……」

她眼皮低垂，聲音微弱，沒再繼續下去，是羞赧，還是有所忌諱？他掙扎了這麼久，以爲強妮會拋開糾纏他的那條心；誰知卻想錯了，強妮卻像牛皮糖似的黏在他身上。

「妳留在這兒有什麼用？」于雲雷拋去半截香菸，用力踩熄。「我不會改變自己的決定。」

「我也不會。」強妮緊接著說：「你知道我的脾氣，我想要的就必須得到，不要的誰都不能勉強我。」

這就是所謂任性、矯情。他看得太多，了解得太清楚。強妮從童年開始，就蠻橫不講理。硬要扮成男孩：硬殼帽、牛仔褲、長統皮靴，還佩短槍，模仿西部武打片中的好漢，沒人敢阻止她的胡鬧。一會兒裝高雅：學畫畫、練鋼琴；一會兒又追隨時髦跳芭蕾。室內的花樣玩膩了、厭了，便向室外發展。不是研究溜冰，就是學習滑水。她有的是時間和金錢，上天入地隨心所欲；但還不滿足。看到他練拳擊，也參加一份；並要和他賽游泳，比爬樹……時時糾纏他，騷擾他；他的腦袋快被磨破了，炸裂了——在她來說，她想要的都抓到了，實現了。現在這樣的大事不能隨她擺佈。于雲雷不是物體，不是玩具；更不是供人作消閒活動的種種道具。他有自由意志，獨立人格，不能隨便接受她的佈施和玩弄。更不能像隻皮球一樣，任她踢來踢去。

「那麼妳就好好抓住機會，」于雲雷抓起桌上一堆凌亂的書，開始整理：「可是，我說過，現在我沒工夫陪妳，請妳出去吧！」

強妮並沒理會逼人的逐客令，反而一步步向他走近，瞪著雙眼驚訝地問：「你怎麼穿毛健雄的夾克？」

懊惱、悔恨，但夾克裹緊身體，一時剝不下來：「我的衣服淋濕了，這是唐升辰的。」

他已迅速脫下，摔在裝滿衣物的帆布袋上。

強妮抓起那夾克的一隻袖子。「這是毛健雄的。這兒是被鐵釘割破的，我記得最清楚，那是一個大風雨之夜……」

強妮放開衣袖，坐回沙發椅，默默凝視那夾克和撐得不成形的帆布袋。

爲什麼不說下去？已觸起她痛苦的回憶。在山巔、海濱，或是躲在偏僻的古廟裡，毛健雄穿著這夾克對她施暴……所以有了孽種……

于雲雷抓起掛在牆上的一件外套，從容地穿在身上。

強妮目光追隨他的動作；突然大叫：「你的臉是怎麼受傷的？」

他覺得強妮是在找話題拖延時間，賴在這兒不想離開。不然，怎會到現在才看清他的創傷。

「還不是爲了妳！」于雲雷用力抖齊書籍，憤怒地回答。

「爲了我？」

「姓毛的是個懦夫，眞丟妳的臉；他不但不認帳，還把那……那樣的結果賴在我身上──」

「你是說那……那個孩子？」

「不錯，就是那醜惡的事。」于雲雷見強妮毫不感到羞恥，頗爲氣憤：「妳自己覺得光榮，到處宣揚，但我被牽連成無辜者，便感到無臉見人！」

「所以你找毛健雄談判，他就打傷了你？」

「可是，我說，別得意，毛健雄的傷比我重得多。如不是人多拉住了，我要打死那個不負責任的花花公子。」

強妮笑得像風擺柳，肢體在沙發上前仰後合。是故意裝出掩飾醜態的？「你代表誰向他談判，代表我？」

「我代表自己！」于雲雷大叫：「我要洗清自己。妳是如何的骯髒，我可管不著。」

屋外的雨仍淅瀝不停，遠處的雞啼似已力竭，汽車衝擊風雨呼嚕嚕行駛。

強妮的面色陰黯，低首沉吟後，才幽幽地說：「你對我說的那個……那個……孩子，眞的覺得很嚴重？如果——如果……」

于雲雷揮手不讓她說下去：「我們的談話到此地爲止，如果——」強妮的「如果」下面是什麼意思？如果不說出關於「孩子」的話，他會接受婚姻？「如果」這孩子是他的骨肉，他也像毛健雄一樣做懦夫逃避？「如果」他不寄人籬下，遇到這類典型的女孩子，會愛她、娶她？「如果」葛華達沒戕害他的人性尊嚴，強妮遭遇如此困難，他會爲了感德、報恩，挺身遮飾強妮以及葛家的羞辱？

遺憾的是：他貿然截斷強妮假設的下文，不能確定強妮究有如何的想法和做法；只好接下去說：「『如果』妳不立刻離開，我馬上就走！」

「這樣深夜，你急著要去那兒？」

耳中又聽到雞啼和狗吠，洋鐵皮上的雨滴仍在啜泣。他任何地方都不要去，想用棉被蒙頭睡覺；但能夠嗎？逃避得了嗎？

「去見妳父親。」

「那更不必急。他今晚不會休息，一定要等你。我們談完了，一道去見他也不遲。」

那不是等於說明他和強妮之間的親密關係；外面已被胡鬧得黑白不分，還能在葛華達腦中塑捏一個大問號？

「妳怎曉得他一定要等我？」

她又露出晶瑩的貝齒，架起裙裾遮不住的半截圓潤大腿，得意地搖晃。今晚的一切，彷彿都經強妮預先部署。他有如一個盲人騎了瞎馬，步步走向她埋著絆馬索的陷坑。

「到時候你自然明白，我不能洩漏天機。」強妮說：「你先坐下，我們慢慢談。」

強妮見他伸手從菸盒中拿菸，也向他要了一支，他用火柴爲她點燃。

她用左手的拇指和食指，手心向上捏著菸捲，誇大地吸著，再猛力從口中噴出。

于雲雷竭力控制住憤怒和焦急，不讓它表現在態度和言語上。這是最長的一夜，遭遇的是最艱苦的一場戰爭，誰能沉著應付，意志堅決，誰就是獲得最後勝利的英雄。

「有話請快點說吧！」于雲雷吹出濃重的煙霧催促著。

「請你先把門關好，窗簾拉好。」

他尖銳地說：「我再不上妳的當了。」

「不怕別人看到我深夜在你的屋裡？」

搖手再搖頭重複地表示不怕，明兒就離開這爾虞我詐的社會，脫離這是非圈圈，還有什麼好怕的。

「那麼你關燈，」強妮的右手，揮向那發霉發黃的燈泡。「我們來『捉迷藏』！」果是眞的嗎？清冷的空氣中，捉不住一絲溫暖。強妮希望造成「事實」，然後談婚嫁……妳眞是如此可憐，無路可走，是毛健雄的罪惡……唐升辰雖然自私一點，但不失爲一個好人……姓于的不是傻小子。關掉電燈，以前那段回憶又從腦中罅隙鑽出。他不會泯滅理性。從艱苦的生活，恥辱的影子裡偷生，還能輕浮、荒誕；強妮永不會看清他，仍把他當作一般青年看待，錯了。女孩眼中的男人，永遠是顚顚手指，就會跪下打滾式的下賤？

他裝作沒有領會，只是厭惡地說著雙關語：「可是，我說過，我們都已長大；孩子時代的遊戲，不能繼續演下去了。」

強妮雙眉揑一把無形的鎖，像擔不住那份愁的重量：「我希望回到童年，再過天眞無邪的生活。」她鼓起胸脯，吐了一口深長的氣：「還記得我們在一起的遊戲？」

他進入葛家後的一切都忘不了。經歷過的痛苦和磨難宛如鐫刻在心肺，走一步便留一道很深的足跡，唯有伴同強妮的那段生活仍屬於溫馨甜蜜的。他看著她跳房子、玩玻璃彈珠、跳橡皮圈。慢慢長大了，他抱著她學騎自行車，拉著手在長長的走廊裡練溜冰。玩跳棋，輸了抱著棋盤痛哭的情景，彷彿就在昨天。強妮年幼時，喜歡大哭大叫，但不肯服輸，風箏拖著牽牢線尾的強妮，她寧願哭喊著跌入小河，不肯放鬆手裡的風箏。強妮執槳划動輕如蘆葉的小舟，船在湖心滴溜溜轉，撞向大船，翻覆了，從湖心抓起她，她仍堅持著要自己划船。

使強逞性，執拗得像塊石頭。爲了一支笛子，一隻皮球，一輛半自動的玩具汽車，會和年齡相近的小朋友爭吵狠鬥。看到鄰人行婚禮，硬要派他這個大男孩做新郎，她卻和一個女玩伴爭做「新娘」，因而咬破別人的手臂和頸子，完成了「搶親」的遊戲。她實是被寵壞了，有母親時，母親維護她；沒有母親了，父親對她更寶貝，任何人不敢惹她。公主似地從童年遊進了少年、青年，仍眷戀那段隨心所欲的日子？

「那時，我們都很幼稚和無知，」于雲雷故意用「我們」，想使她聽得不太刺耳：「現在想起來，除了覺得那些胡鬧好笑外，就沒有什麼留戀價值。」

「不過，那時我們都很單純，我們之間沒有一點兒距離。」強妮被吸進去的煙嗆咳了一陣拋去香菸，用高跟鞋鞋掌踏了一下：「我問你：你為什麼突地變了？」

于雲雷猝然一驚，似乎一陣冷風猛襲著他，打了一個寒顫：「我沒有變，變的是妳。」

「不。是你變了，變得冷漠、疏遠，像一撮抓不住的濃霧。驕傲、孤僻，又不通情理——」

許多寂寞、痛苦、割裂靈魂的日子，全回到眼前。那不是驕傲，乃是人性被毒害以後的極度自卑。當時他怕見所有的人，覺得比每個人要低三尺，沒臉仰頭說話；尤其面對天使般的強妮，怕親近時褻瀆了她。而她正在成長的日子，處處表現優越和仗勢凌人的氣燄，更在他們之間挖掘了無法超越的鴻溝。

「那是很久遠的事了，」他也拋掉手中的半截菸捲：「何必要提它。」

「不，我要告訴你。」強妮執拗地說：「我曾用種種方法，使你生氣、嫉妒，打擊你的自高自大，撲滅你的狂傲心理，想引起你的注意，希望仍像以前一樣……」

「可是，我不知道。」

「就壞在你的不知道。」強妮又作深呼吸：「我失望透了，你對我仍視若無睹。看到你那副滿不在乎的態度，我氣得牙癢癢的。我問你，你一點點都不喜歡我？」

風聲、雨聲、汽車喇叭聲——不，是舞場中的那隻洋喇叭，在耳鼓內嘟嘟打打。現在問這些有什麼用，一切如逝去的聲息，抓不住，留不住。妳還能希望挽回些什麼！

于雲雷斷然搖頭。

「但我今晚一定要告訴你一件事實……」強妮低頭撫弄自己尖長纖細的指尖，沒有接著說下去。

這就是她撬開門鎖，深夜仍藏匿在這房間的緣故？那麼就不要吞吞吐吐，痛快地說吧。

「平時，我覺得你這人很怪，和一般男孩子不同，便想多多接近你，了解你。」強妮一口氣訴說：「在聽到你要走的消息之後，才曉得自己離不開你。不，實在用不著瞞你，我是有點喜歡你，應該說是愛……愛你……」

于雲雷噗哧笑出聲。在三輪車上她用最輕蔑的字眼形容過他，用最惡毒的言語辱罵過他，更用不正當的方法和手段報復過他；見他沒有如預期的豎白旗投降，她又改變策略，和他談過去，圖喚起以往的回憶和印象。現在又用最令人入迷的情感哄騙他。他豈是三歲的小孩，能輕易的入彀？

「妳懂得愛嗎？」于雲雷站起身，走上前問她：「妳了解那個字的意義嗎？」

「你還以爲我是個孩子！」

「那與年齡大小無關。」他在屋內蹣跚；火車頭在喘氣；雨點像手指似地在玻璃窗上敲擊。他認眞地說：「愛是要忘記自己、犧牲自己；而妳只知道有自己，從不顧及別人——」

「不，你不了解我。」強妮呼號地否認：「我確是有那種感覺，我體會得到；尤其在你狠心地把我拋在半途以後，便發現你的性格和我差不多——你也是那樣倔強，不向權勢、財富低頭；我就喜歡這樣有骨氣的人，你該懂得我的意思了。」

不懂，一點都不懂。她是爲了擄獲他，才故意說這些漂亮的話，沒有經過肺腑和大腦，頂多是趁一時高興，說過也就隨風吹散，被雨洗盡，怎能信以爲眞。

「這很遺憾。」于雲雷抓起菸盒中的一支菸，又立即放下。菸麻辣辣的嗆喉嚨，不能再吸了。

「可是，我說——我可不喜歡妳，更談不到愛妳！」

「不，你說謊，我從你的眼神和舉止態度看得出。你喜歡過我，也愛過我，你不能否認，也不必否認。」

「那是過去的事。」于雲雷的目光閃過凌亂的書架。甜笑的日曆女郎，斷了一根弦的七弦琴，再迅速地落於橫坐在沙發上的強妮身上：「過去我還想拿刀子殺死妳——」

「是爲了嫉妒？」

去妳的鬼個嫉妒，爲嫉妒去殺人，定是天生的傻瓜笨蛋：「爲了報復！」他惡狠狠地說。

強妮偏頭想了想：「你是恨我爸爸——對囉，你是不願提到我爸爸的，可是——」她把尾音拖得很長：「你說你懂得『愛』的，尤該用愛心待人，怎麼老是記著恨，恨，恨！報復，報復我爸爸究竟有什麼地方對不起你？」她猛地躍起，兩臂像樂隊指揮似的飛舞。

摩托車衝過雨陣，「嘟嘟」聲從內心一路輾壓過去。他呻吟地說：「可是，我說過，我不能告訴妳。」

「好吧，我是他的女兒，我也不要活下去了。」強妮反手插腰，一步步向他逼近。高跟鞋「篤」地一響，他就覺得全身猛地一顫。她不是在走路，猶如跳扭扭舞，整個屋子都隨著律動搖擺晃動。

強妮已直立面前：「我願意替爸爸贖罪，」她眼瞼微微閉起，有力地說：「你殺死我吧！」

他倏地站起，左手拉開椅子，向後倒退一步，右手摸索掛在腰帶上的彈簧刀，睜大眼睛瞪住這個不要活下去的女兒。她裝「太」字號身分厭了，膩了，今天要以孝女姿態出現。因爲知道你富正義感，便抄襲孝女緹縈的故事表演，期望獲得你的同情。孝是最高貴的一種情操，你會在人間倫理的至情下低頭，不會動她一根汗毛。她料定你是一個懦夫，不會下手殺她，才甘心裝作慷慨就義的英「雌」模樣，肆無忌憚的凌辱你。

他輕輕轉動光滑的刀柄，大拇指捺在彈簧的螺旋器上，仍靜靜凝視面前待罪的羔羊。她的嘴唇翕動，如粉紅色蝴蝶在花蕊間不停地鼓翅；面頰上透放薔薇色的彩霞；青春之釉浴於全身，鮮豔、晶瑩、生動，不像一朵即將凋謝、枯萎的花——腦中突地映現走廊上「犬」字形面龐老人的奄奄一息狀態，宛如一陣冷風鑽刺肌骨；他咬著牙齒打了一個冷顫。

是嫌他猶豫、考慮得太久了？強妮的眼瞼已慢慢撐開，烏黑的眼球特別圓，特別亮；眼眶很深，深得可以淹沒他，溺斃他。

他感到強妮的鼻息聲，和自己的呼吸應和。鐵皮上的雨點琤琤琮琮，似有一隻母貓的利爪探索捉搔。這是寂靜的夜，沉重的夜——沉重得可怕。他伸手就可攫住她的臉，抱她，吻她，撫愛那……只有雨聲擾攘，那太可怕。這就是她來這兒的目的？

刀身似乎在刀柄中蠢蠢躍動，待機竄出。她是葛華達的女兒，她擾亂你寧靜的生活，戕害你維護已久的自尊，你的名譽、信心都因她干預而損失殆盡——但殺死她能解決問題？

啊！多可怕。抓住她——吻她或是殺她……愛和恨之間的距離是多麼近，只差那麼一線……

不能愛她；愛她不是時候，也沒有愛她的理由和條件。他恨的對象是葛華達，殺了她，除了增加愧疚，並不能消除自己痛苦，他爲何要做如此傻事！

「妳爲了羞辱不想活下去，還是另想辦法吧！」于雲雷把抓住彈簧刀的手抽出，猛力一揮；內心倒吁一口冷氣，慶幸自己打破可怕的沉寂，一切的危險都隨著消逝。

現在突地想起葛華達仍在等待，不能再陪這個吃飽飯，專尋別人開心的娃娃聊天。他接著加了一句：「不管妳走不走，我要先走一步。」

「你又把話說了一半，這樣拋開我！」

「這是妳的家，前前後後，大大小小的房子都可以進出——」

「但我要命令你陪著我！」

于雲雷的腳步開始向外移動；他看出強妮臉上拌和著憤怒和失望。沒有來得及說「再見」，便縱身躍進雨地。

錫鐵皮上的雨點抖動聲不小，但並沒遮蓋住強妮挑釁式的笑聲。

他一點兒不明白：強妮的感情變化爲何這樣快，此刻她又發現了什麼值得可笑的事。

他又鑽進她爲捕捉他而編織的網？

12

轟隆隆的卡車，壓著濕淋淋馬路呼嘯而來，再揚長而去。那沉重的音響，有如輾平劉培濱的肝臟、肺腑。他顫慄地移動僵硬的肢體，希望能躺得舒適些，但銳利的風，沿著壁根鑽進他濕透的衣服，全身似沒有一絲兒溫暖，怎舒服得起來。

抵著脊背的水泥牆，變得更冷更硬；骨頭像都被壓得鬆軟酥碎——腦袋要炸裂，喉嚨連著心窩疼痛，胃、腸、肺……各種機能都像開始衰退、腐爛。他說不出自己有多麼難過，但隱隱地覺得生命的泉源，已逐漸乾涸得見底，似再不能撐到天明。

他微微睜開眼，斜伸著胳膊似的路燈，仍吐出慘兮兮的白光，抹在陰暗潮濕的走廊一角，無憂無慮也無生氣地伴著他。他就這樣無聲無臭地枯萎、死亡？

最好的機會捏在手中，都被他放棄了。沒有告訴葛家守門的老頭，他和于雲雷的關係，已是天大的錯誤——說明身分，那老頭會留下他當賓客招待，靜待于雲雷回家？那還是個不可靠的機會；大德經過他身旁，關懷他、撫慰他時，只要他說一句：「你是我親生的兒子——」情況許已完全不同。大德會叫一輛車送他去醫院，或是載他進入自己屋子，洗澡，換乾淨衣服，躺在沒有風雨剝蝕的床上，仍可以在這世界上行走、說話、思想……

老人陡地一震，彷彿自己從沒有想過。爲什麼生，爲什麼死？活在世上究竟又爲了誰？剛才眼睜睜讓于雲雷離開自己，眞是爲了遵守老鄭諾言，不願意使大德喪失自尊和活下去的信心，才犧牲自己未來可能獲得的安樂？他今天算是爲了兒子受苦難，死也可以瞑目了。

大德如見生身父親像狗似地踡縮在走廊，便追究他拋別妻兒的責任；然後像克忠一樣，掉頭而去，永遠在社會上抬不起頭。一個不盡責的父親，對兒女會有如此壞的影響？

全是鄭天福多餘的考慮，他就不信年輕人的自尊和信心是那樣重要。如再有機會見到于雲雷，就要大聲訴說一切，不管後果如何……

劇烈的咳嗽，鋸斷思路。痰裡有血腥味，眼中見白色的飛蛾衝撞。四肢麻木，心和胃逐漸痙攣……他再沒有能耐等待大德和小德了。

「得……得……」是腳步聲，由遠而近。劉培濱訝異地想：大德又回來找這快斷氣的老頭了！他咳了一聲清掃喉嚨，預備大叫于雲雷。

很失望。聽清了，是高跟鞋一步步踏向自己胸腔。任何人來了都沒用，只有大德具備同情和善良的心，他才可以得救。生命僅剩下一點灰燼，如能在自己親骨肉面前死去，算是看到一線光明。

又聽到男人的腔調。一男一女在深夜逛街，不是情意綿綿就是仇恨連心。他們是屬於何者？男聲：「妳和大家一樣跳通宵，現在就不會爲回家的車子發愁。」

女聲：「我寧願走路，也不和那些傢伙跳舞。」

「妳賭氣事小，把衣服鞋襪淋濕，凍出病來就事大——」

「你怕著涼就快點回去，我自己走回家。」

「深更半夜，能讓妳獨個兒在街上走？少彆扭，在這兒等車子吧！」

有鞋底摩擦路面的喳喳聲；接著是頓足的渾濁聲，拍拭衣服的空洞聲，還有細語齟齬聲、埋怨聲。

女聲：「……你是『派對』的主人，不該回去招待客人，我那句話錯了？」

「得啦，小姐！妳今兒的脾氣特別大，性情也特別怪，和以往的黃兆蘭大不相同，叫人不敢領教……」

劉培濱的後腦殼猛撞牆壁。是兆蘭和她的男友，深夜在街頭浪蕩？那男孩子是怎樣的一個人，品德、才貌如何？能主持「派對」，家庭環境諒不會太差。兆蘭定被母親寵壞了，在舞會上和主人鬧彆扭，發脾氣，有失風度。他這個不負責任的野爸爸，都要爲她擔心。茹茹知道她生的寶貝女兒，是如何的缺少教養？她走進家中一會兒，對待他這個陌生老人的態度，做母親的就該看得出。母親管教兒女，會溺愛得看不清是非；只有做父親的才能運用理智——兆蘭的父親卻僵臥在牆角，不能幫助女兒一絲一毫……

「可是，你不要盡說別人。」兆蘭也厲聲辯駁：「你也不是往日的唐升辰……」

腦中嗡嗡地鳴叫，風雨聲、談話聲、火車的鋼輪撞擊鐵軌聲……都爲嗡聲遮蓋。在小德家的客廳裡，似乎聽到兆蘭說話的腔調，怎麼就沒想到陪兆蘭回家的是小德。

他雖將撒手離開塵世，但對於他們的事不能不關心，一個是阿秀生的兒子，一個是茹茹生的女兒，他們倆是普通的朋友，還是要建立不凡的感情……？聽吧，他們又開始鬥嘴了。

兆蘭說：「你過去一直僞裝得很好，我以爲你是眞君子，誰知你卻是個活小人……」

「請妳說話客氣點——怎樣才是君子，怎樣才是小人？」

「不要裝蒜。我告訴你，你的念頭在今兒晚上，我全明白了，你從來就沒愛過我，愛的是那個高級妓女葛強妮——」

劉培濱拍拍額角，沒有愛兆蘭眞好。他們是同父異母的兄妹，怎能發生愛情。小德愛任何人都行，就是不能愛黃兆蘭……如果他們「亂倫」，你這個野爸爸便罪該萬死；死的時候，也無法瞑目。

不過，小德愛一個妓女，再高級的……也不行！葛強妮到底是如何的一個人，兆蘭會如此侮辱她？

小德像很不開心的反駁：「葛強妮又有什麼不對，妳這樣罵人家！」

「她『通貨膨脹』了，到處找野丈夫，還高級到那兒去；你知道于雲雷爲什麼要和別人打架？」

「不知道。」

「他們在爭奪那個私生子！我告訴你；你是沒有份了，死了那條心吧！」

小德似乎裝出狂笑：「有趣，有趣。妳聽誰說的？」

他們搬出于雲雷來？劉培濱感到胃在翻騰。諒小德不會知道于雲雷是他親哥哥。鄭天福眞壞，對別人會守信；而待他這個老朋友竟如此薄情，明天定要找他算帳——如果撐到明天的話。

「舞會上的人都這樣說！」兆蘭的語氣堅定：「你以爲『紙能包得住火』！連你追那賤女人的事都被嚷得鬧轟轟的，你還敢否認！」

小德停了一會兒才反問：「我爲什麼要否認？」

「好哇！你今天承認了。」兆蘭的高跟鞋蹬得咯咯響，像在跳「恰恰」：「那個賤女人有什麼稀奇，値得大家爲她拚命？」

「她人長得不錯，家庭富有——」腳步聲愈來愈近。

「現在我認清你眞面目了。」兆蘭的嗓音，像是被憤怒燃燒，變得又粗又破。小德在女孩子面前，說這樣庸俗的話，難怪兆蘭生氣。

兆蘭似在喘著氣：「你虛榮……拜金……只認得金錢……」

「認得金錢有什麼不好？」小德突地在老人面前站住，俯身察看他面龐。

老人血管中即將凝固的血液，又開始溶解迅速奔流。這可能是他解脫痛苦的最後一個機會。只要把他的身分告訴小德，小德體念親情，承認這個爸爸，他便會獲得急需的飲食、看護、治療等等，但在舞會中小德所表現的是仗勢凌人；而此刻和兆蘭的談話仍未完，他要靜聽，等待……

「妳看！」小德用腳尖輕輕踢他，他想抱住小德的腿……但還是忍住了：「沒有錢，就會像這個老人一樣，又窮又瘋；一會兒想去舞會看熱鬧，一會兒睡在這走廊喝西北風。如果他有錢，便有人捧他、拍他，有妻子兒女照顧他——」

小子，拿你爸爸的榜樣，做你理論的根據，你這理論立得了足？

「這老人去過我家，我媽媽認識他。他曾經有過很多錢——」

是兆蘭在他走了之後，眞聽媽媽說，還是捏造故事批駁他？錢不是萬能，一個人也不能永遠有錢。兆蘭的話鋒，確是銳利。

「這老傢伙一定不會運用錢，控制錢，錢才把他拖垮、壓斃，假使我有錢——」

「你比他更糟，更卑鄙！」

罵得好！兆蘭替爸爸出氣，應該鼓掌。但手足麻痹，不聽指揮。這是能鼓掌的時候？

「請妳說話客氣點。何以見得——？」

「你爲了想拿葛家幾個臭錢，不管那下賤女人生了幾個孩子，還要死皮賴臉——」

小德眞如此卑污，患了只識金錢不認人的幼稚病。見到這樣又窮、又老、又病的爸爸，準會掉頭唾罵，揚長而去。他決定暫不開口，要等待觀望。

「不要信口雌黃！」唐升辰攔住話頭，不讓兆蘭說下去：「看，車子來了。」

「你裝糊塗亂扯！車裡有人。閒話不談，我要你給我最後一句話。」

「什麼話？」

腳步慢慢從老人身旁離開，但他內心卻更加緊張。這是他們談判的最後目的。他們永遠不知道彼此是兄妹；而他這個失職的父親，癱瘓在這裡，無法阻止他們建立感情，結爲婚姻——現在除了求神保佑，就什麼都不能做。你爲什麼不早點進教堂，現在神會來救你，助你？

兆蘭說：「你說過，今兒晚上，你有話要講。好像是關於我們的，尤其是你的……」

小唐的假笑聲比風還要尖銳地刺著他：「實際上不要我說。妳是聰明人，應該知道我——」

「我很笨，我希望你明朗地表示態度。」

「我嘛，最近沒有計劃，訂婚或是結婚……對任何女孩子……」

謝天謝地，這樣少了一種罪孽。

「除非是葛強妮！」

「當然，如果是強妮……可以考慮……看在財產份上……如果妳的爸爸也像葛華達一樣，當然，當然……」

兆蘭該打小德一個耳光的，爲何悶聲不響。哦，已氣得哭起來。這不是唐升辰的眞意，是爲了賭氣，才故意這樣逗兆蘭的吧？很難說，這代的年輕人，大多逃避現實，蔑視善良的德性和榮譽，見義退後，爲利爭先。是受整個社會的感染：是從老師、父母口中聽來……他這個做父親的沒有盡到教養責任，收養唐升辰的父母，沒有啓發他、指導他、訓誨他，使他如此卑賤下流？

「你明知我爸爸死了，才故意這樣說。」兆蘭抽抽噎噎像吃麵條：「我告訴你，認清你的本性太遲，後悔極了。我吃虧太大——」

「妳吃了什麼虧？我沒有碰過妳一根髮絲，一個手指。」

這還不錯，使人放心不少，罪惡的感覺也沒有了。

「可是，你知道于雲雷多麼尊敬我，愛慕我；而我卻信你的鬼話：等待，等待……」

「不信我的話，妳又能怎樣？」

「他要娶我，我要嫁他——」

天主啊！上帝啊！彌勒佛、如來佛啊……都來拯救你這可憐的孤苦老頭吧！剛放下小德和兆蘭作孽這條心，怎麼大德又鑽進迷魂陣！姓劉的祖宗沒積德，才生出那麼多不孝、亂倫、自私、投機取巧、愛財若命的兒女來，也就是你劉培濱荒淫浪蕩的現世報應……

唐升辰說：「妳現在還想找他？」

「他品德比你強，人格比你高尚，我當然要去找于雲雷——」

小德又發出得意的笑聲：「可惜爲時已太遲……」

「不遲，一點兒不遲！我明兒就去找他！」

「好，妳找他吧！我不會阻止妳。看，那是一輛空車子，走吧。」一陣雨點似的腳步聲響起慢慢遠去……

劉培濱突地覺得自己虛浮在半空，兩腿倒懸，頭頂向下墜落，墜落……放開喉嚨喊：「兆蘭！兆蘭！千萬不要……找于雲雷……看老天……的份上……」

但喊聲被風雨吞沒，只有他自己聽到——或者說是體會到嘴巴在翕動。突地劇烈的咳嗽襲擊他，一口腥臭的血噴出喉管；眼中灰霧升起，有千萬道圓形齒輪旋繞奔馳。那街燈的白光，不，整個世界都已變成黑漆漆的一團，他什麼都看不到，聽不到了。

13

雨絲如牛毛，輕繞在廣大庭院。法國草展佈的柔軟世界，全被霧靄籠罩。水泥甬道兩旁的龍柏矗立著，有如堅挺的儀隊。

于雲雷是這雨夜裡的貴賓，一步接著一步從前院邁向後院檢閱；但他似乎失落了什麼，向葛華達走近一步，腳步和心情同時加深加重。

後院精緻的新式建築，是葛老頭近年來商業鼎盛的產物，儘管前院已是黑沉沉的一片，而這兒的廳房，卻透射出耀眼的光輝。

踏上光滑的走廊，猶豫一下，才果決地用指節骨輕敲了幾下門。

緊接著就是葛華達的破嗓門：「進來。」

旋開門鈕，踏進鋪有厚厚地毯的大客廳，于雲雷才覺得自己泥濘的鞋襪是多麼的不調和，但不調和的事物太多，他已無法縮回。

葛老頭向他招手，要他坐下，要他喝一杯。

他小心得近乎觳觫地放開手中門鈕，門板契入門框時彈簧鎖的「卡喳」聲，促使自己猛然一驚，他已面對無可逃避的現實，必然做不得不做的事，說不得不說的話。

兩簇排列成喇叭口式的燈管大放光輝；但室中迷濛著濃濃的霧。是雪茄的氤氳，是酒菜熱氣的蒸騰——酒櫃的玻璃門敞開，葛老頭的紫紅領帶扯歪在脖子一旁，灰髮蓬亂，油膩的臉透露紅暈；酒意已深，但還擎起高腳玻璃杯，當著他面傾進喉嚨。

于雲雷囁嚅地回說不喝，不會喝。但老人還是抓起另一隻酒杯，用酒瓶注滿，熱忱而熱切地喊：「坐下，少喝點。」

但他固執地僵立著，婉拒善意招待。葛老頭似乎也察覺到這一點，緩緩移轉目光檢查他，半晌，才訝異地問：「你的臉……臉是怎麼啦？」

他下意識地想伸手摸創傷，但膀臂舉起一半，畫了一個弧形又落下。

不能說眞話，那會盤查追究沒個完。但說謊話沒有養成習慣，假話在口腔裡連打幾個轉。

「是……跌傷……騎車的……」

葛華達連連搖頭，一面為自己喝乾的酒杯倒滿液體。

他不明白那搖頭是不信任他的話，或是為他不愼跌傷而表示不滿。

管他是不滿還是不信任，不在乎，于雲雷嚥了口唾沫，把思慮了很久的話，結巴地說出：

「多年來……多蒙照……照顧。謝謝……我今兒來辭行……」

老頭的面色一沉，整個室內燈光也似乎突地陰暗了剎那：「你要離開這兒，是眞的了？」

「明兒——天亮就走。」

葛老頭擎起酒杯，短髭在杯沿摩擦：「那兒去？」

「去鄉下。」他料定會問的，回答的話也早已鑄成腹稿：「和朋友合作，創辦一個小小的事業……」

葛華達猛喝一大口酒，把酒杯重重放在桌面：「我們合作的事業怎麼辦？」

全身一震。葛老頭的舉動，諒是酒精的反應，而不是對他發脾氣。任何人不能也不該阻止他離開。一個堂堂正正的人，絕不會永遠蹲在別人屋簷下。有巨額資本，就能找到或雇到優良的管理人員，爲何定要抓住他這個初出茅廬的學生。從葛華達談話的語氣中透露，是因資金沒有適當的出路，見他這樣幹練的人才，才想起開創這新興事業；但他卻認爲這是葛老頭運用這方法籠絡他、補償他的一種藉口。他在心理上和情感上，被以往積欠的情愫，壓得不勝負荷，還能再落入如此柔軟甜蜜的牢籠，而無法自拔！

「我已放棄那計劃。」他的聲音和態度都不露感情。

「爲什麼？」葛華達轉動高大的搖椅，横坐在桌旁，從菸盒中抽出一支菸伸向他連連點動。

「來，坐下！我們談談。」

于雲雷轉了一個身，趑趄地上前接菸，再抓起桌上的打火機點燃吸著，仍站直身體說：「我只懂一點理論，沒有實際經驗，會把董事長的資本賠掉、蝕掉——」

「是我的資本，我不怕賠，不怕蝕；你怕什麼！」

「可是，我說——那樣，我的心理負擔會更重。」

「不要酸溜溜的，什麼心『裡』心『外』負擔。是我的計劃，你去執行。創辦大事業，靠目光，靠器量，眼前的虧損，又算得了什麼——何況沒開始經營，怎知道賠本！」

這確是打燈籠也找不到的好機會；但他的心頭障礙無法消除；更不能對葛老頭說明自己的苦衷，只好硬起心腸果決地說：「我對那工作沒有興趣。」

「興趣？」葛華達用左手的拇指和食指，又開伸在自己的下顎旁摸索了一會兒，再得意地縱聲大笑：「有沒有興趣不重要，興趣可以培養。你是獨當一面的大老闆，負個總責，計劃計劃；有人有錢給你，到時候你就會有興趣！」

優越感加上自大狂，宛然看清——該說是看輕一切。這是一隻香餌，定會釣到你姓于的這條大魚。彎曲的鉤和長長的線都抓在釣魚人葛華達手裡，諒你跑不掉，定會受這誘惑。他是許多公司行號的董事、常務董事、董事長，還加上什麼監察人……之類的頭銜，那是因爲他的資本雄厚，商業頭腦靈活，算盤打得特別精明。他這樣優待你，是純粹爲了補償他以往的罪愆，還是另有更大更壞的企圖？

「謝謝董事長的好意，我眞的沒有興趣。」

老人打了個酒嗝，雙手扯下歪在脖頸的領帶，摔在桌上：「你對什麼事有興趣，說說看！」

在一個自由的環境裡，有足夠的時間靜靜地思考、研究、工作。沒有恥辱的影子追隨他，讓新鮮的空氣和生命的衝激力量，培養自尊，醫治創傷，使痛苦的回憶不再侵襲他，纏繞他，他才有力量生活下去，奮鬥下去……這些說不清，葛老頭也不會了解，成日在投資、盈虧、頭寸、競爭……裡面鑽動，怎能領會抽象的心靈活動。

「我要出去找機會，自己試試──」

葛老頭故意發出的笑聲，打斷他怯怯的話句：「你沒試夠，還要到外面找苦頭吃？」

這話激起潛藏已久的怒潮，于雲雷感到澎湃的情緒無法遏止。他微弓著腰，一手執菸支，一手插褲袋，斜乜著眼看肥胖的老人。

他說：「我覺得在外面流浪、吃苦，要比在這兒快樂得多──」

咔嚓聲過後，金媽的灰白頭顱伸進半截，小心翼翼地問：「還要什麼嗎？」

主人大喝：「不要，什麼都不要。出去！」

金媽並未被嚇退，猶豫了半晌，反而推開門走進，輕聲地說：「太太請董事長回去休息。」

「去！不要嚕囌。」

金媽像不甘心就此離開，定要找點服務的機會。眼光逡視杯碗菜餚：「酒涼了，要熱一熱嗎？」

「要熱我會叫妳，」主人滿腔的不耐：「妳去吧！」

一連串的軟釘子，碰得她跌跌撞撞，再也立不住足，已轉身離去了，宛如才見到于雲雷，不得不表示驚訝以緩和窘態。她碎步走近他：「你的臉是被打傷的？」

她一定不知道，這是一個很不好的脫身藉口。

于雲雷挺起脖頸搖頭：「不是。」

「你臉上搞得不成樣子。來，我給你消毒，重新包紮——」

「謝謝，不要。」

「你這野孩子，就是不懂好心，不識好人……」

董事長猛拍桌面，碗筷盃盤隨聲附和地躍動：「妳眞要我趕妳走！」

金媽背對主人，咧著嘴做個很怪的表情跨向門外。于雲雷移動腳步，想跟隨在她身後。他們已沒什麼可談的，除了彼此詛咒、詈罵，用刻薄的話傷害對方，那將會不歡而散。

還沒說服自己該怎麼辦，葛華達已開腔了：「你是說，我收留你，錯了？你認爲那時候我不該帶你回家？」

不是這個意思。葛華達誤會或是曲解了他的話。那時他在外面飄流，遊蕩，想靠自己力量生存，不要依賴鄭伯伯。撿煤渣，在飯館、酒店、茶室、舞廳……做門僮，拎著籃子賣水果、香菸、獎券……是的，他是爲了生活；但心中卻藏匿一個秘密的願望：找爸爸和媽媽。據隱約地指點，爸爸是個歡樂場中的健將，而媽媽是個流落風塵的女人。在這些遊玩的場合，可能會獲得晤面的機會。他雖不認識他們，他們也許會認識他；在那些場合裡，也容易探聽消息；而他們也會無意間透露出自己身分，骨肉重圓的事，並非不可能。

但他聽不慣同行粗鄙的言談謾罵，看不慣彼此的欺騙爭奪，受不了種種壓迫凌辱，一個又一個職業像風車的桅桿，攆得他團團轉。經常穿不暖，吃不飽，更沒有安身之處。鄭伯伯不厭煩地相助，他都不敢見面接受了。但鄭伯伯爲他買了擦鞋的工具，找到熟人安排做生意的位置，讓他安安靜靜地工作。

受了無限折磨和苦難，他也死心塌地的勤奮工作，固守崗位。並排七張椅子，他佔了最中間的座位；除非左右鄰座都是「客滿」，不然就休想輪到他接受顧客。因他的生活要求很低，生意雖不佳，但仍能維持下去。

穿筆挺西服，戴闊邊眼鏡的葛華達來了（那時僅僅是個有錢的商人，還不是個企業家），坐在他隔鄰「沖天炮」的籐椅上。「沖天炮」見兩頭都沒有客人，跑到象棋攤去下棋了。他正準備起身去喊沖天炮；而葛華達似乎不耐煩等待；目光向他身上一瞥，微蹙眉尖，像沒有給他擦鞋能力的及格分數：但還是站起坐在他面前的椅子上。他怔住想了想，這不是搶生意，而是客人自動照顧他，如果拒絕，客人也許會走開到別的地方去。他雙手捧上拉攏顧客的報紙，葛華達的左腳剛伸上腳蹬，「沖天炮」便回來了。

他一面擦鞋，一面忍受「沖天炮」的辱罵。世上最難聽的話都出籠了。私生子、下流胚，媽媽「迎新送舊」，兒子才會搶別人生意……還有更難聽的髒話。

刷子和擦鞋布使勁地翻飛抖動，內心不斷安慰自己：你沒有搶別人生意，沒說一句話，沒有任何動作和表情，是客人自己坐上來，你完全是被動——當然「沖天炮」也不是罵的你。你的家庭、身世，只有鄭伯伯了解。鄭伯伯不對你說，會告訴「沖天炮」？他們都是成人，成人的世界會有隱秘、骯髒的一面——

沖天炮罵人沒提名叫姓，但每句話裡帶的刺和骨頭眞嚥不下去。「何必在這兒搶生意，蹲在老婊子房門口，替脫鞋的客人擦，包管比在走廊喝西北風強！」

賣力，盡量的弓腰，臉貼近光滑的鞋面：遮羞。但願「沖天炮」說的是眞話，他會求「沖天炮」說出媽媽的下落。不管她做什麼低賤的職業，他要和媽媽在一起，免得受人們欺侮。

「老姜，老劉，」沖天炮爬上供客人坐的空籐椅，架起二郎腿，呼叫左右同伴。「賣力搶生意啊；今兒晚上去找那老婊子辦報銷……」

一定是胡說，姜伯伯、劉伯伯是規規矩矩的好人，不像沖天炮言行粗劣。如果眞是如此，要跟隨他們——偷偷地看著他們走到那兒去；然後再去找媽媽。媽媽眞如沖天炮說的那樣壞？他要勸她好好做人，不讓她受到人們批評。

鞋擦得光亮了，客人站起身彎腰檢視，臉上露出滿意的表情，然後掏錢給他。

還沒來得及伸手，沖天炮卻大聲嚷嚷：「錢不要給那小雜種，給我們就行。我們是他的野爸爸——」

鞋擦時忍受已到了限度，爲了伺候顧客，不便和同夥對罵。現在指名罵他，吞不下那口悶氣。

沒伸手接錢，昂頭指著沖天炮。

「你罵誰？」

「罵你。你不要裝孬，我罵的全是你！」

沖天炮人又高，力氣又大，但他全未考慮。霍地起身，對準他面龐揮了一拳。

拳頭被閃開，沖天炮一躍下地；但憤怒在胸腔迸裂，火焰迷濛，已無法用理性控制。在顧客前撕他面皮，猶如剝光衣服被人鞭打，拚了！抓起擦鞋用的小木箱，摔過去，箱子沒打中任何地方，他的膀臂卻被扭住，絆倒在粗陋的水泥地上。拳頭、鞋尖和鞋跟猛擊全身。鼻子流血，耳中嗡嗡響，眼前有無數白色小蟲飛舞。他也用手抓，用牙齒咬，但力量太微弱，掙扎了一陣無效，只有接受死神裁判。這一帶的人，誰都不敢惹沖天炮。幸虧葛老頭喝住，叫車子送他到醫院。他才撿到這條命，認識這位董事長。

在醫院，把「沖天炮」辱罵他的話，向來看他的鄭伯伯求證。

鄭伯伯安慰他，教他不要信閒言閒語。他父母都是世界上最善良、最規矩的人；爲什麼還要懷疑；以後一定有他們的訊息。

事後暗自思忖，鄭伯伯的話不可靠。他離開醫院，到了葛家已經十四年，爸爸媽媽仍沒來找他——找鄭伯伯，他們不是死亡，就是做了不名譽的事，無臉見人。

葛華達現在仍藉這機會諷刺他，或是說提醒他記住那時挨揍的可憐相。沒有他救助，可能被打死，餓死；但沒有他去擦鞋，他也不會受辱——用不著辯論，不管誰有理，都不能扭轉他立刻離開的事實。

「董事長沒有錯，錯的是我自己——」已經辭別了，當然要說兩句好聽的話，皆大歡喜。

「那又是爲了什麼？」

「我多讀了幾天書，腦子裡裝進一些思想、觀念……所以……就覺得不快樂！」

葛老頭又抹上唇的短髭，似在吟哦、咀嚼他的話。

「所以，我不能再待在這兒了。」于雲雷不讓葛華達有說話的機會。內心有股衝擊的力量，激盪起另一種憤慨情緒。他大聲訴說：「我要遠離眼前的人們，我要獨自創設新天地。可是，我說過，我明天一早就走！」他猛摔香菸頭於地下；但用腳去踏時，才想起這是地毯。但已顧不得那麼多了。

葛老頭表情凝重，抓起滿杯酒，倒進張大的喉嚨。然後重重放下，再捏起煙灰缸上的半截雪茄猛吸。但雪茄的火早滅了。又摸起火柴點燃。那樣慌忙匆促的動作，像剛參加大宴會的毛頭小伙子，而不是個紅極一時的企業家。

「我再問你一個問題。」葛老頭呼呼地噴出煙霧：「你不能坐下嗎？」

于雲雷看了看葛老頭的臉，再拉開桌旁的高背椅，慢吞吞坐下。

葛華達又注滿酒杯，俯視杯中黃慘慘的液體。于雲雷抬起頭，透過迷濛的煙霧，見淺藍百葉窗外的葉影顫慄。這是一個焦急的等待時刻，有強烈的煙酒味纏繞、窒息、催眠——葛華達爲何不講話？難道是因他不合作，發生了阻礙。葛家有的是財富，還愁解決不了難題！

董事長側轉臉，定定地凝視他：「你走了，強妮怎麼辦？」

從心底升起一個冷顫。他不是強妮的保母，沒有照顧和陪伴的責任；而強妮也不是個孩子了，想考大學，可以多請幾位學識俱佳的家庭教師補習功課。想工作，葛家的公司行號，可以安排最理想的職位；想遊樂，強妮有足夠的時間金錢，可以享受世界上最新奇、最刺激的玩意……

爲什麼要問他這樣微渺的窮小子？

「強妮聰明幹練，能說會道，」于雲雷掇拾恰當的言詞：「她可以在任何場合獨來獨往，不需要別人幫助——」

葛華達肥而厚的手掌一揮：「不要扯到題外去。我是問你，強妮的名譽怎麼辦？」

淅瀝的雨聲，雞啼聲，狗吠聲和汽車喇叭聲……全在腦裡鳴奏。他早隱隱地覺得葛華達會出面干預女兒的事，但不敢往那方面想；有如想到就會促成實際行動。

現在竟眞的提出來了。是猜測，根據傳說，還是女兒撒嬌地告訴爸爸？

強妮預告爸爸今晚活動狀況，他抛開她時，強妮僞裝的笑聲，都映現在目前。他暗暗警告自己！這又是強妮的傑作，葛華達無形中做了他女兒所導的戲中演員。

可是，葛老頭用這樣口吻對他說話，難道認爲他有維護強妮名譽和義務的責任？是的，你受了人家恩惠，當人家有困難時，你應該挺身而出；但葛華達眞是這樣想？當初收留他，救濟他就存有這目的？

「這樣問題，任何人都無法解答。」于雲雷氣憤地抗議：「那要問大小姐自己！」

「你……你推卸責任！」

「沒有。我沒有責任，我什麼責任都沒有！」

把腦袋搖擺著冷笑：「強妮親口對我說的還會錯？」

「說謊！」于雲雷躍起大叫：「強妮說謊，誣賴我——」

「請你坐下，不必性急，我們慢慢談。」董事長把伸在半空的雙手，舖蓋在桌面，像這樣便可把全部事實遮掩，捺住他的躁急性情似的。

確是一會兒說不清。費多少唇舌解釋，才能把歪曲的事實眞相，扭轉得使葛老頭相信。

門輕輕被推開，穿藍緞子睡袍的董事長太太趿著拖鞋，悄悄走進。

于雲雷倏爾轉身，裝著沒有看見，低首坐回原座。

「明兒再談吧！」她像睡了再爬起似的，睡意壓緊眼皮成一條細縫：「天快亮了，還不休息？」

丈夫抬右手，手指併著連連向外撥：「妳先回去，一會兒就結束。」

太太的目光，又盯在酒快到底的空瓶：「喝得不少了，郭醫師明兒又要嘀咕半天——」

「好，我知道。」

「要金媽幫你拾掇杯盤——」

「不要妳管，妳先走吧！」丈夫彷彿再也捺不住厭煩的感覺，咆哮地狂吼後再解釋道：「我們要把一個重要的問題，談出結論來。」

然而，葛太太並沒有立刻離開，走動了幾步，再困惑地盯著他們的面龐：「你們是談強妮——？」

「去，去。」董事長說出的每個字，仍像一截截鐵塊：「強妮的事，妳少管！」

于雲雷突然替無辜碰釘子的董事長夫人抱不平。儘管她對他並不友善，有時甚至擺出主人身分調配他、教訓他；但他卻認爲葛華達用如此態度對太太說話，總嫌過分。因她是後母，才不讓她對強妮的事置喙？平素沒有深入觀察和研究，不明白她們母女之間的感情如何，有無意見衝突？此刻看看事態演變，就可領會這家庭中的複雜而微妙的關係了。

「我不是管她的事，」太太靠近桌旁，把兩隻塗有蔻丹的指尖，輕捺在桌沿旁，遲疑的說：「強妮到現在還沒回來——」

她下面的話，沒有說出口；但用姿態、動作和表情說明了更多懷疑、恐懼、警告……等等。他懂了：董事長也明白了，正以憤怒、譴責的目光，攢在他面龐。

于雲雷眼皮低垂，審視自己雙手，避免看到懾人心魂的情景，避免洩漏自己心中秘密：強妮沒有回家，是因爲藏匿在他的小屋，捉他這條大魚。夫人獲得的報告較早——他已離開，強妮不會再留在那兒——這時，情況也許會不同，爲什麼不派人到強妮的房間看看？

他覺得自己有義務提醒他們，以免擔憂的義務：「強妮也……也許……」他結巴地考慮立場。「此刻也許已經回來了。」

夫人立刻機警地問：「你知道？你怎麼知道的？」

董事長目光，仍逡巡於他身上，似仔細盤查他的言語、態度，以決定施行的步驟。他很後悔說那句話，這等於告訴他們：我知道強妮的行蹤，或是說，強妮剛和我在一起……

逐漸圍困的情勢，逼得他撒謊：「她說過，今晚回家要遲一點——」

夫人仍加強攻擊：「現在天快亮了哩！」

他不想捲進辯論漩渦，讓凝重的空氣靜靜地抽打自己。壁上的電鐘滴答，屋角金絲雀啁啾，簷下斷續的雨珠嘰咕，四週的雄雞互相喧囂……這是黎明前的序曲，但他卻感到無限的不安和寂寥，願意立刻跳出這煩悶世界。

葛老頭催促道：「妳快去看強妮回來了沒有？」

夫人欲言又止；轉身走了幾步，再回頭說：「你也該休息了！」

屋中的空氣又濃得化不開，該是他告退的時候了。他站起身說：「董事長安息吧！我明兒早上，不來打擾——」

「坐下。」葛老頭又遞給他一支菸：「你們什麼時候在一起？」

他仍站著接過香菸。含糊地答：「晚上。」

「沒有談出結論？」

「沒有。」

「為什麼？」

為了不願含羞忍辱；為了作個正直的人；為了心中那顆仇恨的種子，已由萌芽、長大，逐漸茁壯。但這些說不出口；說了會引起無窮盡的辯論，會糾纏不休。

「因為我們對於人生的看法，和做人的態度不一樣——」

董事長緊皺眉頭，上下唇連連咂動猛吸雪茄：「不要這樣酸氣沖天。打開天窗說亮話：你要什麼條件？」

很精彩，也很有意思。爸爸仗著富有，花錢買個女婿爲女兒遮醜。這樣故事，在電影裡、小說裡很多，現在輪到他來串演配角，豈不是撿來的幸運。

于雲雷燃起菸捲，規規矩矩坐下，伏在桌面問：「您能付多大代價？」

「只要你提得出，只要我有，好小子，我全給。」董事長臉龐冒出的汗粒似乎滲油，青筋躍動，像又興奮，又緊張：「你不要農場、酵素工廠，不要緊，還有紡織廠、機械廠、保險公司，隨你挑。橫豎我的財產，便是強妮的——便是你的，遲給、早給都是一樣，該滿意了吧！」

慷慨得使他感動，爲了酬謝盛情，就應接受強妮，接受財產。董事長必定認爲這樣可以打動他的心，才貿然用巨額的金錢作談判條件，有些事情，諒不是在商場上叱咤風雲的人所能了解的。

于雲雷歪著頭問：「您相信我會接受？」

「當然，當然。」雪茄頭連連閃光：「強妮不癡不瞎，聰明伶俐，你是人財兩得。再說，你們青梅竹馬，有感情在先，我這個做爸爸的，只是『錦上添花』送一筆嫁妝，雙方名正言順。你爲何不接受？」

不愧是實業界巨擘。拿財產收買你這個人，還用好話滿足你的自尊心。看葛老頭那種自信和得意的神氣，就知道有不達目的誓不甘休的味兒。

「您的想法和做法都很正確；但對人的看法錯了。」

董事長驚詫地閃動眼珠，宛如懷疑自己的聽覺。

「可是，我說——我要和強妮結婚，就不會接受條件！」

「你……你不要那些財產？」

「當然，也不要和強妮結婚！」

葛華達手掌拍擊灰髮縮向頭頂的額角：「怪，眞怪！好小子，說說看，爲什麼？」有什麼好說的！發霉發臭的髒事，攪起來大家都不體面；但是葛華達似沒有自知之明，定要再三追究；與其在這兒窮磨菇，還不如索性揭穿眞相，落得耳根清淨。

「不要問，應該問你自己。」于雲雷虎地跳起，膝蓋碰撞桌腳，桌面上的盃盤碗筷叮叮噹噹，似乎互相埋怨、控訴。他仍嫌不夠明確，又咬著牙齒加了一句：「因爲我恨你！」

咬在董事長嘴內的雪茄，跌落桌面；伸出抖瑟的手抓起，欲塞回嘴內，又想放進煙灰缸，最後仍揑在右手。他用左掌拍擊光滑、油膩的腦門，呻吟地呢喃：「你……你還記……記住……？」

于雲雷凝視手中裊升的煙霧，霧靄中似有自己的身影扭捏。啊，算算看；那是七八年前，他的黃金年代：衣食不愁，憂慮絕跡——頂多懷念失去連絡的父母，到鄭伯伯家探聽消息——乾枯黧黑的身體，養得又白又胖。在校有談得來的同學研討功課，回家有強妮陪伴嬉戲遊玩。地球踩在他腳下，整個宇宙似都爲他運行。他胸中浩氣磅礴，抱負又高又遠。腦中充塞幻想，自己比作騎白馬的王子，強妮卻是御霓裳羽衣的仙姑，美好的世界會由他們任意遨遊、翺翔。他在欣喜、得意之餘，便想到德高似山岳、恩深似海洋的葛伯伯。沒有葛伯伯，他可能已是「沖天炮」鐵拳下的冤鬼；沒有葛伯伯，他可能啼飢號寒地仍在和貧窮困苦搏鬥，那兒談到接受教育，享受物質和精神生活！

他確是從肺腑對葛伯伯感恩，葛伯伯待他這浪子，宛如對兒女般的照顧、愛護、關懷……他失去了雙親，意外地獲得了眞摯的父愛，有時在睡夢中也被這份幸福和愉悅笑醒——眞的，夢中經常出現葛伯伯的聲音笑貌。夜深了，月亮在鱗鱗的雲片間冉冉踱步，葛伯伯親切和祥的面影，又映現在四週。似虛，似幻，如夢，如眞。吃飯、睡覺想著葛伯伯的恩情，讀書、做事念著葛伯伯的慷慨……所以才會有面影、人影在四週搖晃……白天爬山、旅行，在碧綠的山澗裡游泳，累得骨疼筋疲，眼皮睜不開，呼吸沉重、板滯；內心彷彿很清醒……腳步聲躑躅，舊竹床顫慄搖晃，乘坐輕如筍葉的小舟。眞耶？假耶？虛呢？幻呢？葛伯伯坐在床上，臥在床上……麻辣的煙味酒味，腥羶的男人味，生髮油味、汗臭……薰得頭腦脹痛要裂開，胃不順要嘔吐……夫妻之間意見不和，很痛苦；鬧得不能同衾共枕；太太是潑辣而且不守本分，情感有了很大的鴻溝，有什麼辦法可以彌補嗎……濕汗的手撫摸著臉和面頰、肢體……睡熟？忘記身在何處，以爲他是……？很糟，粗壯的鬍渣刺臉，煙酒味隨著短促的呼吸，鑽過鼻粱、腦門……開始夢魘，千萬斤的重量壓向自己，不能轉動，被翻轉身，鼻頭嗅到枕上的腦油味……胃繼續膨脹發酵，劇烈翻騰要嘔吐……是世界最大最壞的惡夢。掙扎、哭號、流淚……似仍沒有減輕什麼，減少什麼……痛苦、憤怒、怨恨……汗流不止，夢全醒了……葛伯伯輕柔的聲音在後耳殼旁嘰咕：乖一點，要什麼，有什麼。新床、新衣服，深造的費用……金錢，工廠……結婚成家……，全有……最要緊的……祕密……原諒……

呼天號地，痛哭流涕，嗚咽……理想與惡夢攪擾不清，世界呈灰黯的一片，現實殘酷而又冰冷。仍回到街角拾起擦皮鞋的工具，或是做任何苦力？晝夜在街頭、郊外、河邊、森林……遊蕩。痛苦像溶化了的鐵漿，灌入腸胃、肺腑，說不盡，吐不出。已跳進海濱的淺水，又被浪濤捲上沙灘。那是一連串灰色的夢與渾沌世界不分的日子；恥辱與辛酸有如烙鐵般地印在臉上、身上、心上——他是一個懦夫，爲了怕流浪，耽於享受，用創造自己偉大的前途爲藉口，忍辱含垢呆在這兒到現在；但那血淋淋的事蹟，銘鑄於肝臟、靈魂，在那迷濛的煙霧中，彷彿又回到那醜惡的夢境。「爲什麼不記住……」于雲雷雙手搗起面孔，從心底狂號：「我……我永遠……一輩子也忘不了——！」

葛華達臉上瀰漫著紅潮；汗水浸淫地流佈；又抓起注滿的酒杯，仰著脖子，潑入喉嚨。骨嘟一聲，董事長用手背抹拭嘴唇，瞪起像抓在手裡酒杯口似的雙眼，冷冷地看著他：「所以，你在強妮身上報復！」

一個蝕骨的冷顫。預料葛華達會如此想，現在竟眞的這樣想了。這麼長的歲月，屈辱、忍耐……卻換來莫大的冤抑和誤解，有多少嘴能說得清，才能使別人相信？他沒有那麼多時間，也沒有那麼多力量。

「爲何要向她報復？」于雲雷狠狠地反駁：「我報復的對象是你！」

「我待你不薄，」汗珠從葛老頭的額角、鼻尖源源滲出。是酒精蒸發的，還是緊張和恐懼造成的？「我想：你會忘記……寬恕、原諒——」

還有臉說下去！若干時日，他內心爲寬恕或是矛盾而苦惱，買了把鋒利的彈簧刀藏在身上（他又伸手隔著衣裳摸了摸那光滑的刀柄），隨時覓取機會刺殺——葛華達像是獲悉他的企圖，一天、兩天……一週、二週……一個月沒有照面，熊熊的怒火，烈燄已慢慢降落，萎縮。又聽說葛老頭談判離婚，心中的溫情漸漸上升。憐憫、怨恨、忿懣、原諒……各種不同的情感在心底醞釀、酵化。葛家收留他，教養他；他用刀子對準公認爲是他恩人的葛華達，大家要說他是「以怨報德」，每人會自定一套邏輯，確定人是最難救的「衆生」……想得太多，做得太少，甚至於根本就沒有做；一口怨氣忍住、嚥下。離開這憎恨的環境吧，但舒適的生活方式——更有最佳的藉口：追求偉大的前程，緊緊抓住了他；陷溺他於痛苦的深淵和泥淖而無法自拔；今天終於有訴說罪狀的機會。

「當然原諒了你。」于雲雷又摸索那柄刀，悻悻地粗暴說：「如不原諒你，你已死在刀下，今天還能坐在這兒說話！」

「你……你有那想法，確是太可怕，我眞……眞看錯了你……」

別人何嘗不看錯了你？你是「人面獸心」，或是「衣冠禽獸」。

葛老頭停頓著思索：「我們現在要談強妮的事。你打算怎麼樣？」

「離開她，永遠不再見她！」

「當年，你敢向一個大男人挑釁，我認爲你很勇敢；誰知你今日，竟如此軟弱！」

于雲雷愣了一下，怒吼：「你究竟要我怎麼樣？」

葛老頭舉起酒杯站起，在房中踱步；不時用嘴唇摩擦酒杯口：「你逃避對強妮應負的責任，是儒夫的行爲。堅強的勇者，會幹得出？」

他雙手摸褲袋的袋底，微微躬腰注視主人。葛華達眞不了解他和強妮之間的關係，還是故意用激將法使他入彀？

「事實完全相反。」于雲雷挺挺腰桿：「如果我是懦夫，就會接受條件，和強妮結婚；可是我說過：我有血性，我還要做人！」

「我一點兒都不明白。」

是裝糊塗。如果把刀子插在他身上，也許會徹底明白。刹那間他感到燈光明滅不定，又冷又澀的感覺侵襲他：他不了解自己帶刀子（已摸到那光滑的刀身）是爲了防身，還是爲了復仇？多年來，一直對目的混淆不清——長時間的猶豫、矛盾。別人批評你優柔寡斷，最後評判你的是自己。這是一個好機會，只有你們兩個，屋子有隔音裝置，外面有淅瀝的雨聲。你在任何場所都告訴自己，要找一個適當的時機——尤其在離別前夕，能放棄這戕害你心靈，殺害你自尊的仇人？

不，用不著懷疑。你是來辭行的，鄭鐵銓等你去主持農場，殺了人就無法逃避法網——你是一個正人君子，該去自首，聽候法律裁判。全世界的人，包括葛強妮在內，都知道你要離開這城市；而你偏在此刻撿拾多年的濫帳，恰在強妮的醜聞宣佈之後，那更會是非不明，黑白不分——

于雲雷果決地抽出右手，捏緊拳頭揮舞：「我對強妮沒有任何責任，當然用不著逃避。你懂也好，不懂也好。我的話說完了，再見！」

他翻身大步跨向門口；但主人大聲喊嚷，要再問他一句話。

「你明兒走了，還回來嗎？」

「永不回來！」

「在什麼地方可以找到你？」

和葛家關係斷絕了，還能留條尾巴？于雲雷冷冷地說：「我還沒固定住址；也不希望有人找我。」

董事長站在桌旁，用酒瓶傾酒於杯中，然後用掌心拍前額：「別慌走，坐下。我們再談談。」這是疲勞轟炸，他不能坐下。所有的事都解釋明白，還有什麼好談的。

腳步遲疑，沒有跨出門，葛老頭已自動坐下，抓起熄滅的雪茄咬在嘴內吸著。

「雲雷！」一聲調中充滿情感：「你一定了解，我就只有這麼一個女兒；因爲沒有母親管教，被寵壞了，很多地方有些任性，但她的本質很好——」

是準備好的長篇演說。慈善的父親，爲了女兒出路，才想出理由替女兒說好話。但本質很好又怎麼樣？憑這一點就可以使你委曲求全，接受姓葛的條件？

「你在我們家十多年，」葛老頭用火柴點燃雪茄：「我從沒要求你做分外事，爲了不懂事的強妮，我才向你開口。你不能看在多年的情感份上，犧牲一點自己……」

不愧是商場上的戰將。葛華達先用財產誘惑你，再用「責任」的大帽子威脅你。見沒發生預期的效果，再煽起溫情來打動你——他看準你吃軟不吃硬，才從你心中荏弱的方向進攻，你就此豎起白旗？

「不能。」于雲雷簡潔地答。

「你必須說出理由。」

「我自己要獨立生活，我要在這世界上生存——」

「你和強妮在一起，就無法生活？就不能生存？」主人咄咄逼緊他。

「當然能。社會上有千千萬萬的人寡廉鮮恥的活下去，我又有什麼特殊的地方，與眾不同？可是，我說過，我仔細想過：究竟爲什麼要拿整個的生存和人格去作賭注！」

「報答十多年的養育之恩。」

彷彿在他頭頂打了一個急雷，在他眼前起了一陣飆風，肢體頻頻觳觫。話從葛華達口中輕易滑出，顯然地認爲他該用報恩的方式，爲強妮解決困難。許是在電話中告訴金媽找他時，就打定主意這樣說；面對著他東彎西繞，談了不少廢話，兜了很大圈子，才射向預定的目標。

「施恩於人的目的，」于雲雷冷笑：「原來就是希望得到報答！」

「你不該曲解我的意思。我收留你在先，強妮發生困難在後；十多年誰能未卜先知——？」

「那麼，收留我的目的是什麼？」

「我不知道，我說不出。」葛老頭歪著腦袋回憶：「當時見你小小年紀受辱挨打，覺得你很可憐——」

「社會上可憐的人那麼多！」

「你確是與衆不同，又倔強，又勇敢，衝著粗暴的流氓挑戰，便心底裡告訴自己：我需要這樣一個兒子，需要這樣一個女婿……」

這樣說來，葛華達豈不是天下最識人的英雄？爲了報知遇之恩，就該赴湯蹈火；即使割斷頭顱，剮碎靈魂，也不能退避；但他講的話可靠嗎？

「您的話雖講得漂亮，」于雲雷上前跨了兩步，倚在酒櫃的左側：「卻無法使人相信、同情……
……」

「爲什麼？」

不是裝糊塗，就是把你當幼稚無知的孩子看待，可惡而又可恨的，是此刻還不坦白認錯，仍以僞善的姿態出現……于雲雷胸中那股憤怒的逆流，泉湧地向上噴射，他無法忍耐、控制，惡狠狠地說：「因爲我知道：你是爲了自己——」

董事長鼓起燈盞似的雙目，咧開大嘴瞪著他。半截雪茄又跌落在保麗板的西餐桌上，也沒有用手去撿，僅吐出一連串的：「你……你……你……」

「你對一些無衣無食的人，略施小惠，」于雲雷的氣息緊迫，熱血衝抵面龐、腦門：「然後榨取那些人的肢體、靈魂，作爲『利息』，你永遠不會虧本。你是僞裝的慈善家，用卑鄙的手段販賣恩惠。我已摸清你的底細，照透你的心肝五臟。受你毒害過的人，不知有多少——？」

「你……你……你眞是這……樣想……」

「我心中想的比這更壞！」于雲雷挺起腰桿，揮舞雙臂：「你要知道，我仍是個血肉之軀，有思想，有感情。知道愛，也知道恨。當我看清你的眞面目，確定你所作的施捨，只是一種美麗的釣餌以後，我便收起愛心，恨你，恨姓葛的全家，恨所有的人類——」

「那太可怕。」葛老頭喃喃低語：「你以偏概全，從一粒沙子看整個世界，從一個出發點看人，恨、恨、恨……恨個沒完，太可怕！」

「你要我怎樣去愛人類，愛世界？」于雲雷立刻還擊：「自私的父母，拋棄年幼的我，使我歷盡人世辛酸，嚐盡飢寒凌辱的苦味；有幸碰到你這位大恩人，誰知你卻是一個性變態的瘋子——」

「什麼？」

「你是個神經不正常的人！」于雲雷拉開桌旁座椅，倚於酒櫃前喘息。長期忍辱含羞，抑鬱難舒的悶氣，終於傾吐了一些。他曾企圖刺殺這瘋子，又想迅速離開葛家，都被自己本性中潛藏的懦怯打消了行動，葛老頭便認定他是可以隨意擺佈的奴才，又進一步要求他為強妮遮醜……全身肌肉痙攣，血管淤塞。耳中又有野犬狂吠，金絲雀吱吱叫，火車頭拉長嗓音呼嘯。

「有你這樣父親，才教養出強妮那種女兒。」于雲雷覺得意猶未盡，必須把事理剖析到底：「你眞以爲我會看在恩情上，爲強妮『贖罪』？」

「我想你會——你是一個很重情感的人。」

一頂高帽子，能改變觀念和行動？對別人或許會有情感，對戕害自己身心的敵人，唯有冷酷的方法，才是最佳的報復。他沒有用刀子刺殺仇讎，現在有最銳利的武器：強妮的醜聞，足可使葛老頭聲敗名裂；還能插身進去拯救他，援助他。

「我不欠缺任何感情，」于雲雷大聲說：「你施與我的，全由你收回——甚至你已挖去我身上的肌肉和靈魂作補償，你獲得的已夠多，再不能要求我什麼！」

空氣濃縮，似有無形的皮鞭，重重抽擊自己。話談完了，一切交代清楚，該是他離開的最好時機。人欠、欠人的恩恩怨怨，舊帳一筆勾消。

他瞇覷雙眼，慢慢站起，慢慢向門口走去。右手已抓起那扁圓光滑的門鈕；只聽主人吐了一口深長的氣：「慢點，你聽我說——」

于雲雷一隻胳膊疊在身後，倚在門背上，凝視著葛老頭，見他捏火柴燃雪茄的手不斷哆索。面孔被煙霧籠罩，朦朧而又飄忽；彷彿鬚髮已全白，額上的紋溝又多又深，霎時已衰老了許多。

「我們雖然住在一起，但很少見面。」葛華達端坐在圓背搖椅，似對千萬聽眾發表演說：「我看到你的行動，讀書、做事，卻沒有了解你的內心，不知你腦中想些什麼。總之，我們有很大隔閡……」

現在說這些有何用。成天計劃投資，擴充營業，賺更多的金錢，追求物質享受，怎想到去了解一個無足輕重的小人物頭上。把他這個窮小子，放在天平上，遠不及偉大事業的砝碼上一個星星。所幸他也沒要求讓別人了解，無聲無臭地生活著、工作著，像一隻背起犁頭耕田的牛——或許，他在主人心目中，遠不如牛那樣受重視。

「我不需要你了解。」于雲雷絕情地說。

「那是我自己的責任，我應了解每個人；同時也該讓你了解我。你永遠不會想到，我傷害了你，比你還要難過，我曾想到自殺——」

此刻說這樣的話，是爲了爭取同情，騙他入彀。他連連搖頭：「我不信！」

「那不要緊。你知道我當時家庭變故——？」

知道，誰都知道；就差不是社會新聞的「頭題」。原有的葛夫人，戴近視眼鏡，人長得不美，一雙眼睛常在鏡邊上睇視，卻掌握經濟大權，而丈夫只是傀儡戲臺上跑龍套的角色。太太是「內帳房」，還用了一個男性「外帳房」。「內」「外」同心協力，把姓葛的資本移挪；最後「內帳房」鬧離婚，就嫁給「外帳房」。來龍去脈，上上下下都知道了，才輪到主人發覺，永遠是丈夫最後發覺太太的情感秘密；但事情已太遲，一切都無法挽救……勾去很久的舊帳，又何必重算。

于雲雷表示不感興趣：「我知道一些，不多。」

「你斷然想不到，當時我內心多煩，多亂，多痛苦……」

他的怒氣又從小腹上升：「所以你把自己的痛苦，轉嫁到別人身上，想贏得快樂！」

董事長彎起右手食指，捋額角汗珠；接著又抓起桌上的毛巾，胡亂擦一把臉，再拋進長方形黃色塑膠盒內。「冤枉……我不是有意的……」葛老頭結結巴巴地：「我不知道自己是……是怎麼搞的。我緊張……厭煩失去了控制……！也沒有理智。我不能……緊張，自己無法……無法做主……」

是遁辭，是欺騙人的話，他不必信。

「金錢被盜竊，我可以賺回來。你看到的，我賺得比以前更多……」

這是眞話，葛家的銅臭味一天比一天濃。

「離婚了，我討來的太太更年輕，更漂亮……」

當然，拿金錢可以買到虛僞的愛情。那是葛老頭自己的問題，用不著別人擔心。

「但我傷……傷害了你……內心卻永遠……永遠得不到安寧……寧靜——」

是禽獸，或許比禽獸還不如，知道愧疚和廉恥？既然想自殺，爲什麼不痛痛快快死掉，要厚著臉皮賴死賴活，受良心譴責！

于雲雷嘲弄地說：「可是，我說——你活得挺有意思！」

「我雖然動過自殺的念頭，但我拋不下強妮——」

他想大笑，但覺得和這氣氛不調和，終於忍住。對手是個奸詐狡猾的老頭，經驗豐，技巧精，他幾乎上當，相信那套包著糖衣的謊言。原來葛老頭沿荒原兜了個大圈子，還是爲了要把強妮的未來，套在他頭上，摜在他肩上，要使他負擔責任。

「我眞是太傻，」于雲雷上前一步，離開門背：「傻得會聽你的長篇大論——」

董事長身後長方桌上的電話鈴響了，打斷他的話。

葛老頭愣然片刻，才搖轉座椅，抓起聽筒：「是的，我就是，你是遜老。親家還沒有安息……」

是毛健雄父親毛遜全打來的電話。他們有經濟來往，兩家兒女很親近，互叫乾爸爸，雙方稱對方親家……這辰光還通電話；該是凌晨三點、四點了，沒聽到雞鳴、狗吠聲。當然，有隔音設備的屋子，怎會聽到——深夜交談，必定是要事。

對著話筒講話的人，神情亢奮：「健雄被打傷了，眞的……傷重不重？……是誰？雲雷？一定認錯人……唔，唔……」

主人輕飄飄掠他一眼，又垂下眼皮把注意力集中在耳機，連連地哼唔。

于雲雷又雙手插褲袋，微彎著腰桿，慢慢在屋中彳亍。爲了兒子被打傷，深更半夜打電話來告狀，確是小題大作。有父親縱容，兒子才變得狂妄，不明事理，不知廉恥。向親家告狀又怎樣，是絹兒？還是索賠償……？

對準話筒的嘴巴，聲帶突然粗壯：「訂婚！我不知道……強妮沒說……不是她是……哦，哦……我希望我們變做兒女親家……唔，唔……」

葛華達連連使用鼻音，面色黝暗，汗珠從面頰滾落。該是他幻想完全破滅的時候。只顧金錢、事業，少管女兒的父親，諒不知強妮的問題癥結，以爲找不到你這個姓于的小子「頂替」罪惡，還把希望寄託在乾兒子身上，誰知乾兒子提前訂婚。

「于雲雷不會去你們家胡鬧，我保證……他明天就離開這兒……強妮的事很難說，她個性強，誰都不能負責……當然，我會勸她……孩子的問題，讓他們自己處理，我們不必也不便干涉……哼……唔……明天我有要事，抱歉，無法參加，只好在這兒向你道賀……唔……再見！」

葛老頭擲下聽筒，頻頻喘息。摸酒杯，杯子是空的；捏雪茄，雪茄也熄滅了；最後抓起那條毛巾，擦臉、擦手後再用力拍在桌面。慌亂了一陣，才抬起頭問：「你打毛健雄，是爲了什麼？」

「爲了你女兒！」

「與強妮何干？」

「你不是說過『責任』嗎？」于雲雷狠狠地說：「我舉起拳頭，是打那個逃避應對強妮負『責任』的懦夫！」

董事長猛地縱起，旋轉身去抓電話聽筒，手指僅撥了兩個數字，便摜下話機，頹然坐回原位。

他驚異地看著老人的舉動。爲什麼不打電話去責問毛遜全，要他阻止兒子訂婚？是怕沒有效果，還是認爲姓于的講話不可靠？這種關係很複雜，很微妙；只有雙方當事人，了解誰該負責；父母、同學、朋友……以及你這個三輪車伕，怎能明白其中詳情。

門又被推開了，葛夫人又闖進來，睡袍已換成一套灰色洋裝，再加玄色外套。臉上似乎化過妝。眉毛黑些，面頰、嘴唇又紅些，不像剛才那樣慘白焦黃。

丈夫問：「強妮回來了？」

「沒有，金媽他們到處找，到處打電話，都沒見到她，會不會發生意外？」

老頭的目光從太太臉上，滑在于雲雷面龐。剛剛已因多嘴吃過虧，他再不隨便表示意見，增加麻煩。

丈夫搖頭，考慮後評判：「不會有意外。」

「可是，毛健雄訂婚了。」太太走近丈夫身旁爭論：「她一定受了刺激——」

「妳幾時知道的？」

「我在房間電話分機上聽到的。」太太的話聲鬧嚷潑辣：「毛健雄訂婚的消息太突然，他們兩個還打架，你該盤問于雲雷——」

大家目光集中他身上，無法退避，只好勉強地說：「我不知道。」

「你爲什麼不知道！」夫人的表情跟言語一樣嚴厲、緊逼：「她坐你的車子出去，結果另外一個人把車子踏回來。你爲什麼不自己踏車子？那個人又是誰？」

這太太確有偵查犯罪的天才，把全盤經過都給探聽明白。不踏車子的理由不能說，即使說，也說不清。那個踏車子的是誰，他忘了問強妮——還有很多事都忘記問。但他即將脫離這是非圈，不必多管閒事了！

他仍簡短地回答不知道。

「強妮回來了以後，又去那兒？」

不能說，不便說，只好硬著心腸，大聲地爲自己遮飾：「不——知——道——」

「你看，一問三不知。」太太的臉轉向丈夫：「我早說過，家裡不能留這個既不像車伕，又不像少爺的流浪漢，現在出了事——」

丈夫不耐地揮手：「去，妳去休息，不要妳管。」

「當然我不管。只是特別提醒你，強妮如發生意外，不要放走這嫌疑犯。現在就該報警；他明兒逃走了，就難捉——」

丈夫揮眉，厲聲斥責：「妳不明白的事，少廢話！」

「你老是庇護他。看他外表老實，心眼兒不知有多壞！現趁強妮出事這機會，好好拷他、辦他、趕他走……」

董事長猛拍桌子，碗盤跳了一下，空酒杯翻了觔斗。夫人陡地愣住半晌，然後尖起嘴，怒沖沖轉身向外走。

但于雲雷搶上前一步，攔在她身前：「太太，妳眞以爲強妮會發生意外？」

「不然，怎麼到現在不回家！」

「回家不回家，那是另外一回事。」于雲雷壓抑住的滿腔怒火，仍熊熊燃燒：「可是，我說過：強妮絕不會自殺！」

「你憑什麼這樣說？」

「我是根據她的性格和事實判斷。」他平時對夫人很尊敬，一切舉止行動，都遵守本分，爲什麼她會借題發揮，要這樣反對他？是她們母女倆有歧見，或是她們的權利——對未來的遺產繼承有衝突？他又加了一句：「這兒的人，都沒想到強妮有意外，唯有妳希望——」

「你聽！」太太尖聲叫嚷，趯轉身面對丈夫：「這是什麼話，你還要收他做……」

「篤……篤……」響起敲門聲，屋內人還沒吭氣，門已被推開，金媽探進半個頭大叫：「太太，董事長，小姐找到了！」

太太嘸唾沫：「在那兒找到的？」

金媽擠身進來，目光抖落在年輕人身上：「在小于屋子裡！」

「天哪！」夫人的尖叫聲，含著得意和嘲弄，並有慶祝勝利的味道：「這成何體統。我的估計一點兒都不錯，都是他惹的禍。現在有最好的機會，最好的理由，董事長，你還不快點兒趕他走！」

霎時氤氳瀰漫，有如漂浮在半空。他已離開了她，強妮還藏匿在小屋幹什麼？

「謝謝妳，我不要任何人趕，」于雲雷氣惱而又懊喪，冷冷地說：「我來這兒就是向董事長辭行的。妳覺得滿意了吧！」

不給任何人說話機會，他霍地拉開門，縱身跳出，像卸去重擔似的輕鬆。但金媽仍伸出頭來大叫：「小于，有個姓黃的小姐打電話找妳，你問老金，是他接的……」

他愣了一下。黃兆蘭又深夜打電話來幹什麼？

14

似用雪片砌成的小白兔，掉轉頭，聳動兩隻大耳朵，盯著劉培濱瞧。他沿滿是松針、果實的小徑，在黝黝的森林裡，已追趕了長久的路程。但小東西很狡猾，一會兒跑得快，一會兒跑得慢；一會兒在前，一會兒又在後，彷彿存心捉弄他這個羸弱的老人。多次放棄追趕的念頭；但牠就停下，抓耳搔腮，跳躍、翻滾，無視於他的存在。待他振作精神向前衝刺時，小白兔又連跑帶跳的摔他在身後。

現在，牠用兩隻前爪抓起一塊瓦片，連連向上拋擲，並試著用前爪接住。像是在求神問卜，更像是在逗他、嬉弄他。他怎能放棄追趕的企圖？跑啊，捨掉性命仍在尾隨那目標。他和白兔之間的距離近了，更近了；但汗滴源源滾落，氣息堵塞胸頭，喉管冒青煙……小白兔也疲憊了？速度慢慢減低。路徑崎嶇，滿是樹根、石塊絆腳，跌跌撞撞，額角觸及黃楊樹幹，縮回身體，又被針葉松刺戳膀臂——扭轉頭見一個身披長髮的女人，手持剪刀衝向他，彷彿是彩嬌。不，是茹茹。剪刀口成八字形叉開，滑向他喉嚨。女人的頭連連擺動，長髮拂開，露出面龐，原來是阿秀。阿秀厲聲責問：「我的孩子呢？交出大德、小德來！」

沒來得及回答，刀尖已抵近咽喉。急速向後退讓，左腳沒有踏到實地，整個身體飄飄蕩蕩往下墜落，啊，他已跌入污黑、骯髒的深淵。從心底發出的呼救聲，在丹田裡打轉，沒有冒出口腔。又急又怕，兩腿一伸已醒了過來。

劉培濱微微睜開眼，手捺跳躍的心弦，回味荒唐夢境的鱗爪。咳嗽再咳嗽，一口痰從肺葉撕下，移動身體吐出，遍體沒一絲暖氣，但冷風仍毫無情義地割裂著肌膚。頭痛、胃痛、心痛——全身痠麻癱瘓，已無法明確地指出痛楚在何處。肩後似有人窺視。是克忠，還是大德？想扭轉脖頸看清，但隨即想起，脊背緊貼水泥牆，身後怎有人影。

該靜心修養，不要想得太多，能撐到天明就好辦——明天他要告訴太太，自己不該狠心離開家，讓她獨力負擔生活，撫養兒女。但她爲何要和胡百理合作捉弄他？自信、自尊，以及做人的那股勁兒全喪失了，才如此悠悠忽忽，沒有目標，沒有循著人生的軌道航行——那是胡百理縱放的罪惡。

胡百理陰險詭譎。彩嬌不會和姓胡的串通耍他，只是胡百理利用他心理上的弱點，攻擊他的身體，腐蝕他的靈魂，達到他爭奪財產的目的。當時，爲什麼不親自盤問太太，而輕信讒言，輕易拋家出走！

錯了，後悔了，在生命的蠟炬即將化成灰燼時，他該問清眞相：到底是太太錯了，還是錯在他自己身上。

太太是不是收留他，並不重要；重要的必須弄明白：是不是太太當初欺騙他。

他要振作精神去追問究竟。但手和腳同時用力，螳螂似地抓了一陣，又憑空摜在水泥地上。

雨聲似乎微弱得聽不見聲息。一隻棕黃色鬈毛狗——可能是逃脫主人綑縛的豢養犬，搖搖擺擺走近他，嗅嗅腳，舔舔腿，長長的舌頭，快要觸及面頰，他才抬起手臂五寸高，狗又擺起闊步，恣意地離開。

這可能和那皎白的兔子一樣，也是虛幻的夢境。眞的，假的，有什麼不同，事實和虛幻又有多大區別，値得你這垂斃的老頭縈懷、重視？

彩嬌是眞的欺騙你，或是胡百理矯託抽籤舞弊，對你來說，都已不太重要；重要的是你能夠存在。你自己要學習懺悔、容忍、寬恕……你要告訴太太……

一陣凌亂的腳步聲，由遠至近。他分辨不清是由西來，還是向西去？

一個人在身旁站住，用腳踢他的臀部：「喂，老鄒，這兒有一個醉漢。」

劉培濱微微抬頭，見是一個歪戴雨帽，把米黃橡膠雨衣擱在小臂的高個子，而被稱作老鄒的矮伴傢伙，正側著脖頸仔細審視他。

「九成九不是醉漢，倒像個無家可歸的流浪漢。」

「這麼冷的天，會凍死嗎？」

老鄒又伸出長統雨靴踢踢他的右臂：「可能是已經斷氣了，我們走吧，不要惹麻煩。到時傳訊，作證……」

「不下雨，我們到大街遛躂吧！」

劉培濱一直憋住氣，希望兩人當中有一個會發出惻隱之心，提議報警或是送醫。社會上有救濟院、養老院……之類的慈善機構，該是像他這樣孤苦無依人的歸宿。可惜的是：兩人都膽小得賽鼬鼠，拋下他即匆促地逃走。

嘆息的尾音很長，是對自己亦是對整個人類的憐憫。

等待。風聲追隨雨勢減弱；從走廊望去的天邊一角，烏雲已翻滾而去，現出魚肚色鱗片。黑夜即將消逝，無限的希望，會跟著清新明朗的早晨來臨，太太說不定會回心轉意，答應讓他回家；胡百理會天良發現，承認以往挑撥情感的謬誤，一切過錯都由姓胡的擔當；並衷誠地跪著央求他留下，供他食宿。奉養到終老——當然，克芬是個孝順的女兒，還在乎多一個老年的爸爸……

幻想太多，太遠。實際上，離開胡家時，胡百理就這樣告訴過他；而他堅執地不寬恕別人，才自願走上這末路，變成一個倒斃的餓殍。

這思念鼓舞起一種潛藏力量，肢體蠕移，手扶粗糙的牆壁，撐著慢慢站起。

他不和任何人賭氣，原有所有對不起自己的人。他要寄生、寄在胡家——要死在胡百理家內，死在太太、女兒面前。

沿著壁根，手摸硬牆，一寸寸行進。彎腰咳嗽，黏痰在喉管呼啦啦起伏，有如拉動風箱。腦袋上的無形「金箍」越來越緊；而全身的骨骼卻鬆軟癱瘓，肌肉彷彿被撕裂成若干碎片，手、臂膀、腿部……不接受指揮，無法靈活運用。

但他不願就此倒下。要挨家告訴太太、茹茹、梅寡婦……你們都沒有錯，錯的是我。你們不收留我，無關緊要：上帝會伸雙手來接我，收留在天堂——或打入地獄……

呸！他唾棄自己的卑劣。你這個沒信仰的人，一直相信「上帝不存在」，今天會希望上帝收留你！

顫巍巍，抖索索，挨一步，就覺生命缺少一些。咳嗽聲從心底深處挖出，大口的血噴出來，腰似乎折斷，眼前有金星跳躍；暈眩……

振作精神，上前，再上前。怎麼沒有移動？雞鳴聲，狗吠聲，自來水衝進瓷盆的霍霍聲……突地「嗡」的一響，什麼都聽不見了。窄狹的走廊水泥地，有如綠色的海波扭捏、盪漾，灰白色的煙霧升起，亮藍的光圈緊緊套在身上，他已栽倒在地面。

但他內心警告自己：你不該倒在這兒，要竭力爬起，走到胡家。胡百理會照顧你，請醫生診治……你沒有多重的病，僅是受不了飢寒……

又有腳步聲踢踢拖拖，稀里嘩啦……

來吧！不管是誰。他期待著。

「找不到了，我們回家吧！」

「克芹，妳這孩子就是沒耐心。天快亮了，雨又停了，現在找起來方便得多……」

天哪！是克信他們兄妹倆，聽口氣他們已在雨夜尋覓了很久；但究竟找什麼，是人還是錢財？

他們從走廊跨上街道，站在十字路口徘徊，沒有發現這個僵臥的老爸爸。雨點快降落吧！他們縮回走廊，就會從你身旁經過……

「二哥眞是個幻想家，」克芹的聲調朦朦朧朧：「世界這樣大，你沒有目標，去那兒找會跑的人。」

「找到或是找不到，那不要緊；但我們一定要找，找是我們的責任——」

找誰，是找克忠，還是找媽媽？因他回家，已引起家庭爭論？克忠趕到胡百理家，顯然是膽怯表示——當然不是代表大家的意思，也許是母親和兒女們有歧見，才離家……啊，那多可怕，一個年老的婦人淪落街頭，當然要找。

「我們才不要負責哩，責任該由大哥來負。」

哥哥用鼻音哼唔：「妳倒會說，妳倒有理。」

「當然啊！全是大哥的主意，讓全世界的人罵他、諷刺他、教訓他……」

「可是，別人不了解內幕，只說我們全家趕走爸爸，吵走媽媽——」

等到了，好運來了。他們兄妹倆就是找爸爸。但媽媽又爲什麼出走呢？是兒女們和她意見不一致？不要找，爸爸在這兒。來吧，接爸爸回家，送爸爸去醫院，爸爸再享幾年老福……你們媽媽不會走得很遠，明兒就會回家……

克芹叨叨地說：「我們有嘴，我們會告訴人家，只要我們自己站得住腳——」

「妳沒有那麼多的嘴，有理由說不清，不要儘嚕囌，我們走吧，往那邊走……」

腳步聲又快又重，像步步踏在自己心坎上。

怎麼，愈走愈遠，愈遠愈輕……他放開喉嚨喊：「克信！克芹！克信！克芹……」

微弱嘶啞的聲音，全在自己耳殼、口腔打轉。又是一陣嘔心的咳嗽。已聽不到腳步聲，良機失去，他又要等待。孩子們仍會再來——

然而，他驀地意識到等不及了。頭很重，而肢體很輕，像一片灰滯的雲，濃重的霧，冉冉向上飄浮、搖蕩……多少往事，一一映現目前。背著書包上學，就愛和胡百理打架。兩腿岔開，騎在胡百理身上，叫他學馬跑，學狗叫，是一隻「四眼狗」。拿掉眼鏡，爬進池塘了；滿身污水臭泥……所以胡百理才串通彩嬌，要他學狗爬？他該早想到那是「報復」，就不會上當。啊！全身肌膚、筋肉，慢慢在皺縮、痙攣、抽搐……耳中有雞鳴聲，狗吠聲，火車頭呼嘯狂奔，噴射機在半空衝刺撞擊著氣流，心弦震動……你該學著愛人，原諒人。胡百理要你留下，你爲何固執地不給他「贖罪」的機會？是的，要去告訴胡百理，已原諒了他的罪惡。腿啊，腳啊，幫點忙吧！你要去姓胡的家，告訴胡百理、張彩嬌，還有克芬……你願意爲任何人犧牲，只要大家快樂。在愛的國度裡你是「王」，有無窮的「財富」，施與阿秀、茹茹、梅寡婦，以及其他女人……那是慾，不是愛。誰說的？想想看：你可以把自己身分告訴于雲雷，但你沒有，是爲了怕大德沒有自信和勇氣活下去；還可用種種方法報復好多好多人，但你都放棄了……

鐵灰色的霧，攪擾在身旁，一團團滾來，又一團團滾去。有好多面孔、眼睛在脖頸旁搖晃、閃爍，是茹茹、阿秀、克芬，還有太太的臉……他要等待。整個宇宙變做氣體，飄飄蕩蕩。伸右手摸摸下巴頰鬍鬚，好長。見不得人和佛、神、上帝……你沒有信心。什麼都沒有抓住，兩手空空的，一切都是空空的。

又是雨聲。微微睜開眼，扁扁的月亮，像被貓撕破了的半張餅貼在屋脊上方。不是雨聲，是腳步聲。大德又來了？你是個苦命的孩子，堅強……奮鬥……自信……不要像……小德……好好生……生存……活……下……去。

冷風吹來，又吹去。滯重的霧吹散了，渾濁的氣流向西方飄送，渦漩……大地沉淪下去，而你……包括所有一切，都不存在了。眼睛閉起來吧……沒有聲息……這世界眞靜……眞輕……善善……惡惡……都消失……恩怨……仇恨……你不欠人……人們也不欠……你……兩手空空，安安靜靜……靈魂慢慢振翼飛翔……飛翔……

15

雄雞們捏尖嗓子比賽響亮，一聲接著一聲嚎叫，叫得于雲雷心煩意悶。

長長的院落，像是永走不到盡頭。雨停了，烏雲滾滾逃逸，騰出廣大的天庭，裝盛黎明前的曙光。氣流凜冽清涼，感到寒氣蝕骨。

整個前院黑壓壓一片，唯有老金的屋子，從門縫窗隙透出朦朧的黃光。當然，金媽還在後面伺候主人，老金諒不會睡覺，去辭行該不致嫌打擾——

不，不要騙自己。你是去探聽黃兆蘭在電話中說些什麼。儘管黃兆蘭是那樣鄙棄你，輕視你；你也了解黃兆蘭是如何的淺薄、愛虛榮；但你心中還是隱隱盼望她能回心轉意，嫁你，跟你去世外桃源，過快樂無憂的生活。

進了門，話卻被憂悶堵塞。結巴半天，才說：「我……我來辭行的，明……明兒……一早走。」

老金斜躺於圓背籐椅，咬緊黑煙嘴，仰頭看擎在手中的書本；聽說忙拋開書躍起，上下打量他，再拉動另一張籐椅，熱烈地說：「坐下，請坐！我們談談。」

今夜遭遇了長時的艱苦戰鬥，一直處於備戰狀態，精神和心情均極緊張；走進老金屋子，便捐除任何顧忌，可以鬆弛地休息。金媽說是在他屋裡發現強妮。強妮既然能賴著不走；儘管走了，在他未離開葛宅之前，也可能會回來，爲了避免糾纏，還是在這多待一會兒吧。

老金敬菸倒茶團團轉，忙完才理起話頭：「這次走定了？」

還有什麼懷疑的？七年前，接受老金勸慰，把離開葛家的意念溶化註銷。以往是個大孩子，沒有主見，而胸懷又被怯懦佔據，對於茫茫前途，不知如何衝撞開闢；不得不委屈地蹲在簷下。現在已到自立、自覺的年齡，怎能繼續地強顏事仇？

「沒理由再賴在這兒了。」

「能多考慮一會，再留下一段時期？」

「不，絕對不多留一天。」

「何必呢？這兒並沒人攆你！」

全家上下，大大小小，只要有人看他一眼，他就覺得心虛。微笑地對他，以爲是譏嘲；嚴肅地對他，以爲是鄙棄和輕視。多年來受盡痛苦的鞭笞，還能禁得住別人公開地驅逐。

老金對他了解得太少——他沒有和老金深談過——當然想不到一個人，在任何時間、地點，覺得自己比別人矮一截、輕一分，那是什麼味道。

「我在這兒留的時間已太長。」于雲雷輕噴著煙霧：「再沒有臉面待下去了！」

「何必呢！等你事業奠定基礎，放心大膽，伸手擺腳地離開，那多好。」

這是老金的善意。最初勸他完成學業，現在又勸他完成事業；將來會勸他娶妻生子，好接受遺產……人的慾望無法滿足，為了追求更高、更好的物質和精神享受，可以做金錢的奴隸，做自己良心的囚犯——這樣待下去，事業眞會有成就！

于雲雷毅然地說：「事業有沒有基礎，對我來說，能有多大意思。」

老金咬住菸嘴嗅鼻子，像是不同意他的說法：「你年紀不小了，書也讀得不少，怎說出這樣糊塗的話。」

煙霧遮住視界，覺得和老金之間的距離，愈拉愈長，他突地站起身，不想辯駁、談論：「有我的電話？」

「是的。一位姓黃的小姐，她說和你有點誤會——」

「留話了沒有？」

「她說，希望你能去看她；不然，她明兒會來找你……」

「可是，我說過，天亮就走——」能為兆蘭留下來？

老金的口頭語又冒出：「何必呢！」手指籐椅要他坐下：「有這樣的主人，願意投資；而你甘願放棄上好的機會，眞使人想不透！」

想不透的事太多了，那是因為他年紀太老——該六十歲出頭了吧！老年人往往保守，而思想又不尖銳綿密，當然揣不透青年人的心理。

可是，葛老頭和他剛談的話，老金沒有在旁，怎會知道如此清楚。

老金笑聲中摻有大量得意和自信：「當事人會迷糊，旁觀者反而看得透徹。說說看：爲什麼要拒絕董事長的好意？」

「我……我說不出。」

「多少年前就這樣說，現在還不能公開？」

「不能。」

他把手中的半截香菸，用力彈向門外的濕地，霎時火光湮滅：「永遠不能。」

「與大小姐強妮有關？」

于雲雷搖頭，心裡想到黃兆蘭爲何要見他？是突地悔悟，還是另有話說（老金根據黃兆蘭的電話推測的）？明兒去黃家，也許情況全部改變。他心中的鬱結，突地感到鬆動起來。

老金把拋在地面的書撿起，捲成圓筒，拍打著膝蓋：「我想，你是爲了對主人不滿，在臨走前，報復了那麼一下——」

他縱在老金面前。緊逼著問：「你認爲我應該報復？」

「何必呢！何必這樣說。我們只看到主人對你好的一面，沒有見主人打過你、罵過你……」

「可是，我說過，比打罵要難受得多！痛苦得多！」

「那我就想不通。董事長既然待你不錯，你就該看在恩情方面，多多忍受。怎麼是在心裡、口裡仇啊、恨啊……像是從恨裡長大似的！」

「你是說，只要獲得過恩惠，就該永遠接受凌辱？」

「你會眞搶『理』說。」老金掀開小方桌上保溫杯的杯蓋，喝了一口水，翻弄著書頁，彷彿要在那裡尋求答案似的。「我在啓蒙時讀過：『寧讓人，勿使人讓我；寧容人，勿使人容我；寧吃人之虧，勿使人吃我之虧；寧受人氣，勿使人受我之氣。人有恩於我，則終身不忘；人有讎於我，則及時丟過……』」老金突地將書闔上，扭轉頸子問：「你讀過沒有？」

他讀過。這是明代楊繼盛彈劾奸臣嚴嵩後，臨刑前教訓兩個兒子的話。但老金手中抓的那本書，卻是一本暢銷的武俠小說。老金的生活多采多姿，曾做過鞋匠，擺過測字攤，幫別人代書訴狀及土地契約……年邁才回到葛家培植花木，看守門戶。他很會用心用腦；不用直接的方法勸人、教訓人；拐了幾個彎，才說到主題，要他忘卻仇恨，永念恩惠。

不記得七年前老金是怎樣勸他的了。什麼「容忍」、「學業」、「忠恕」……等等詞彙撞擊他的心靈，才忍辱含垢地活到今天；不知該怨恨他，還是感謝他。如果漂流在社會的每個角落，許能體認到多種存在的理由——不見眼前的這些人，就少想到那齷齪的血淋淋事實，恨得會少些，生命也會充實些；反過來說，可能會凍僵、餓斃，沒有勇氣活下去，會蹈海而死……

于雲雷緊倚門框，右手抓住自己額前的一綹頭髮，左手敲擊額角。想狂吼，想大聲咆哮。心中蘊結的那股悶氣，無法遏阻。他要推倒這小屋；如有足夠的氣力，他要掀翻整個宇宙，使一切消逝、殞滅……

「我知道你的意思，」于雲雷倏地大嚷：「你是說原諒，原諒，一千個原諒，一萬個原諒！原諒我們的恩人，原諒我們的敵人……自尊被戳傷了，要原諒；人格被摧毀了，要原諒……你說，原諒有個完嗎？」

「依你怎麼說？」

「別人摑我一掌，我要回敬他一拳！」

「何必呢！這是『以牙還牙』。」老金頓住沉思了半晌：「你明兒離開這兒。強妮知道嗎？」

「知道。」

「她如何表示？」

「強妮也希望我留下，無限期的留下；永遠仰賴葛家的鼻息生存下去。」

「而你卻藉此報復，一走了之！」

急雷轟擊腦門，震顫遍佈全身。老金怎能如此誤解他的話。因他是個進退失措的儒夫，對於葛華達施與他的「恩」和「恨」，絞纏在胸中理不清，一直沒有採取行動；老金竟聯想到強妮的身上去。

「強妮的事，你知道多少？」

「一點點，一點點。整個住宅，擾攘得像鍋裡沸騰的濃粥，大家是那麼想，也是那麼說。」

再沒法挺直脊梁做人，料想的事終於發生在此間，強妮該稱心如意了！

讓大家去說、讓大家去想吧。你無法塞住每個人的嘴巴，控制每個人的頭腦——人是個奇異的動物，愛談說自己不了解的事，喜討論彎曲不明的理，往往拿自己心目中的尺度和標準去衡量他人，以為他人就是自己，自己這樣做，這樣想，便確定他人也是如此。然而，人和人的性格有多大差別，人心與人心之間有多長距離，怎能一律看待，硬把「莫須有」的罪過加在他頭上。

「我不在乎。」于雲雷賭氣地揮著手臂：「橫豎我天一亮就走。」

「可是別人會在乎。」老金又把書攤平在膝蓋上，對著封面上比劍的圖案凝神思索：「即或是強妮當作兒戲，強妮的父親會在乎、會認眞……」

這樣說，他必須爲別人活著。根據老金的意見：彷彿他生存的目的，就是爲了使別人活得更快樂，更體面。

內心浮起懷疑的泡沫：他眞該犧牲自己的人性尊嚴，成全他人的名譽、身分、地位……？不，那不是他這普通人所能做到的，必須是超人，是聖賢，才能到達那種境界。

而且，老金該弄清誰該對強妮的事負責，不能如此的強迫他盡不該盡的義務。

「誰在乎都是一樣」；于雲雷低頭在屋中盤旋：「任何人都是先想到自己，然後才顧到他人。」

「你說的就是『自私自利』。」

「說我自私也好，認爲我自利也好；但我走的決心再不改變了！」

「何必呢！所有的人勸你，留你，包括董事長以往的恩情，加上未來的贈與都不能溶化你的決定？」

「不能。我不能像隻雛雞一樣，永遠鑽在別人卵翼下取暖，依靠他人衣食生存。」

「何必說得這樣難聽。那是人們器重你的才幹，才以優厚的條件待你，聘你；你該用不卑不亢的態度接受——」

于雲雷搖雙手阻止老金說下去。雄雞似已叫破嗓子，曙光從門隙向內擠塞，天明了，便是他新生的日子；花這麼多時間和唇舌辯論，對自己毫無裨益，算是白費氣力。

「我們的意見雖然不一致，但你的關心和好意，我還是很感謝，很感謝！」

于雲雷旋轉身向外走，但老金又喊住他。

「我要鄭重地告訴你：董事長關懷你的前途，才要我勸你——」

他覺得雙腳踩在轉動的圓形球體上，要撐開兩臂維持身體平衡，以防傾跌。老金告訴他這話的意思，諒是要他體念主人的恩德，因而感激主人；永遠想不到會獲得相反的效果。現在可以想像得出，葛老頭擎起高腳酒杯，用濃重的鼻音指使老金，你和小于比較接近，平時又談得來，唔！該勸他，分析利害給他聽。

是，董事長。

唔，好好的跟他談。談好了，我心裡有數，我會好好的賞你……

是，是，我一定勸他，留下他……

當然，他們不會這樣談——誰知道他們怎樣談法，老金才會如此熱烈地勸說他，表現出忠於主人的赤忱。

「七年前，也是主人的授意，你才阻止我離開？」

「是的，你那時年輕，肯接受意見，我能說服你；現在你長大了，滿腦滿腹的主張；誰的話都聽不進，何況我這個又窮又霉的老頭。」

年輕時認爲老金和他沒有利害衝突，完全基於善意爲他設想；沒料到那是葛老頭利用來哄他這小孩。現在已讀了不少書，懂得運用思考，分析事理，還能再上當，潛溺在污穢的糞窖裡做蛆蟲？

「不錯，我已能認清該走的路。」于雲雷坦誠地說：「我也知道該愛誰，該恨誰；當然，更知道該感謝誰——」

「小子，你該感謝我！」金媽推門進來大嚷：「我不把強妮從你屋裡拉出來；看吧，今兒有你瞧的！」

金媽的話雖前言不對後語，但他深幸有這機會，結束這糾纏不休的談話；於是滿面堆笑，彎腰鞠躬，連連說：「謝謝，謝謝！」

「你要走？」

「是的，我特地來辭行。」

「你早走早好。」金媽用彈性的步子在屋中走動：「沒有你，我們上上下下就心安了。」

老金慢慢搖頭轉向他：「不要聽她的，她是老糊塗了。多考慮考慮我的建議吧！」

「我不會計較金媽的話，」于雲雷腳步向門外移動：「她是好意，你們都是好意，我會永遠記住的。」

已跨出門外走廊，金媽又喊住他：「全家爲你鬧了一夜，現在都睡了；強妮也睡了。不必再搞什麼辭行那一套了。」

澆薄的空氣，涮滌全身，頭腦也清新得多。雞啼、狗吠、汽車喇叭、小販的叫賣……演奏黎明前的序曲。天上的雲靄翻滾著，醞釀著，未來的天空將不知是何色彩。

金媽的話不錯，全宅都沉默了，一片昏黯，唯有他自己的小屋，偏處院角，蒸酵迷濛的黃光。金媽對他誤會——老金何嘗了解他！但此刻內心已非常寧靜，該做的，該聽的都已聽過做過了；今後將與這一切喧囂絕緣；誹謗、誣衊、誤解都隨風飄逝，煩惱、是非、痛苦，都深深地埋沒吧！

他挾帶親切而愉快的情緒衝入小屋。桌、椅、床以及散亂的衣物書籍，都瞪住他靜靜地等待。他舒暢地躍動，用手輕撫著陪伴多年的書籍、用具。不要了，一切全放棄了。他隻身進來，仍然兩手空空地離開，這就是人生。晚間還想把必需的物品帶走應用，經歷如此多的突發事故，似乎長大了成熟了許多；不僅不依戀身外之物，連黏貼於肺腑中的恩恩怨怨，也在一夜之中摒棄、抖落，不必縈繞在心頭，平添愁悶的滋味了。

超重的汽車駛過馬路，輪聲震顫心尖。他關起門，把全身皺縮污穢的衣服鞋襪脫去，換上整潔的服裝。又觸及那把彈簧刀。用野蠻的方式，報復葛華達仇恨的想法已拋棄，利刃將變成廢物，被拋上書桌，他又伸手撿起扣在腰帶上。這是多年相伴的防身之物，進入山野，會比在城市的用處大得多，當然應該攜在身邊。

一切準備妥當。掀開木板箱箱蓋，把平時節餘的一些錢，從紙袋中取出，裝進自己胸口內袋。有了路費，可以進入鄭鐵銓爲他策劃的生活圈，就不要面對這猙獰而醜惡的社會……

「篤……篤……」

是急促的敲門聲。誰？他愣在室中凝視門背。是老金還是金媽？

沒有接受勸告，老金無法向主人覆命，才利用這時間作最後的努力？

好吧，讓老金進來看看他離去的決心，再順便請他證明于雲雷是如何的潔身引退。

門拉開一半，一個女人的頭髮，映顯在迷茫的晨曦中。

啊，是黃兆蘭？

這念頭瞬即被另一種想法碾碎。這是黎明前的黑暗時期，全宅的人都沉浸在夢鄉，沒人開門——最主要的，現在不適宜客人訪問，黃兆蘭怎會來此地？

側轉身體，讓屋內燈光射向門外。

看清面龐，再用抖瑟的雙手搶著關門。

靜靜矗立門外的是葛強妮。

關門的動作嫌太遲，強妮的一隻腳已斜伸進檻內。

兩人僵持在門口。

強妮說：「你讓我進去吧，我只說一句話。」

「金……金媽說妳……妳睡……睡了……」

「但我心裡藏了一句話，翻來覆去睡不安寧，一定要告訴你——」

于雲雷仍撐立門旁，不願退讓：「妳說吧。我就要離開了，時間不多。」

「你如此待我，我怎樣開口！」

像打架似的撐拒，確嫌過分。強妮不過是個稚氣很重的女孩，一廂情願的糾纏他，他並沒損失什麼；而首先把她連同三輪車拋於半途；回到家又因話不投機衝出小屋冷落她。她受的打擊已夠重、夠多，在離別前略給她一點臉面，維持她的自尊——自尊比任何有價值的物品重要，失卻自尊就再沒勇氣活下去了。

應該讓她進來。若是提出無理要求，他可以不接受；而且他長著兩條腿，隨時可以跨出門，走自己必須走的路；何必戰戰兢兢地怕她？

退後一步，身體略爲轉側；強妮已挨過窄門，彷彿不抓住這一分一秒，就會因改變主意不得進屋似的。

她吵吵嚷嚷：「關好門吧！冷得很。我是從熱被窩爬出來的。」

冷颼颼的風當門拍來，顫慄起自心田。強妮裹繡花的銀紅色晨褸，挾緊兩臂，雲雀似的在屋中翺翔。今夜，她已攪渾了江水，海中也沸起巨浪。這最後時刻，又要耍什麼新名堂？

風聲，無數鐵輪撞擊鋼軌聲，嘶啞力竭的雞啼聲，都被木板門堵在屋外；屋內陰鬱而沉悶。玻璃窗上還罩一層茶綠色布簾，諒是他離開小屋，強妮想隔絕耳目，隱藏於幕後才拉起的。

處於即將乾涸的水池，無法避退，像兩條互相呴濡的魚，對立室中。

強妮已洗去所有人工的美容，瞑目垂視，有如塑成的莊嚴女神像。

她蓬鬆的頭髮向上梳，梳得比想像中要高得多，露出白膩膩的脖頸，又細又嫩，彷彿掐得出水似的。她已不是一個孩子了，成熟而美麗；爲何他總覺得強妮是個淺薄、頑皮又淘氣的兒童。是因爲她舉動逾越常情，還是自幼看她生長……？

沒時間，也沒有必要考證那無關的細節，重要的是應戰，或是主動地趕走敵人，贏得艱鉅戰爭中的最後勝利。

然而，強妮屏息凝神，像表演時裝的模特兒，沒有開腔發言的責任。

他再也按捺不住火急的性子：「我等著聽妳的那句話哩！」

仍靜靜地沒有任何表情、動作，于雲雷察覺自己的鼻息聲，風擺弄樹葉的窸窣聲。

又停了一個世紀那麼久，強妮才用輕微地語調說：「我要跟你一道走。」

簡單的幾個字，卻像鐵鎚重重敲擊著腦門。她從熱被窩爬出，就是趕來說這一句話？條條大路都可以到達人生的盡頭，爲何要抓住他同行？在她來說是私奔，而他將是誘拐……他肩荷的罪名，如「忘恩負義」、「始亂終棄」……等等冤抑已夠多，還能再加上一項！

他結巴地問：「可是，我說──妳……爲……爲什麼？」

「我沒臉待在家裡了。」

「妳……妳該想其他辦法……」他又突地想到唐升辰，她可以馬上草草結婚。如果她不在乎冒生命危險，可以花點錢，找沒出息的「密醫」動手術……等等。但這些不能從他口中說出；強妮不是個笨蛋，應設法彌補自己的謬誤。

「今兒晚上我是做錯了；又連累了你。我很難過……」

淚珠從強妮眼角，沿面頰潸潸流下。他第一次發現強妮是這樣軟弱、溫馴、可憐。大概她眞正體會到所遭遇的困境，才有羞愧、懊悔的念頭。

原有的嘲弄諷刺，和急切渴望她從高貴的寶座跌下，而施以凌辱的心情全部隱退；從心窩升起另一種奇異的感覺，有別於同情、憐憫……他說不出那是什麼。接著便想用幾句話安慰她；但好話並不能解決問題，不必要的仁慈，將會惹出意外的麻煩。

他反問：「妳確信我會帶妳一道走？」

「我不知道。但我必須試試。」強妮的肢體抖動，語氣變得堅定：「不管你怎樣，我要陪你去天涯海角。我長得健壯結實，能做事，能吃苦；不會拖累你，加重你的負擔——」

「妳和我在一道算什麼？」

「我……我沒有想過。算是太太也好，女傭也好，我不計較那些。在你身邊，能爲你做事，能看著你工作、生活，我就心滿意足。」

強妮端莊而嚴肅，沒有絲毫輕浮的表情。她徹底的幡然悔悟，改變人生態度，反而使他不知所措。

他後退一步，折響手指骨節：「妳怎會這樣想？妳怎願意如此犧牲？」

「我熱望得到我想獲得的……」

爲何不說下去？她是想獲得婚姻、愛情或是男人，也許是玩具——這念頭頓使自己要發瘋。強妮把你當做玩具，或是心愛的物品，想抓就抓到，要搶就搶來。過了一個時期，玩得膩了、厭了，如同喝光的汽水瓶似的拋開你。這就是任性的小姐脾氣，你不接受也得勉強接受；她像個糯米飯糰黏住你，像一綹柔韌細長而富於彈性的髮絲纏繞你，進退轉動都無法脫身……你眞是如此荏弱，願意讓人擺佈？

「妳只想到自己，」于雲雷忿懣地斥責：「妳有沒有考慮過我的立場和處境？」

「考慮過。」強妮在屋中微微晃動：「我要在和你共同生活期間，用熱情和誠摯贏得信任，用關懷和體貼補償我以往對你的罪愆——說實在的，我完全錯估了你，今晚把一切搞得很糟，很亂，現在我求你同情我，寬恕我，讓我達到心願……」

大顆大顆的淚珠，簌落落滾下。他離開小屋時，還聽到她發出慶幸勝利的大笑聲，瞬間就變爲哀憐敗北的哭嚎，你要縱聲大笑，祝賀自己的勝利——你眞的勝利了嗎？

強妮承認錯估了你；但此刻來糾纏的行爲，又是如何估計的，不怕再蹈謬誤的覆轍？

「可惜的是：妳的話說得嫌太遲……」

「不，不遲。我今晚才聽到了那些恩恩怨怨，你和爸爸之間——」

「不要提到妳爸爸！」于雲雷粗暴地大叫。

「我以後不會提到他，但今天要把話說明白。人人都以爲你對他感恩，時時想報答他；萬萬想不到傷害你的，卻是那樣慈祥、善良而又熱心助人的爸爸——」

「妳不要如此讚揚他，歌頌他，他不値得妳敬佩。妳看到的是僞裝的一面，另一面他是禽獸……」

強妮的手臂揮了一下，又迅速抽回，屋中的燈光似乎也隨著晃盪。

「你不該這樣說。」她的聲音哽咽：「你說了這些字眼，是不是比我聽了還要難受得多！」

于雲雷的面頰臊熱加深。他不應在強妮面前辱罵她父親。直接告訴葛華達，就不會有歉疚羞愧的感覺。他立刻掩飾自己的懊惱：「妳永遠不知道我是多麼的恨他！」

「就是因爲你們之間的讎恨無法消除，所以我才用無比的熱愛，爲我爸爸贖罪！」

是多麼漂亮的說法。她已不是一個淘氣、惹是非的太妹，搖身變成壯烈犧牲的孝女！妳眞是這樣做、這樣想，不是爲了本身的「通貨膨脹」無法解決，才恬不知恥的釘住他？

但他不願揭穿裹著糖衣的謊言：「可是，我說，以妳的力量，肩負這樣艱鉅的使命，能有效嗎？」

「當然，當然。我生成一顆誠摯的心，具有無限豐富的熱情——這些是千萬度的高溫，會把深藏在你內心的那股邪惡的怨恨摧毀、熔化。我會勸你，說服你，拋棄遮隔人與我之間的盾牌，用諒解、寬恕的目光和心理看人、待人，你就會覺得蔥蘢的世界裡，春意盎然，到處充滿溫暖、慈藹、友愛、同情……」

眞了不起，強妮又是自導自演，這該是她讀熟了的台詞——但她把你當作演員還是觀衆？

這兒沒有舞台，也沒有道具；僅有她這位競選奧斯卡金像獎的大導演兼演員，演出非凡的人生……

定是你的面容顯示出心中一些秘密——看：強妮已慢慢向你挪移，目光中有股力量擒捉你，你已無法逃逸。眼前有無數衝擊的銀色線條，構成菱形、三角形、幾何圖形……作閃爍、騰躍狀。樹葉窸窣，雞啼嘹喨，載重的十輪卡車頂風急駛，不！是噴射機群凌空呼嘯……已無法退避。蒸霧在身旁升起，氤氳迷濛室中；氣息喘急，心胸窒塞不暢……但你還是後退了一大步。

糟了，後退一步，即失去固守的據點；他是不該後退的。灰霧變濃，份量逐漸加重，壓向他、逼緊他，不得不繼續後退……桌子、椅子、塞緊不成形的帆布袋、凌亂的書籍……都在身旁滑過；腳後跟已無法移動，脊背緊貼著粗糙的石灰牆壁；已無退讓之所。

強妮像是碧海中的巨浪，湧升高空再刷地降落。他被擊沉在海底，淹沒了，窒息了，若干時日築成的理智堤防，他以爲是億載金城，但一下子被攻破、擊潰了。

強妮雙臂一舉便攫住他，晨衣刷地滑下。

天哪！靈魂深處的吼聲沒法出口，她怎會是從熱被窩中爬起，準是從浴缸中跳出來的。她怎會疏忽這不是伊甸園，而是人獸雜居的社會。文明世界中應有的一點點虛僞的裝束，她都拋棄了，是表示前進，還是說明野蠻！

他提醒自己，警告自己：強妮不是有意如此，而是爲了捉住你，才伸開膀臂——現在纏繞你的，只是木雕的或是塑膠製的模特兒，只有軀殼，沒有靈魂，沒有理智，沒有……

然而，那雕刻的維納斯說話了，面龐湊近他，呢呢喃喃：「我如此眞摯地待你、愛你，你不能愛我一點點嗎？僅是一點點，一點點？」

具有伸縮性的軟木塞，緊緊梗住喉管，一個音符也迸不出。兩臂雖然在抗拒她的肢體貼近自己，但力量愈來愈薄弱；內心中泛起一道暖流，熨炙著、啃噬著胸腑中每個晦澀沉滯的角落。

「我們年幼時像兄妹，」強妮又說：「我一直待你像哥哥，你不能把我當作妹妹？」

不敢高攀。妳爲何不早點向我傾訴。

「我說錯話，你該原諒我；我做錯事，你該糾正我，寬恕我……」

不必難過。將聽不到罵妳、責備妳的話了，我就要走了。

「你一直垂下眼皮，緊緊盯住自己的鼻尖，無視於別人的存在……」

那是我生活的權利和自由，妳不能干涉，那也是我做人的基本態度，改變不了。

「把我爸爸對你的仇恨，結算在我身上，你說公平嗎？」

是的，不公平。仇恨不能轉嫁，更不該牢牢思念報復……啊，誰在修理摩托車的故障，那震顫肢體、靈魂的馬達嗚嗚地不停咆哮，吼得不知有多心煩，爲什麼不停息片刻，讓人喘口氣！

好了，他能開腔了。「妳出去！穿起衣服出去！」

「你不要怕。」

「我當然不怕！」

「你說謊！你怕我，也怕你自己……」

「胡說！」

「我仔細研究過你，觀察過你。你把自己的心靈，裝上鞏固的甲冑，不讓感情抒洩，也不給外面的人物和花花世界影響你。我了解你，你是個道地的懦夫——」

兩腿觳觫，顫慄流遍全身，他似乎撐持不住了。

強妮接著有力地說：「我永遠陪伴在你身邊，你勇敢地站起來吧！」

她說的每個字，像尖銳堅硬的子彈，颼颼地透射肺腑心臟。他不能回答，無法批駁；只能舉起胳膊，用力推拒撐持。

「我很冷。」強妮停了半晌用命令地口吻說：「把衣服披在我身上！」

對了，不能讓她赤裸裸地裹住自己，不成體統，他也受不了這熱與力的烘焙鎔鑄。略一猶豫，便側轉身蹲下，擄起晨衣抓在手上。

是的，他是一位偉大的藝術家；而強妮僅是一個沒有靈性的模特兒，可以用鑑賞的目光，批判她肢體的線條，白皙的具有彈性的……

不該欣賞的，你僅是一個冒牌的藝術家。從蹲下到並肩對立，世界的一切已全部變色。翠綠的小草，豔麗的花朵遍地是，園中雙雙蝶陣翩舞，和煦的春風，輕拂樹梢的嫩蕊……

于雲雷胡亂地把衣服裹在她身上，手還沒有放開，強妮又命令他：「抱緊我！」

他機械地用雙臂箍緊她的上身。

「告訴我：你愛我。」

「我愛妳。」

「你帶我一道走嗎？」

「我帶妳一道走。」

強妮突然頓住，眼中射出異樣光彩，緊緊瞅住他：「你說的是眞話，不是說了玩兒的，是不是？」

話是從他口內說出的，強妮怎麼不信？是的，他對自己的諾言也發生懷疑——剎那間像受了催眠，失去自由意志；更像是進入虛無縹緲的夢境，有若干絢麗的雲片，擁著自己冉冉上升……一切都是虛幻的，不實在的，他擁抱著的只是一座維納斯女神像，只是一個雕刻精美的模特兒……

然而，那深如井水般明亮的眸子轉動著，期待著他的回答。眼中有股熱燄——不，強妮本身就是一座熊熊燃燒的火山，灼熱把他內心的冰窟融解，岩漿已瀉入他的血液，沿著全身的動脈汩汩奔流。……他分不清那兒是強妮，那兒有自己。千萬度的高溫，已把他和強妮鎔鑄爲一體。他身上處處有強妮，強妮的肉體上處處有自己。

「我說的是眞話。」他從醺醉中復甦，結結巴巴地：「我……我……是眞的愛妳。妳一直希望我這樣說，終於我說了，眞眞實實的說了。妳還感到不滿足！」

「我很滿足，也很開心；但這高興的事來得太突然，簡直使我不敢相信——不相信自己的耳朵，你能再重複一遍嗎？」

開頭難；開口以後，下面的話就好說了。爲什麼只限定一遍，他可以重複無數遍。「可是，我說過，我愛妳，妳聽到了吧！我要帶妳去我想去的地方，離開眼前的人們，離開這搶奪競爭的血腥社會。忘記以往的醜惡，抹淨心靈上的傷疤。我們開創新天地，重新堂堂正正做人。我們有自己的工作，有自己的生活；我要爲妳活著，妳也要爲我活著。這樣，妳該滿意了吧！」

「是的，很滿意。」強妮在他臂彎裡蠕動，許是箍得太緊了，有不舒服的感覺，「但我想知道你爲什麼這樣說？爲什麼會貿然答應我？」

一個冷顫襲擊自己，他一時說不出。強妮何必問。大家都希望有這樣的結局，包括唐升辰、「水蜜桃」、毛健雄、葛華達、老金……等等，最主要的是強妮，她已獲得她所需要的婚姻、愛情、丈夫，還要追問個啥？

他感到不自在。這好像是爲別人活著，爲滿足那許多與自己無關人的慾望，他才這樣對待強妮——想到這兒，有點苦惱……

強妮似乎等不及了，急著追問：「爲什麼不回答？你是因爲同情我的遭遇，憐憫我的不幸，才如此慷慨的自我犧牲，故意施捨情感來救濟我？」

這女孩眞怪，不答應她的要求，死纏著不放；她達到目的了，又揣起心肝胡亂猜測；還得用力氣說明自己的心境，那是多難、多苦的事。

「不，妳不能那麼說。」于雲雷深思：「妳已經知道我是眞的愛妳。我第一天進入葛家，就喜歡妳了。一起遊玩，一起讀書，妳在我心目中的地位一天比一天重要，我們的情感距離慢慢縮短、縮短；如果不是妳爸爸……」

強妮插聲大叫：「不要提到我爸爸！我知道，你想到他，又會改變主意。」

「對，我今後不會想到他。過去的仇恨，都隨時間消逝，都被春風融化。有了妳，一切都已獲得補償，再不斤斤計較別人對我們的傷害。我們忘記過去，不知道過去，將用愛和容忍對別人寬大。妳的幸福，就是我未來工作的目標和存在的理由。你還有什麼懷疑的？」

強妮愣住片刻：「可是，『黃竹桿』呢，你也忘記了她？」

「當然。」

「你是準備和她結婚的呀！」

那該是個錯誤的想法，荒謬的決定，理由將難於說清。老金說是黃兆蘭打電話找他，他還存那麼一絲希望，想兆蘭痛然悔悟，願意陪他去鄉野開闢新天地。但現在明白了，他不愛黃兆蘭；只為了逃避現實，找個強妮的替身施以報復；或者是為了心理上的某種補償，必須覓得一個女孩結婚。那管她是多麼瘦，多麼醜，多麼沒有女人味，也要硬起頭皮鑽進那「枷鎖」。等到黃兆蘭眞的答應他求婚時，也許他會突然改變主意，掉頭而去——強妮會相信，會明白他心境的演變過程？

「黃兆蘭愛的是名位、金錢，像唐升辰那樣有前途的人；不會愛我這窮光蛋，更不會和我去『世外桃源』，我永遠不會和她結婚！」

她的雙眼瞪住那發黃的吊燈燈泡，慢吞吞地問：「我們眞的去世外桃源？」

「去，一定去。」他突然想起嬌嬌滴滴的強妮，從沒嚐過風霜雨露的苦味，更不知道柴米油鹽的艱辛，一時高興，答應和他去農村生活；到達了三五天，或是一個禮拜，嗅不到都市的繁華喧囂，看不到文明的繽紛色彩，就會懊悔，就會後退，他要特別提出警告：

「可是，我說——如果妳膽怯，不耐勞苦，妳就留下。我絕不勉強妳。」

「去，我也一定去。」強妮學著他說話的語調：「這樣太使我高興了。你愛我，不是憐憫，也不是施捨；更不是爲了我爸爸的千萬家產，我獲得了我想獲得的眞正的、純潔的愛情，爲什麼還要放棄！」

于雲雷的內心倒吁了一口長氣。強妮眞是個倔強的女孩子，繞了個很大的圓弧，才回歸到那一點。雖然任性些，但她是爲了追求理想的目標，值得原諒、饒恕……

強妮的兩臂纏得更緊，嘴更湊近他的面頰，低聲得像耳語：「現在我還要告訴你一句話……」

「又是什麼話？」

「那是我進門時就想告訴你的一句話，直到此刻還沒說出口。」

想起來了，她是用那句話做藉口擠進門的。可是，現在情勢全變；他和她之間的誤會、隔閡，都解釋得清楚明白，還有什麼可說的。難道她仍要告訴他有關毛健雄，或是那孩子的一切？他雖然沒有明言對孩子的處理辦法，但已說過愛她，愛她的一切，當然包括過去行爲上種種錯誤的果實。她又何必在此時此地揭痛苦、罪惡的瘡疤！

「我不要聽！」于雲雷斷然拒絕。

「我一定要告訴你。」

「可是，我說過：妳何必……」

「你一定要聽我說。」強妮臂膀用力地摟摟他，特別表示親暱：「我今晚講的那……那句話是假的。」

他又掉下冰窟，摸不著洞口邊緣。她是說根本不愛你這個流浪漢，也不願跟你去世外桃源墾荒；只是騙你，尋開心；你竟傻得認起眞來，以爲抓住眞正愛你的女孩，那簡直是夢囈！

于雲雷用胳膊撐開她離自己遠些：「什麼是假的？」

「我……我有孩子的話，是騙你的。」

「妳……妳說，妳沒有懷孕？」

「是的，沒有。」她露出白得耀眼的貝齒：「你該想得到：我怎會是一個被欺侮的弱者！」

「天哪！」他驚叫道：「但……毛健雄……」

「毛健雄又怎麼樣！他是唯一能接近我的人。你剛穿的那件夾克，就是他想用武力征服我被扯破的。我告訴你：任何人不能動我一根汗毛，除非我是……」

「妳爲什麼要那樣說？」

「那是一種愛情測驗。」她得意地扭動肢體：「毛健雄不及格，唐升辰太卑鄙；唯有你：高貴、偉大、不卑不屈，是最理想的伴侶。」

默默注視胸前呈現稚氣的臉孔，百感匯集。不知該歡騰還是該惱怒。強妮確是如你多年來想望的屬於你，而且完美無瑕，不擇手段地爭取你、愛你；你將是天下最幸福、最快樂的人。也就是因爲她任性胡鬧，把人生當做演戲，使全世界的人，都誤認你是爲了葛家財產，用不正當的手段獲得她；人們怎知你被誘入彀的內心痛苦！

強妮是否懷孕，仍無法確定。她是說謊的能手——能謊言有孕，也能謊言沒有懷孕。當然，你愛她，就不該懷疑她，你本就原諒她過去一切行爲和罪惡的。現在揭露眞相，就該更愛她、更信任她，也該使別人更了解她。

于雲雷輕輕推開強妮，低首在屋內迴旋，思索。

強妮的目光隨他旋繞，似乎對他的突然沉寂感到惶惑不解。

她詫異地問：「這又有什麼不對？」

于雲雷站住，搖頭：「妳現在不能跟我一道去。」

「氣死我啦！爲什麼？」

「爲了妳放的謠言，爲了懲罰妳的胡說八道！」

強妮偏轉頭，咬著下嘴唇想了想，彷彿已領會到他話中的意思：「我什麼時候才能見到你？」

「一年之後。」于雲雷跟著解釋：「這也是對妳的一種考驗，如果妳意志不堅，怕吃苦，隨時可以改變！」

「不！」強妮左手抓住晨褸的胸襟，舉起右臂大叫：「我永遠不會改變！」

「那太好了。」他跨上兩步，緊握強妮的右手搖晃著：「我們要互相信賴、等待。」

這結果似乎出於強妮意料之外，她躊躇不知所措。囁嚅著問：「我……我……怎辦？」

「妳現在立刻回去休息，不要著涼。到了目的地，我會寫信給妳。」

「我呢，也能寫信？」強妮眼眶裡孕育晶亮的淚珠，像受了極大委屈，無法伸訴。

「當然。」他放開手，輕拍她的肩胛：「一年的時間，很快就會過去的。」

強妮俯視地面，嘴唇翕動，像要訴說什麼，但眼皮眨了眨，淚珠已跳出眼眶，在面頰爬行。她倏地翻轉身，旋動把手，躍出門外。

屋內又非常寧靜了。遍處雞啼，曙光從窗隙偷窺。他索性關熄電燈，打開窗帘，黎明安詳地步入室中。

順手抓起桌上扯出一半的「限時信」。鄭鐵銓把那荒原定名爲「銓雷農莊」，這包含他們二人姓名中的最後一個字，徵求他同意；並敦促他不要猶豫立刻前往耕耘，爭取收穫。

是的，一切問題已獲得解答，他不願遲疑片刻。

跨出門，仍回頭深情地巡視。小屋中的一桌一椅，一本書，一張紙，他都感到戀戀不捨。但爲了走進新天地，創造新生活，只好摒棄不顧了。

朝霞抹了半邊天，而殘破的月亮，仍歪貼在屋脊；芝麻大的星星，仍在灰茫茫的蒼穹中跳躍。

經雨水涮洗過的街道，行人稀疏；多的是匆遽地爲人們服務的菜販和水肥車。他精神振奮地穿越一條條馬路，突然發現「犬」形面龐老人僵臥在走廊盡頭。

于雲雷躍向老人身旁，彎腰俯視。乾癟蠟黃的面頰，深陷成兩個窪坑；加上張大的嘴巴，有如一個倒寫的「品」字。眼睛一隻睜著，一隻閉著，彷彿苦思難以解決的問題。左胳膊橫擺在胸前，右臂順伸在身旁，手心向上，似在向所有的人索取財物。

明知這老頭凍僵了，還伸手撫摸皺縮得如棗皮似的前額：冰涼。再撫摸拳曲胸前龜裂似的手背，也沒有一絲暖氣。

于雲雷撐直腰桿大聲咕嚕：「這可憐的老人死了！」他對自己在深夜沒有能幫助他感到遺憾、歉疚。如果送老人去醫院、教堂，或許不會兩手空空離開這溫暖而又冰冷的世界。

老人到底是痛苦，還是快樂呢？

感到一縷惆悵從心中升起，充塞在四週。他長聲嘆息，搖搖頭，衝開薄薄的晨霧，大踏步堅挺地向前走去。

（全書完）

附錄(一)：

愛與恨交織的情網

——《雨夜的月亮》扣人心弦

李奭學

蔡文甫的小說《雨夜的月亮》形式與內容並重，是一部十分傑出的長篇創作。早在今年七月九歌斥資重印之前，這部小說已由皇冠印行兩版，可惜我一時查考不出皇冠初版日期，無法得悉完稿年月（編按：皇冠初版日期是五十六年八月）。但由其他細節看來，小說的時間背景，應該在民國五十五年到六十年間的某夜。此時，正值台灣經濟衝破層層瓶頸，邁向高度繁榮之際，于雲雷踩踏的三輪車在街頭逐漸式微，唐升辰、黃兆蘭母女代表的拜金力量日漸茁壯，葛華達的大型企業制度建立不久，而台北大學生的世界，也由單調貧乏之一變為充滿舞會耽樂的現象。這些種種，儘管不是蔡文甫主要的關懷，可是和故事息息相關：主人翁之一的劉培濱所以走投無路，原因之一即在喪失金錢以及拜金人物對他的打擊。

劉培濱早有妻室，但年輕時仗著富有，風流成癖，到處留情。故事開頭的于雲雷，是他和一酒女同居後的結晶，其後的唐升辰與黃兆蘭，一是于雲雷的同母弟弟，一是異母妹妹。由於劉培濱早棄骨肉不顧，離「家」出走，三個子女散居各處，彼此均不知相互關係。于雲雷由企業家葛華達收養長大，刻苦耐勞，個性剛直。唐升辰進入富家為養子，放蕩成性，儼然利祿之徒。黃兆蘭則深受母親影響，重視金錢，富於心計。故事起迄時間可能不到十二個時辰，僅僅一夜而已。劉培濱現身之時，已然垂垂老矣，體弱無錢，流落街頭，尋訪舊日親友。他的尋訪過程，同時參合三個兒女彼此之交往，以及于雲雷、葛強妮間之戀情，十分複雜。故事本身結合無數巧合與意外，但結尾時，由於作者的人生觀與道德感，免除可能形成的亂倫悲劇。

作者顯然非常重視小說技巧。事實上，一部長達十五章、三四四頁的小說，只描摹短短一夜發生的事件，也非出以高度技巧不可。在這一夜陳述中，作者藉倒敘、客觀鋪陳，以及時空交錯等手法來發展他的故事。一開始，他即苦心孤詣雕塑作品的整體氣氛：雨絲像一片巨大的網幕，緊緊罩住每一個片斷、每一位角色。陰鬱低沉的氣氛，正合乎故事之要求；錯綜複雜的情節，即如空中錯亂紛飛的雨絲。雨夜不但意味著老來頹唐的劉培濱的心境，也象徵三個子女的懵然無知。作者藉著繁複的技巧，把劉培濱和子女們的命運揉合在一起，再賦其自己的人生觀照，終於演發成一部扣人心弦的傑作。

懸疑的效用在小說中得到高度發揮，而且在開端第一章就緊緊攫獲讀者的注意力。于雲雷承葛華達一家恩惠，女公子強妮對他又一往情深；但這一切阻擋不了他執意離開葛宅的企圖，對恩人他甚且露出乖違常情的憎恨態度。于雲雷的個性固然可以解釋部分原因，但寄人籬下與恩情的束縛尚不足形成尖銳的「恨意」，表面之後必然有更強烈的理由。作者開頭留下這個懸疑後，筆鋒陡然他轉；在第十三章之前，此一懸疑及強妮、雲雷之關係，即一直迫使讀者往下探究故事。不錯，懸疑的擺設無法不使小說流向通俗的情節劇的形態，同時含有濃厚的生意味道，但作者的文字與敘述技巧適時扭轉此一傾向，未嘗不可看作成功之處。況且，懸疑揭發時，它的理由——葛華達加諸于雲雷的性變態——在中國人的道德觀念裡，確乎足以令人產生恨意。

葛強妮在小說中是一位難忘的角色；她個性強烈，敢恨敢愛，動作又復鮮明，恰與劉培濱的平面敘述相反。她對于雲雷的激情，在全書陰晦氣氛中特別顯眼，足令讀者烙下鮮明的印象。作者塑造出這位動態人物，甚至使小說結構產生動搖。按照董保中先生的看法，劉培濱和于雲雷的願望發展，係小說主要的情節，而于葛關係不過是支輔的次情節之一。可是，在故事結尾前數章中，我們發現葛強妮追求于雲雷一事，似乎重要性已超過主情節。劉培濱的命運不再是讀者最大的關懷。此一現象，我認為，主因在作者對劉培濱的敘述過於平面，而且他的一生實在引不起我們的同情，注意力因之減弱。再者，于雲雷尋求的動作由於鄭天福無惡意之阻撓，顯得不十分積極。父子間不可分割的關係就不甚重要。主情節誘惑力一失，相對的，于葛之間，由於強妮個性雕造得相當凸出，這一份浪漫的情愛，反而在讀者內心形成極其強烈的撞擊力了。

《雨夜的月亮》布局富於巧合性，削弱小說的寫實色彩不少，難怪董保中先生在《〈雨夜的月亮〉中兩種人生經驗》一文開頭，甚至急於否認小說的寫實性了。其實是否寫實，倒無關緊要，高明的小說家永遠不受特定文學流派的限制。我對這部小說的看重，除作者的技巧外，作品表現的人生觀亦是要因。蔡文甫先生透過一連串戲劇化情節，目的似乎要告訴我們：命運不是盲目的，有其因故有其果。劉培濱終不獲善終，就是例子。

——六十八・十二・四《中華日報》副刊

本文作者李奭學先生，文學評論家，現任中央研究院中國文哲所副研究員。譯有《閱讀理論》及著有《書話東西文學地圖》、《書話台灣》、《書話中國與世界小說》，另編有九歌版《中華現代文學大系（二）評論卷》（與李瑞騰、范銘如合編）等書。

附錄(二)：

道德與婚姻
——論《雨夜的月亮》的主題

陳克環

董保中博士是攻戲劇的。他說蔡文甫先生的《雨夜的月亮》跟《雷雨》的布局「在某些方面很有偶合之處」，這可謂專家之見。《雨夜的月亮》在形式上是小說，可是卻具有極其濃烈的戲劇性。作者顯然無意以寫實的手法來取信於讀者，或是來感動讀者——因為感動是由「信」而來——他寧願以編織故事的技巧來娛樂讀者，並且寓教於樂。如果你同意人生不過也是一場戲的說法，你將對於書中的許多巧合，採取「姑且由之」的看法，轉而就發現：作者在上下兩代男女錯綜複雜，「剪不斷、理還亂」的情絲之中，默默地控制了眾多的線頭，而終於編織出一幅花繁葉茂的刺繡。

蔡文甫藉《雨夜的月亮》表現道德觀的企圖，是顯而易見的。董博士所言，本書所揭示的道德觀是：人應當對自己的行為負責，也是正觸及人物劉培濱的痛處。作者讓劉培濱和他的兒子于雲雷有了兩個強烈對照的下場：劉培濱「凍死路邊，手心向上，似在向所有的人索取財物」；而于雲雷「衝開薄薄的晨霧，大踏步堅挺地向前走去。」二者結局的不同，關鍵就在是否對自己的行為負責。

劉培濱年輕富有的時期，貪戀酒色，遊戲人生，到了老年，不但自己衣食無著，求靠無門，而且，他幾次與別的女人生的兒女之間，幾乎鬧成亂倫的事件。作者讓劉培濱在風雨之中，受妻子兒女的凌辱，耳聞兒女亂倫之將形成終至於愁死、凍死。在讀者心目中，造成劉培濱這種行為不可原諒的印象，因而便認為道德說教是本書唯一的主題。但是，我們若是細讀，劉培濱每一次背棄與他同居的女人時那一段內心獨白，我們就可以看出來，作者似乎有意為劉培濱找理由，來證明他的背棄行為，並非是絕對的不道德行為，這其間也未嘗沒有人性的因素。換句話說，劉培濱之所以玩女人或拋棄女人，女人本身也得負起一部分責任。劉培濱如此做，也是失去自我控制的衝動行為，而非出於冷酷計算策劃的不道德行為。

劉培濱為了要求元配妻子彩嬌收容他，硬著頭皮到仇人胡百理家中去找她（他們的女兒嫁到胡家當媳婦）。妻子和女兒一致問他：「為什麼三番五次的拋下我們？」作者的剖析是：「為了人性尊嚴，為了屈辱的補償，為了對人們的恨意——恨太太的矯情，恨胡百理的卑劣，恨自己的怯懦和幼稚……才逃避現實……」作者接下去更進一步的為劉培濱解說：「是彩嬌冤枉了他。婚後，他顧家，愛太太和孩子，發現自己的人格破損，是由於她的作弄，才從兩條腿的人，變成四條腿的獸。」於是他用各種方法接近各式各樣的女人，賤視她們，虐待她們，對所有的女人報復。這一段內心獨白，無異是把劉培濱對女人不負責任的罪過，放在彩嬌的任性作弄男人所造成的後果，作者為劉培濱的洗罪有更甚於此者，我們且分析一下劉每一次「外遇」的始末。

劉培濱雖然早就有了背叛家庭的念頭，但「總認為拋掉妻兒不太妥當，但見了阿秀，聽完阿秀的可憐身世，就毫不考慮為她犧牲。在一次酒後就掏出支票簿，立刻為阿秀贖身。」劉之背棄妻子、同情弱者的慈悲心腸，勝過蓄意的對元配妻子兒女不負責任。

鄭老頭質問劉為甚麼突然離開阿秀。作者所寫的一段內心獨白是：「那是一種報復；是一種精神錯亂；是對男女之愛和家庭的一種背叛、藐視。」劉離開阿秀是為了茹茹。劉受了好友臨終之託，為他照顧女兒，在茹茹的引誘之下發生了關係，茹茹有了身孕之後，要劉拋棄阿秀。如此，劉之離開阿秀乃屬不得已，他本身不道德的成分很少。

劉培濱同茹茹又是怎樣決裂的呢？茹茹專橫任性，窮奢極欲，賭博、跳舞樣樣都來，不但令他在經濟上無法負擔，茹茹明目張膽地同別的男人調情，也更讓他想起妻子兒女的可愛，「他為了解脫自己，才斷然離開茹茹。」誰說離開像茹茹這樣的女人是不道德的行為？

劉培濱最後的一個女人是梅寡婦，二人在婚前就相識，婚後早已忘卻，劉離開茹茹回到彩嬌處，因梅寡婦向他求助，「慢慢喚起以往的情誼，狠著心腸第二次從家中出走。」主動者仍然是女人。劉在生意上受了打擊破了產，梅家母子四人對他反臉，他忍受不了才出走，奔走於以前的三個「家」之間，希圖謀得棲身之處，終於見棄於所有的女人和兒女，凍斃風雨之中。

我們從以上的分析之中，可以看出來，劉培濱不過是一隻代罪的羔羊，真正的罪人還是女人。劉培濱潛意識裡對彩嬌的背叛心理，是來自於她要他學狗爬才嫁給他，以後一次又一次的外遇，主動者都是女人，劉的罪過不過只是在受不了誘惑而已，這正是男人的祖先亞當所背負的原罪，並非罪大惡極的不道德。這樣說來，劉培濱在破產之後，飽受妻子兒女的凌辱責罵，凍斃街頭，不免令人對他生出同情之心，那不道德的或許反倒是那見死不救的一群了。

因此，我懷疑作者在《雨夜的月亮》裡所認真討論的主題是道德觀。《雨夜的月亮》的場景是劉培濱奔走求告於風雨之夜，而主要的情節發展卻是以劉的幾個兒女的婚姻為主幹。

于雲雷和唐升宸同是劉培濱與阿秀所生的兒子，二人都愛上黃兆蘭，黃卻是劉與茹茹所生的女兒，這一場三角戀愛無論怎樣發展，結果都是亂倫，作者沒有讓它發展下去，劉培濱總算沒有目睹亂倫之事而飲恨死去。

在《雨夜的月亮》裡，作者所表現的婚姻觀比道德觀具有更深的層次和明確的面貌。他以劉培濱父子兩代的婚姻觀作為剖析。

劉培濱把女人（妻和妾）當作身分和財富的表徵。他追求彩嬌，不惜答應她要追求者學狗圍著村莊爬一圈的苛求，可是他發覺，他如此做，「和胡百理賭氣鬥勝的成分，要比對彩嬌的愛心強烈得多。」當他的情敵胡百理也說願意爬，他就預備把張彩嬌「讓」給胡百理，自己「明天就重新開闢戰場」，追求別的女人，而且立時就列出一長串比彩嬌更年輕又漂亮的小姐的名單來。可是，他一轉念，又怕「大家將認定他是姓胡的手下敗將」，於是他才忍辱學狗爬，贏得了彩嬌為妻。女人縱然能夠令男人學狗爬，但是事實上自己卻是男人身分的裝飾品和虛榮心的賭注。至於結婚之後，女人生了孩子，年紀大了，就眼睜睜地看著丈夫找別的年輕女人。她唯一的希望只有靠她的兒女。

和劉培濱成對比的是鄭老頭。鄭老頭雖然沒有錢，可是「不像你（劉培濱）到處留情，結果連一碗麵都沒得吃」；雖然只有一個孩子，「但我好好管教撫養」。鄭太太更是以「使你了解人與人相處，感情重於一切」來教訓劉培濱。

下一代，于雲雷、葛強妮和唐升宸（毛健雄、黃兆蘭）代表了兩種不同的婚姻觀。于雲雷愛上了黃兆蘭，認為她是他的精神支柱，夢想「他們會在愛的原野裡，相互追逐、絞纏、扶持。」

黃兆蘭愛上唐升宸，因為唐的「義」父有錢、有地位。

唐升宸寧願去做葛強妮私生胎兒的爸爸，也是因為強妮有個有錢有勢的父親。他冷落黃兆蘭，因為黃根本沒有一個可依靠的父親。

毛健雄玩弄女性，只談戀愛，不願結婚，毛宣布同水蜜桃訂婚，目的在澆強妮的冷水，要她死心，不要以私生胎兒的事來逼他，等到強妮的「孩子」有了著落，他可能就要取消同水蜜桃的婚事。葛強妮對于雲雷一往情深，乃是因為于雲雷對她採取遠離的態度，而她卻是「熱望得到我所想獲得的，甚至於不擇手段。」

在這一串連環式的愛的追逐中，唯有于雲雷和強妮在愛情和婚姻上有所成，因為他們二人所追求的是「人」和「愛」，而其餘的人所追求的是名和利，這不是最自然又合理的結局麼？

——六十八・十・二十三《新生副刊》

本文作者陳克環女士，曾獲國家文藝獎，作品計有散文《書癮・書緣》、《錦繡年華》等，小說及翻譯多種。

特載：

無盡文學路
——蔡文甫以小說顧盼人生

丁文玲

「我天生就是個凡夫俗子，平凡得不能再平凡。文學不一樣，文學永遠精采，是我難以企及的。」現年八十二歲高齡的九歌出版社創辦人蔡文甫如是說。近日，他整理三十年前的短篇小說作品，重新出版其第一部小說集《解凍的時候》，提醒外界想起，這位資深的出版前輩原來還是位小說家。

對文學懷抱孺慕之情的蔡文甫創辦人，長年以來，都在以文學紀年，以文學書寫自己的人生。今年，首部處女作發表屆三十五年，同時也是他創立的九歌出版社滿三十周年。為紀念九歌出版社成立三十年、銘志自己的執著，還有鼓勵後進，大手筆舉辦「九歌三十長篇小說獎」，徵選十萬字以上的華文長篇小說，首獎獎金甚至超過曾經喧騰一時的「紅樓夢獎」，創海內外華文世界紀錄，高達二百萬元新台幣，堪稱華文圈的盛事。原定於十月二十日頒發，但於評審團認為四部入圍作品，不夠完美，宣布首獎從缺，繼續徵二百萬元新台幣小說獎截稿延長至二〇一〇年六月底。

雖然對文學深情，也貢獻良多，但蔡創辦人總是保持一貫的低調。回憶與文學結緣的經過，他說「我是從二十五歲時開始創作的，那是一九五一年，中間還因為參加考試而中斷過一段時間，五年後，才再度執筆。」他透露，自創作以來，雖然陸續在各報刊發表作品，但真正讓他投身文學的，是當時台灣大學外文系夏濟安教授主編的《文學雜誌》。「在文學評論尚未建立的年代，夏老師讚賞我這樣一個初出文壇的新手，並願意採用我長達八千字的小說，讓我受到很大激勵。」

後來，蔡創辦人就加入到夏濟安的學生們，也就是現今被認為是當代最重要的作家群，包括白先勇、王文興、陳若曦等人創辦的《現代文學》雜誌寫手行列。「《現代文學》創刊時，王文興把創刊號寄給我，邀我替他們寫稿。我記得，我寫的第一篇小說叫《圓舞曲》，有一萬五千字，就收進現在出版的這本集子裡。」

除了這些赫赫有名的文學雜誌，蔡創辦人的小說，還曾出現在頗具歷史地位的政論刊物《自由中國》。「當時《自由中國》每期只發一篇小說，《解凍的時候》就是我受主編《自由中國》的小說家聶華苓之邀而寫的。」

蔡創辦人笑說，當年，知名的女作家郭良蕙、莊信正等人還因為他在《現代文學》頻繁發表小說，曾誤以為他是台灣大學外文系畢業的，與白先勇等人是學長學弟，或是同學的關係。

學歷曾經讓蔡創辦人耿耿於懷。但也是促使他走上文學之路的動力。蔡創辦人回憶，他的父親是繼子，始終認為兒子們若讀書上進，在大家族裡的地位就會獲得提升。蔡創辦人的大哥雖然很年輕就被派為家鄉的鄉長，卻學歷不高，於是全家便把所有希望寄託在蔡文甫身上，甚至在家裡創辦私塾延聘老師。可惜的是，蔡創辦人經歷日軍轟炸等難關後，好不容易考上初中，不過才念三十九天，然後「內戰」開始，「從此，我就沒有機會再進學校了。」他遺憾地說。

雖然只有小學學歷，求知若渴的蔡創辦人始終沒有放棄讀書的希望。他坦承，當時決定從軍，是希望進入憲兵學校能繼續升學，沒想到軍隊只是宣稱如此，士兵隨軍念書根本是夢想。蔡文甫隨國民政府撤退來台後，孑然一身，無親無故，加上愛念書的天性，他一路參加普考、高考及格，最後離開軍職，成為一位中學老師。

在苦讀通過考試之前，蔡創辦人在軍中官階不高，有時間就往圖書館跑，離鄉背井的苦悶，對前途的茫然，加上原本對文學的喜好，讓他讀不少中西方的文學名著。「初中失學後，大約十四五歲那段期間，我在家中的磨坊工作，日子無聊，看書是唯一的樂趣。」蔡創辦人回憶，他童年時候看古典小說，青少年時期繼續看《儒林外史》、《聊齋志異》、《閱微草堂筆記》，而魯迅、巴金、茅盾等人的作品例如《狂人日記》，「也讓我印象深刻。」

最有趣的是，蔡創辦人說，他當時看得最多、也刺激他最大的，竟然是被評為筆下盡寫風花雪月的鴛鴦蝴蝶派代表作家張恨水。「我看了好多部，讀完以後還很受感動，覺得自己也可以來寫小說了。」蔡文甫創辦人笑說，當時一口氣寫了十幾張稿紙，寫到無法繼續才停筆。

《解凍的時候》初次出版，是在一九六三的香港東方文學社。「台灣那時候處於戒嚴時代，被稱為文化沙漠；相對的，香港的藝文競賽卻十分蓬勃，台灣很多作家都往香港發展去了，我也是其中之一。」蔡創辦人解釋。這本書多年前問世時，還曾經發生一段插曲。按照合約，出版社必須給作者二十本贈書，從香港方面寄書過來，卻被認為是違禁品而遭查扣，經一番波折奔走才送到蔡創辦人手中。

之後他一面從事教學工作，一面創作將近二十年，前後出版十多部小說作品，包括《女生宿舍》、《沒有觀眾的舞台》、《玲玲的畫像》、《移愛記》……等，曾獲「中國文藝協會文藝獎章小說創作獎」、也曾獲韓國小說家協會文學獎，其小說《雨夜的月亮》、《船夫和猴子》……等書也曾被美國的出版社翻譯出版，具有一定的文學地位。

上個世紀七十年代中葉，從學校退休後，蔡創辦人繼續原本就接下的《中華日報》副刊編輯工作，隨後創辦九歌出版社。發掘與出版別人優秀的文學作品，逐漸取代創辦人自己的書寫慾望，他小說創作量逐漸減少，最後終於不再提筆。

不想再寫嗎？蔡創辦人笑說：「老囉。看別人寫得好，就過癮了。何況現在如果不能寫得比以前好，那還是不要再寫了吧！」九歌出版三十年來，蔡創辦人曾經資助許多作家包括李奭學、莊信正、廖輝英、楊小雲、朱少麟等人參加國際性的文學會議，也成立九歌文教基金會，舉辦過彭歌等作家作品的研討會，並且慷慨捐贈琦君、梁實秋、蘇雪林等作家文物給官方文學機構保存。他還不計是否有商業利益而出版各種小說選、散文選，全力支持十六歲的中學生李偉涵出版長篇奇幻小說，持續出版視障作家梅遜六十萬字的小說《串場河傳》等書，找出絕版三十多年的姜貴小說《旋風》重新出版。而其中，最為外界津津樂道的，則是出版朱少麟的成名作《傷心咖啡店之歌》，當年，這部長篇小說被多家出版社退稿，蔡創辦人卻慧眼識英雄，一舉讓朱少麟成為本本作品暢銷數十萬本的重要作家。

「讓優秀的作家，把九歌的長篇小說獎的兩百萬捧回去。」蔡創辦人笑道，好的文學作品，永遠是他人生路上令人流連忘返的風景，也是他繼續在出版耕耘的最大動力。他是如此熱切希望小說之美能重新受到重視，期待著看到夠分量的長篇小說作品不斷出現。

——原載《書香兩岸》

本文作者丁文玲女士，曾任《中國時報》記者、撰述委員，現專事寫作。

蔡文甫作品集⑤

雨夜的月亮

著　　者：蔡文甫
發 行 人：蔡文甫
發 行 所：九歌出版社有限公司
臺北市八德路3段12巷57弄40號
電話／02-25776564・傳真／02-25789205
郵政劃撥／0112295-1
九歌文學網：www.chiuko.com.tw
登 記 證：行政院新聞局局版臺業字第1738號
印 刷 所：崇寶彩藝印刷有限公司
法律顧問：龍躍天律師・蕭雄淋律師・董安丹律師
重排初版：2002（民國91）年6月10日
增訂初版：2009（民國98）年11月10日
（本書曾於民國56年由皇冠出版社印行）

定　價：320元

ISBN：978-957-444-630-8　　Printed in Taiwan
書號：LJ005
（缺頁、破損或裝訂錯誤，請寄回本公司更換）

國家圖書館出版品預行編目資料

雨夜的月亮／蔡文甫著. -- 增訂初版.
--臺北市：九歌， 民98.11
面；　公分. --（蔡文甫作品集；5）

ISBN 978-957-444-630-8（精裝）

857.7　　98016714